Jürgen Seibold
Endlich allein

Jürgen Seibold

Endlich allein

Ein Remstal-Krimi

Silberburg-Verlag

Jürgen Seibold, 1960 geboren und mit Frau und Kindern im Rems-Murr-Kreis zu Hause, ist gelernter Journalist, arbeitet als Buchautor, Musik- und Filmkritiker und betreibt eine Firma für Internet-Dienstleistungen. Beim Silberburg-Verlag hat er bisher Ausflugsführer sowie Kriminal- und Unterhaltungsromane veröffentlicht.

Sie wollen mehr wissen über Schneider und Ernst? Kein Problem: Die Krimis der »Endlich«-Serie sind online www.juergen.seibold.de/endlich

2. Auflage 2013

© 2011/2013 by Silberburg-Verlag GmbH,
Schönbuchstraße 48, D-72074 Tübingen.
Alle Rechte vorbehalten.
Lektorat: Michael Raffel, Tübingen.
Umschlaggestaltung: Christoph Wöhler, Tübingen.
Coverfoto: © Wolfgang Hertel – fotocent.
Druck: CPI books, Leck.
Printed in Germany.

ISBN 978-3-8425-1154-5

Besuchen Sie uns im Internet
und entdecken Sie die Vielfalt unseres Verlagsprogramms:
www.silberburg.de

Samstag, 3. September

Das Geschrei brachte Klaus Schneider um seinen samstäglichen Mittagsschlaf.

»Bist du denn bescheuert?«, kreischte eine Frau.

»Jetzt komm mir nur nicht so, meine Liebe«, antwortete eine sehr belehrend klingende männliche Stimme. »Da kutschier ich euch unfallfrei von Spanien bis nach Hause, und dann muss ich mir so etwas anhören? Na, dankeschön!«

»Ach, ja, du Armer – aber da brauchst du gar nicht so rumzujammern: Ich darf ja nicht fahren! Ich hätte dich abgelöst – aber du wolltest ja nicht. Und jetzt kannst du ruhig auch mal einen Koffer oder eine Tasche reintragen!«

»Mir tut der Rücken weh, und ich bin müde. Lass die Taschen halt im Auto, ich hol sie dann heute Abend rein. Aber jetzt leg ich mich hin.«

Klaus Schneider blinzelte in die Spätsommersonne und schaute dann auf die Zeitanzeige am DVD-Recorder: kurz vor halb vier Uhr nachmittags.

»Du legst dich jetzt hin? Ich glaub, es geht los! Der Herr legt sich hin, und ich steh hier mit der ganzen Arbeit? Allein, natürlich!«

Keine Antwort, nur eine zugeschlagene Haustür.

»Die Dreckwäsche im Auto lassen, wo sie vor sich hinstinkt!«

Die Frauenstimme war nicht weniger wütend, aber sie war etwas leiser geworden.

»Dieser Kerl ist nicht zu fassen! Aber bitteschön: Meine Eltern haben mich ja gewarnt!«

Klaus Schneider stand auf, schenkte sich einen Sprudel ein und sah, halb verdeckt durch die Gardinen, zur Garageneinfahrt der Nachbarn hinüber.

Dort stand Hanna Wollner, warf Taschen, Rucksäcke und eingerollte Decken aus dem Auto und sah von Zeit zu Zeit wütend zu einem Fenster im ersten Stock des Hauses hinauf, hinter dem sich ihr Schlafzimmer befand, wie Schneider von der Einweihungsparty her wusste.

Offenbar hatten viele Eltern die Angewohnheit, ihre Töchter vor dem jeweils ausgewählten Ehemann zu warnen – seiner Frau Sybille war es nicht anders ergangen, und vor rund einem Jahr hatte er das auch lautstark zu hören bekommen. Aber das war eine andere Geschichte, und obendrein eine, die sie beide zum Glück hinter sich hatten.

Die Wollners allerdings steckten unüberhörbar mitten in ihrer Krise; Ausgang offen.

Schneider sah Hanna Wollner noch eine Zeitlang zu. Als er die eigene Haustür ins Schloss fallen hörte, wandte er sich ab. Seine Frau war mit dem kleinen Rainald in Schorndorf einkaufen gewesen und hatte dort mit ihm ein Eis gegessen. Aufmerksam schaute er ihnen entgegen. Nicht, dass sie noch auf falsche Gedanken kam, wenn Schneider verträumt am Fenster stand und versonnen die Nachbarin betrachtete.

* * *

Mit ihrem nagelneuen Gipsbein war es für Roswitha Herbst praktisch unmöglich, unbemerkt durchs Treppenhaus zu gehen – das Tock, Tock, Tock war im ganzen Haus zu hören und hallte von den glatt verputzten Mauern wider. Aber die anderen sollten ruhig hören, dass sie auch nach ihrem Unfall alles noch im Blick hatte.

Fast eine Woche lang war sie außer Gefecht gewesen, und im zweiten Stock brachten schon flüchtige Blicke in die Ecken die Folgen ihrer Abwesenheit an den Tag: Der Kieselstein von der vorvergangenen Woche lag immer noch dort, und daneben kräuselten sich erste Staubfäden zu einer winzigen, aber ebenso verräterischen Wollmaus.

Mühsam zog sie sich Stufe um Stufe am Geländer hinauf, bevor sie im dritten Stock endlich den höchsten Punkt ihres heutigen Kontrollgangs erreicht hatte. Das Gipsbein hinderte sie am Gehen und zwang sie in eine für das Treppensteigen unnatürliche Haltung – schon jetzt spürte sie ihre Hüfte kneifen.

Aber es half nichts: Hier musste sich jemand um das Nötigste kümmern.

* * *

Rainald war völlig erledigt und schlief in seinem Kinderbett ein, noch bevor ihn Sybille ganz zugedeckt hatte. Sybille ging in den Keller, um dort nach der Wäsche zu sehen. Klaus Schneider ging zurück ins Wohnzimmer und legte sich wieder hin.

Doch dann machten sich die Nachbarn wieder bemerkbar. Ein kurzer, lauter Schrei von Hanna Wollner, danach ein zweiter, noch etwas lauter.

Klaus Schneider sprang auf und sah kurz aus dem Fenster: Hanna stand mit beiden Fäusten in der Hüfte vor ihrem Haus und rief zu dem Fenster hinauf, hinter dem sie ihren Mann vermutete. Und sie erweckte nicht den Anschein, als würde sie so schnell mit Rufen aufhören.

Also sah Schneider kurz nach seinem Sohn, der sich in seinem Bett bereits zu bewegen begann – und huschte dann zur Terrassentür hinaus.

»Frau Wollner?«, rief er gedämpft zur Nachbarin hinüber, als er den Zaun zwischen den beiden Grundstücken erreicht hatte.

Sie sah ihn nur kurz an, beachtete ihn dann aber nicht weiter und rief ein weiteres markerschütterndes »Helmut!« zum Fenster hinauf.

»Frau Wollner!«

Nun wurde auch Klaus Schneider etwas lauter, und die Frau sah ihn herausfordernd an.

»Dort drüben versucht mein kleiner Junge zu schlafen«, sagte Schneider und deutete zu dem Fenster schräg hinter sich. »Und wenn Sie so weiterschreien, wacht er auf.«

»Da kann er sich dann bei meinem lieben Gatten bedanken, Herr Schneider«, gab sie schnippisch zurück. »Helmut!«

Oben ging das Fenster auf, Helmut Wollner sah heraus und wirkte nicht besser gelaunt als seine Frau unten in der Einfahrt.

»So, hast du es doch noch einmal bis ans Fenster geschafft?«

»Ich bin müde, und ich will jetzt endlich mal meine Ruhe haben!«

»So, der Herr will seine Ruhe haben? Wie schön! Ich will auch meine Ruhe haben! Aber ich will auch einen Mann, der mir hier bei der Arbeit hilft, bevor er sich nach oben verdrückt und sich ausschläft!«

»Dann back dir doch einen!«

»Das hätte ich vielleicht besser früher tun sollen, was? Zu spät, würde ich sagen!«

»Ich will jetzt meine Ruhe!«

»Du kommst sofort hier runter und hilfst mir, unseren Urlaubskram auszuladen!«

»Das kann doch auch noch ein bisschen warten, Mensch, mach doch deswegen nicht so einen Riesenaufstand!«

»Nein, die Dreckwäsche kann nicht im Auto bleiben. Ich habe keine Lust, dass unser Wagen tagelang nach deinen Socken stinkt!«

»Nach meinen? So, so!«

»Ja, nach deinen! Du musst ja immer in diesen dämlichen Turnschuhen herumlatschen, da stinken die Socken halt!«

»Ach, stört dich das jetzt auch noch?«

»Schon lange, aber ...«

»Schon lange? Das wird ja immer besser! Warum bist du dann eigentlich überhaupt noch hier, wenn dir alles an mir stinkt?«

»Das frag ich mich langsam auch!«

»Herr Wollner, Frau Wollner, jetzt hören Sie endlich auf!«, rief Klaus Schneider genervt dazwischen. Zwei Köpfe ruckten zu ihm herum.

»Was mischen Sie sich da jetzt ein?«, rief Helmut Wollner von oben.

»Macht Ihnen das Spaß, uns hier zuzusehen, oder was?«, fragte Hanna Wollner von unten.

»Nein, das macht mir keinen Spaß – und meinem Sohn Rainald auch nicht, der da hinten zu schlafen versucht. Deshalb habe ich Sie vorhin schon gebeten, endlich mal mit der Schreierei aufzuhören!«

»Was fällt Ihnen ein? In diesem Ton bitte nicht!«, empörte sich Hanna Wollner.

»Lassen Sie bloß meine Frau in Ruhe!«, schimpfte Helmut Wollner von oben herunter. »Wir haben hier nicht extra ein eigenes Haus gebaut, damit wir uns von Ihnen vorschreiben lassen, was wir auf unserem Grundstück zu tun und zu lassen haben!«

»Ich will nur, dass Sie sich endlich etwas leiser streiten, damit mein Sohn schlafen kann!«

»Ihr Sohn? Ach ja, warten Sie mal …« Damit ging Hanna Wollner zur frisch lackierten Mülleimer-Einhausung und verschwand hinter der Holzkonstruktion. Wenige Augenblicke später tauchte sie wieder auf, hatte eine Tüte in der Hand und marschierte stramm auf Klaus Schneider zu.

»Da, mit lieben Grüßen an den lieben Kleinen!«

Völlig verdutzt ließ sich Klaus Schneider die Plastiktüte über den Zaun hinweg in die Hand drücken.

»Was ist das?«

»Schauen Sie rein.«

Vorsichtig öffnete er die Tüte, brutaler Gestank schwappte ihm entgegen, und bevor er die Tüte eilig wieder zuhielt, konnte er noch einen Blick auf einige offenbar gebrauchte Windeln erhaschen.

»Was soll das denn jetzt?«

»Die lagen bei uns in der Einfahrt.«

»Was? Wir werfen Ihnen doch keine Windeln in die Einfahrt, das ist doch Quatsch!«

»Haben Sie wohl, zumindest indirekt.«

Klaus Schneider sah ratlos drein: Wie konnte man indirekt Windeln irgendwohin werfen?

»Die lagen nach der Restmüllabfuhr kurz vor unserem Urlaub bei uns in der Einfahrt. Vermutlich haben Sie zu viel in den Eimer gepackt, und dann sind die rausgefallen, als die Eimer geleert wurden.«

»Das tut mir leid, aber ...«

»Nichts aber: Behalten Sie Ihren Müll gefälligst bei sich!«

»Meinetwegen, aber darum geht es gar nicht: Ich will eigentlich nur, dass Sie endlich aufhören, hier so rumzubrüllen – mein Sohn möchte schlafen.«

»Das will ich auch, mach ich deshalb gleich so einen Aufstand?«, rief Helmut Wollner von oben.

Klaus Schneider sah kurz wütend von einem zum anderen, dann drehte er sich kopfschüttelnd um, stopfte die stinkende Tüte in den Restmülleimer und ging zurück ins Haus.

Draußen war nun kein Geschrei mehr zu hören, aber Rainald war aufgewacht und weinte.

※ ※ ※

Seit fast dreißig Jahren wohnte Roswitha Herbst nun schon hier im Haus, sie hatte damals die Wohnung zusammen mit ihrem Mann gekauft und hatte sie bis heute behalten, obwohl sie nach dem Wegzug ihrer beiden längst erwachsenen Kinder doch etwas zu groß war – erst für sie beide, und nach dem Tod ihres Mannes erst recht für sie allein.

Immerhin hatte sie seither Zeit, hier im Haus nach dem Rechten zu sehen. Und das wurde mit den Jahren immer mehr notwendig. Die Nachbarschaft hatte sich seit den Achtzigern nicht verbessert, das stand für Roswitha Herbst felsenfest. Hier oben im dritten Stock zum Beispiel lebten Claus und Erika Müller, ein kinderloses Ehepaar, das im Großen und Ganzen keinen Ärger machte, aber ihr auch nicht beistand, wenn es mal Ärger mit den anderen Bewohnern gab.

Mit Bea Reimann zum Beispiel, von der niemand so recht wusste, wie lange sie noch in der Wohnung gegenüber Müllers wohnen bleiben würde. Der Ehemann war ihr vor zwei Jahren davongelaufen und hatte ihr die drei gemeinsamen Kinder und einstweilen auch die Wohnung gelassen. Inzwischen hatte er wohl mitbekommen, dass seine Ex-Frau nachts keine Langeweile litt – und hatte ihr per Anwalt angedroht, die gemeinsam erworbene Wohnung zu verkaufen und sie samt Kindern und dem jeweiligen Liebhaber auf die Straße zu setzen.

In der zweiten Etage lebte mit Arno Stratmans der einzige Hausbewohner, mit dem sich Roswitha Herbst gut vertrug – weil er nur heimlich über sie schimpfte und ihr gegenüber immer sehr freundlich und verständig tat. Ohnehin hatte er bei der Frau einen Stein im Brett, weil ihr der charmante Akzent des gebürtigen Belgiers so gut gefiel. Da sah sie sogar darüber hinweg, dass er geschieden war und jedes zweite Wochenende seine besonders lautstark lärmenden und unverdrossen Dreck ins Haus schleppenden Kinder bei sich hatte.

Arno Stratmans gegenüber hatten sich Freya und Susanne Strobel eingekauft, ein lesbisches Paar, seit gut einem Jahr verheiratet und ebenso lange darum bemüht, ein Kind adoptieren zu dürfen – bisher ohne Erfolg, und Roswitha Herbst hoffte inständig, dass das auch so blieb. Auch ohne »Nachwuchs« waren die beiden Frauen eine schwere Prüfung für Roswitha Herbsts nicht besonders modernes Weltbild.

Im ersten Stock waren die Bewohner etwas mehr nach ihrem Geschmack. Claudia und Ferdinand Hummler waren beide als Lehrer beamtet, und die drei erwachsenen Kinder waren seit Jahren aus dem Haus. Und Sylvia Heinze, seit einigen Jahren verwitwet wie Roswitha Herbst und auch sonst mit einigem Pech im Privaten wie im Beruflichen geschlagen, lebte sehr zurückgezogen – zog sich allerdings gerne auch zurück, wenn sie an der Reihe war, die Kehrwoche zu machen.

Roswitha Herbst rieb sich die Hüfte, stieg eine Etage nach unten und ging dann zur Wohnungstür von Freya und

Susanne Strobel. Dort hängte sie das Kehrwochenschild ab, stieg noch eine Etage nach unten und befestigte das Schild vor der Tür von Sylvia Heinze. Sie mochte die beiden Strobel-Frauen nicht, aber da ging es ums Prinzip: Wenn Sylvia Heinze ihre Kehrwoche nicht sauber erledigt hatte, durfte sie nicht einfach das Schild an die Tür des Nächsten in der Reihe hängen, um selbst aus dem Schneider zu sein.

Mit einem zufriedenen Lächeln kletterte Roswitha Herbst weiter die Treppe hinunter, weil sie sich gut vorstellen konnte, wie hinter einigen der Türen die Bewohner standen und durch den Türspion wütend ihr Treiben beobachteten. Wer für Recht und Ordnung eintrat, musste eben auch Abneigung aushalten können.

Vor der Wohnungstür gegenüber ihrer lagen zwei Paar schmutzige Schuhe achtlos übereinander geworfen. Mühsam ging sie in die Hocke, stellte die beiden Paare wieder in Reih und Glied neben die Wand und rappelte sich, an der Wand abgestützt, ächzend wieder hoch. Sepp Stromer, der hier lebte, seit ihm eine reiche Tante die Wohnung hinterlassen hatte, kümmerte sich nicht um saubere oder ordentlich aufgestellte Schuhe. Solange er genug zu trinken im Haus hatte, brauchte er nichts weiter.

Roswitha Herbst zog ihren Schlüsselbund aus der Kittelschürze, nestelte ihren Wohnungsschlüssel hervor, schloss auf und ließ die Tür nach innen schwingen. Da fiel ihr ein, dass sie noch Saft und Erdbeermarmelade aus dem Keller hatte holen wollen. Sie wandte sich um, ging die Treppe zum Keller hinunter und kam ein paar Minuten später schon wieder herauf, eine Flasche Apfelsaft in der einen, ein Glas selbstgemachter Marmelade in der anderen Hand – und wegen des Gipsbeins mit dem linken Arm umständlich auf dem Treppengeländer abgestützt.

»Ach«, sagte sie, als sie vor ihrer Tür stand und bemerkte, dass sie noch offen stand.

»Ach«, sagte sie dann gleich noch einmal, als sie sah, wer ihr da aus ihrer eigenen Wohnung entgegenkam.

Die Bewegung des rechten Arms und den überraschenden Gegenstand in der rechten Hand nahm sie kaum mehr wahr, da traf sie schon der Schlag mit voller Wucht. Sie kippte nach hinten, spürte noch kurz den heftigen Schmerz an der Schläfe, hörte wie von fern den aufschlagenden Gips und das zersplitternde Glas.

Dann hatte es Roswitha Herbst hinter sich.

* * *

Sybille und Klaus Schneider saßen noch bei einem Milchkaffee zusammen und schimpften herzhaft über die neuen Nachbarn, da klingelte Schneiders Handy. Den alten Klingelton, einen Ausschnitt aus dem Bluesrock-Song »Gisela« des Kollegen Alexander Maigerle, hatte er nach dem Mord an dem Internet-Unternehmer in Backnang gelöscht, um sich im Fitnessstudio nicht mehr weiter lächerlich zu machen – doch ins Studio hatte er es seither nicht mehr geschafft.

»Ja?«

Klaus Schneider setzte sich wieder an den Tisch, nahm noch einen Schluck Milchkaffee und hörte konzentriert zu.

»Das waren sicher die Nachbarn!«, lachte Schneider schließlich mit einem bitteren Unterton. »Ich komm gleich. Geben Sie mir noch einmal die Adresse durch? Per SMS? Gut, danke.«

Er drückte das Gespräch weg, wartete kurz und öffnete dann die eingegangene SMS.

»Waiblingen, Fronackerstraße...«, las Schneider vom Display ab.

»Wieder Arbeit?«, fragte Sybille.

»Ja, leider. In Waiblingen liegt eine ältere Dame erschlagen vor ihrer Wohnung.«

»Und warum glaubst du, dass es die Nachbarn waren?«

»Na, wenn die ähnlich nett wohnte wie wir neuerdings...«

Sybille grinste und prostete ihm mit ihrer Kaffeetasse zu.

* * *

Als Klaus Schneider mit seinem gelben Porsche die angegebene Adresse erreichte, war dort kein regulärer Parkplatz mehr zu finden. Also machte er es wie die Kollegen von der Spurensicherung und stellte seinen Wagen in zweiter Reihe neben einem am Straßenrand geparkten Auto ab.

Einer der Kollegen kam ihm auf dem Weg zur Haustür entgegen und nickte Schneider kurz zu. Zwei Beamte in Uniform standen dort auf dem Gehweg, wo das Absperrband den Gehweg unterbrach, und redeten auf einige Schaulustige ein, doch bitte weiterzugehen.

Schneider, noch immer etwas wütend wegen des Zwischenfalls mit seinen Nachbarn, ging zu einem der Polizisten hin, stellte sich kurz vor, zückte Notizblock und Stift und wandte sich an einen der Umstehenden.

»So, kann ich mal kurz Ihre Personalien haben?«

»Warum das denn jetzt?«, schreckte der junge Mann zurück.

»Na, ich nehme an, Sie sind Zeuge? Sonst würden Sie ja nicht hier bei meinem Kollegen stehen und darauf warten, dass wir Sie befragen.«

»Ich? Zeuge?«

»Ja, natürlich«, fuhr Schneider fort und fühlte sich schon etwas besser. »Ich würde vorschlagen, dass wir jetzt gleich mal durchgehen, was Sie alles gesehen haben. Und später gehen Sie mit den Kollegen aufs Revier, viel länger als bis elf, zwölf heute Abend sollte das Ganze dann nicht mehr dauern. Protokoll, Unterschrift und so, Sie verstehen.«

»Ich verstehe, aber ...«

Der junge Mann sah sich nach seinen Freunden um, die wohl bisher mit ihm zusammen hier einen Teil des Publikums gebildet hatten. Er sah sie gerade noch weggehen und auf die lange Treppe am Kino vorbei zuhalten, die hinauf zur Bahnhofstraße führte.

»He, wartet mal, Leute!« Dann wandte er sich noch einmal kurz zu Schneider um. »Ich hab nichts gesehen, Herr Kommissar, echt nicht. Ich muss jetzt!«

Damit war er über die Straße verschwunden und sah zu, dass er seine Clique wieder einholte. Als sich Schneider dem Nächsten zuwandte, verabschiedeten sich alle recht zügig und verstreuten sich in alle Richtungen.

»Danke«, sagte der Beamte und konnte sein breites Grinsen nicht mehr länger verkneifen.

An der Absperrung gegenüber wurde es unruhig.

»Was ist denn dort drüben los?«, fragte einer der Gaffer.

»Ich vermute mal, der Kommissar nimmt Zeugenaussagen auf«, sagte der Uniformierte. »Das kann dauern, aber er wird schon noch zu Ihnen kommen – und Sie haben ja ohnehin Zeit, wenn Sie einfach nur hier so rumstehen, oder?«

»Wir? Äh ...«

Gemurmel, Unsicherheit.

»Ach, da kommt ja schon der andere Kollege von der Kripo«, sagte der Polizist mit gewinnendem Lächeln. »Kommissar Ernst, der wird sich gleich um Sie kümmern können.«

* * *

Rainer Ernst sah den uniformierten Kollegen grinsend zu sich herschauen, und er sah die Schaulustigen, wie sie durch sein Näherkommen verunsichert wirkten. Der Polizist nickte kurz zu den Gaffern hin und grinste weiter, und Ernst machte das Spiel gerne mit: Das Publikum an Tatorten ging ihm schon lange auf die Nerven, und nicht selten kosteten Gaffer, die einem Notarztwagen im Weg standen, lebenswichtige Sekunden.

Der Neugierige direkt am Absperrband legte seinen Arm um die Schultern der jungen Frau neben ihm und ging schnell zur anderen Straßenseite hinüber. Auch der Rest der Gruppe ging nun zügig davon, zwei ältere Damen blieben noch kurz stehen, spazierten dann aber auch die Fronackerstraße hinunter auf die Stadtmitte zu.

»Danke«, sagte der Uniformierte und nickte Ernst kurz zu.

»Gern geschehen«, grinste Ernst, »wirklich gern geschehen.« Er sah zum Hauseingang hin. »Da drin, oder?«

»Ja, Rau und seine Leute sind schon fleißig bei der Arbeit.«

»Und ich bin auch schon da«, sagte Schneider und nahm Ernst mit nach drinnen.

Im Treppenhaus bot sich das übliche Bild: In ihren weißen Ganzkörperanzügen untersuchten die Kriminaltechniker um die Leiche herum alles so genau wie möglich, sie stellten nummerierte Täfelchen auf, machten Fotos und sammelten Fundstücke in transparenten Plastiktüten.

Frieder Rau, der gerade mit einem Kollegen auf der Treppe stand und ein paar Anweisungen gab, bemerkte die beiden Kriminalbeamten und kam zu ihnen herunter.

»Na, was haben wir hier diesmal?«, fragte Schneider und sah zu der Toten hinüber.

Vor ihnen lag eine Frau Mitte sechzig oder älter in einer roten Lache, aus der Scherben unterschiedlicher Größe ragten. Die Tote lag auf dem Rücken, das rechte Bein war eingegipst, der Gips war über und über mit roten Spritzern befleckt. Die Kittelschürze hatte schon vom Boden her eine rötliche Färbung angenommen. Der Kopf der Frau war zur rechten Seite gedreht, an der linken Schläfe war eine Platzwunde zu sehen, von der Blut heruntergelaufen war. Reste eines Marmeladenglases und einer Flasche waren zu sehen, neben der Toten lag eine blutverschmierte Spätzlespresse.

»Zunächst mal: Die Pfütze hier besteht nicht nur aus Blut«, sagte Rau. »Frau Herbst, unsere Tote, hat wohl gerade Gsälz und Saft aus dem Keller geholt und hatte das Glas und die Flasche in der Hand, als der Schlag sie traf.«

»Gsälz?«, fragte Schneider. Er lebte nun schon ein paar Jahre im Schwäbischen, aber der gebürtige Karlsruher hatte noch immer nicht alle Vokabeln seiner neuen Heimat verinnerlicht.

»Erdbeermarmelade«, erklärte Ernst und musterte die Tote. »Zwei Teile Erdbeeren, ein Teil Gelierzucker, ein Teil normaler Zucker – alles aufkochen, Schaum abschöpfen, heiß ins Glas füllen.« Ernst ging in die Hocke und besah sich die Tote genauer. »Ist sehr lecker, zum Beispiel auf einem Butterbrot.«

»Erdbeermarmelade kenn ich natürlich«, sagte Schneider.

»Nur selbstgemachte gilt, ich bring Ihnen mal eine mit, meine Mutter kann das sehr gut«, sagte Ernst und beugte sich tief über die Leiche.

»Irgendwann werden wir Sie verlieren, Herr Ernst.«

»Verlieren?«, sagte Ernst, ohne sich zu seinem Kollegen umzudrehen. »Wieso das denn?«

»Ans LKA oder ans Fernsehen – Sie werden immer mehr zum Profiler, so wie sie da hocken und schauen. Mir fällt das schon seit unserer Toten im Alfdorfer Maisfeld immer wieder an Ihnen auf.«

Ernst stand auf und sah Schneider fragend an.

»Stört Sie das?«

»Dass Sie da hinknien und sich alles ganz genau und aus nächster Nähe ansehen? Nein, warum auch: Wir sind ja bisher nicht schlecht damit gefahren. Sieht halt ... na ja, wie gesagt: sieht etwas sehr nach Fernsehen aus.«

»Ich weiß auch nicht, irgendwie kann ich mir auf diese Weise ein besseres Bild machen. Ist ja eigentlich auch egal, unsere Techniker schauen schon genau genug für uns alle hin, nicht wahr, Frieder?«

»Das wollen wir doch hoffen«, lachte Rau kurz auf. »Also ... Die Frau wurde von vorne erschlagen, mit der Spätzlespresse. Ich würde sagen: Der Täter oder die Täterin ist Rechtshänder, und wenn ich mir die Verletzung und die Lage der Leiche so ansehe, dürfte der Täter in der Wohnungstür von Frau Herbst gestanden haben.«

»Stand die Tür offen?«

»Ja, das alles wirkt, als sei der Täter aus der Wohnung heraus ins Treppenhaus gekommen und habe die Frau dann erschlagen. Mit ihrer eigenen Spätzlespresse übrigens.«

»Ihr Schwaben lebt gefährlich«, lachte Schneider.

»Na ja, eine Pfanne oder ein Topf für Dampfnudeln sind ja auch nicht ohne, oder?«, wandte Ernst grinsend ein.

»Einbruchsspuren an der Tür?«, fragte er dann.

»Nein«, sagte Rau und sah sehr nachdenklich aus. »Das verwirrt mich auch. Wer hatte Zugang zur Wohnung der Toten? Und wer kommt dann aus der Wohnung und hat eine Spätzlespresse in der Hand?«

»Stand die Wohnung vielleicht offen? Ich meine: Die Frau geht runter in den Keller, holt sich Saft und Gsälz – da könnte sie die Tür offen gelassen haben.«

»Könnte sie. Und dann geht jemand rein und kommt kurz darauf mit der Spätzlespresse wieder raus? Denn: lange war Frau Herbst vermutlich nicht im Keller, falls sie die Tür offen ließ.«

»Stimmt, auch wenn sie mit dem Gipsbein wahrscheinlich nicht besonders schnell unterwegs war.«

»Ob der Täter oder die Täterin die Spätzlespresse klauen wollte?«, sinnierte Schneider.

»Eher nicht«, sagte Ernst. »Die kosten nicht die Welt, und die fehlen auch in kaum einem Haushalt hier in der Gegend.«

Er beugte sich noch einmal hinunter und nickte dann.

»Stimmt, Rainer«, sagte Rau, der Ernsts Blick gefolgt war. »Die ist hier vom Remstal.«

»Ach, diese ... äh ... Maschinen werden hier hergestellt?«, fragte Schneider.

»Ja, der Marktführer produziert nur ein paar Kilometer von hier.« Ernst wandte sich an Rau. »Habt ihr Spuren an der Spätzlespresse gefunden?«

»Wir haben sie bisher noch liegen lassen, wo sie war – ich weiß ja, wie du seit einiger Zeit drauf bist.«

»Jetzt hör schon auf, was habt ihr denn alle? Ich schau halt gern etwas genauer hin.«

»Ist ja schon gut, Rainer«, beruhigte ihn Rau und lächelte. »Die Abdrücke siehst du ja selbst.« Er deutete auf zwei Stellen an den Griffen der Spätzlespresse.«Aber der Täter hat wohl Handschuhe getragen, oder die Täterin. Da werden wir nicht viel feststellen können – Faserspuren natürlich, aber sonst …?«

»Tja, Herr Ernst, dann wollen wir uns mal mit den Nachbarn unterhalten.«

»Viel Spaß«, sagte Frieder Rau, und Bedauern klang durch.

»Wieso, was ist mit den Nachbarn?«, fragte Ernst.

»Stefan Kling vom Waiblinger Revier wohnt nebenan, der kennt die Leute. Scheint eine ziemlich interessante Mischung zu sein hier im Haus.«

»Aha«, machte Schneider. »Und wo ist Kling jetzt?«

»War vorhin gleich als Erster vor Ort, dann ist er wieder zu seiner Mutter hoch. Er wohnt mit ihr zusammen im Nachbarhaus im ersten Stock – und jetzt sind die beiden im Krankenhaus.«

»Wieso das denn?«

»Frau Kling ist nicht mehr die Jüngste, und sie hat's wohl mit den Nerven. Als ihr Sohn ihr von der Toten hier im Haus erzählt hat, ist sie umgekippt, und der Notarzt musste kommen. Da ist er natürlich mit ins Krankenhaus gefahren, hätte ich auch so gemacht.«

»Natürlich. Aber wenn Kling wieder auftaucht, geben Sie uns bitte Bescheid, ja?«

»Klar, mach ich.«

»Was hat er denn erzählt über die Leute hier?«

»Nichts Konkretes, aber die Nachbarschaft sei halt etwas … speziell.«

»Ja, das kenn ich«, brummte Schneider und ging zur Tür der zweiten Erdgeschosswohnung.

»Das könnt ihr euch im Moment sparen«, rief Rau ihnen hinterher.

»Warum das denn?«

»Der Typ, der dort wohnt, ist völlig hinüber. Josef Stromer heißt er, und er hat uns angerufen. Na ja, eigentlich hat er nicht bei uns, sondern im Krankenhaus angerufen – und die haben uns dann informiert. Stromer hat die Leiche wohl entdeckt – und er muss sich danach ziemlich schnell weggeschossen haben.«

»Weggeschossen?«

Schneider erschrak ein wenig, aber Rau sah ganz entspannt aus und machte eine Bewegung, als würde er eine Flasche austrinken.

»Hat nicht aufgemacht, und als die Kollegen hinter der Tür schweres Atmen und Würgen hörten, haben sie gedacht, da sei noch etwas passiert. Da haben sie die Tür aufgebrochen, sind rein – und haben den Bewohner strunzbesoffen im Klo gefunden. War gerade dabei, zur Seite zu kippen und direkt neben der Schüssel wieder einzuschlafen.«

»Reizend ...«

»Die anderen sind aber alle da und warten schon in ihren Wohnungen auf euch. Zwei Kollegen vom Revier sind im ersten Stock und können euch jeweils vorab informieren.«

Schneider und Ernst gingen hinauf. An der Wand zwischen den beiden Wohnungstüren im ersten Stock lehnten zwei uniformierte Beamte, die sich etwas gerader hinstellten, als sie die beiden Kripokommissare bemerkten.

»Guten Tag, Kollegen«, sagte Schneider, ließ aber die Namen weg. Er kannte die beiden vom Sehen aus der Kantine, wusste aber nicht mehr, wie sie hießen.

»Polizeihauptmeister Russ, hallo«, sagte der Dickere der beiden und grinste Schneider an. Er hatte wohl bemerkt, dass Schneider vergeblich versucht hatte, sich an seinen Namen zu erinnern. »Und das ist mein Kollege Scharpf.«

Scharpf war sehr hager und sehr klein, aber seine Uniform wirkte wie maßgeschneidert und spannte sich ein wenig über den dünnen Brust.

»Tag«, sagte Ernst. »Können wir gleich loslegen?«

»Natürlich, am besten gleich hier.« Russ deutete auf die Tür rechts der Treppe. »Claudia und Ferdinand Hummler, Lehrer, haben drei Kinder, die aber schon erwachsen sind und seit längerem aus dem Haus.«

»Gut, Herr Russ, danke. Wir gehen allein rein, und Sie schauen bitte, dass auch weiterhin keiner hier runtergeht, ja?«

»Klar, Herr Schneider, wird gemacht.«

Schneider musterte den uniformierten Kollegen kurz, aber er hatte seinen Namen offenbar ganz ohne Hintergedanken genannt, es war auch kein unangenehmer Unterton herauszuhören. Schneider musste dringend an seinem Namensgedächtnis arbeiten.

Die Türklingel hatte kaum zu summen begonnen, da schwang auch schon die Tür auf und ein etwa fünfzigjähriger Mann mit dünnen Haaren und nervösem Blick stand vor Schneider und Ernst.

Die beiden Kommissare stellten sich vor. Ferdinand Hummler bat sie herein und ging ihnen ins Wohnzimmer voraus. Dort saß eine kleine, schmächtige Frau, knetete sich die Hände und sah den Männern mit einem Blick entgegen, als befürchtete sie das Allerschlimmste.

»Meine Frau«, sagte Ferdinand Hummler. »Claudia, das sind die beiden Kommissare von der Kripo, Herr Schneider und Herr Ernst.«

»Angenehm«, log Claudia Hummler und gab den beiden die Hand. Ihr Händedruck war schlaff, die Finger kalt. »Nehmen Sie doch bitte Platz.«

Schneider und Ernst ließen sich auf zwei Sessel sinken, die Hummlers nahmen ihnen gegenüber auf dem Sofa Platz.

»Sie haben ja schon mitbekommen, was unten passiert ist, nehme ich an.«

»Ja«, sagte Ferdinand Hummler. »Es ist schrecklich.«

»Waren Sie denn mit Frau Herbst befreundet?«

»Befreundet?« Ferdinand Hummler sah die beiden Kommissare irritiert an, seine Frau lachte kurz trocken auf, sah dann aber gleich wieder traurig drein. »Das nun nicht gerade. Wissen Sie, mit Frau Herbst konnte man eigentlich nur schlecht befreundet sein. So wahnsinnig nett war sie leider nicht.«

»Aber Sie sagten doch, es sei schrecklich, dass Frau Herbst ermordet wurde.«

»Ja, natürlich – ein Mord hier im Haus, das ist doch wirklich schrecklich! Und da ist es völlig egal, wen es nun letztlich getroffen hat.«

Claudia Hummler stand kurz auf, sah sich gehetzt um und setzte sich dann wieder.

»Nimm lieber deine Tabletten, Claudia.«

»Aber ich hab doch schon, heute morgen ...«

»Ich glaube, heute kannst du auch mal zwei nehmen.«

Claudia Hummler sah ihren Mann kurz fragend an. Er nickte ihr zu, sie stand auf und ging aus dem Zimmer. Sie hörten im Hintergrund eine Schublade, kurz darauf Wasser laufen, dann kam Claudia Hummler wieder zurück ins Wohnzimmer und setzte sich wortlos aufs Sofa.

»Meine Frau hat ... nun ja, etwas Probleme mit den Nerven, wissen Sie?«, sagte Ferdinand Hummler schließlich. »Wir unterrichten seit Jahrzehnten, das tun wir auch gerne, aber es strapaziert schon ein wenig das Nervenkostüm – beim einen mehr, beim anderen weniger. Und meine Frau ...«

»Nun ist es ja gut, Ferdinand, die Herren Kommissare haben dich schon verstanden!«

»Ja, natürlich, tut mir leid, Claudia.«

Schneider sah zwischen den Eheleuten hin und her und fragte sich, wie er das Gespräch wieder an sich ziehen könnte, da fragte Ernst schon: »Haben Sie denn etwas mitbekommen?«

Die Hummlers sahen zu Ernst hin.

»Ich meine: vorhin, vom Mord an Frau Herbst?«

»Wir? Nein, nein ... natürlich nicht.«

»Wieso ist das natürlich?«

»Wir leben eher zurückgezogen. Und wir hatten den Fernseher laut gestellt, es lief ein Reisebericht über Tibet. Wissen Sie, nach Tibet wollten wir schon immer mal, aber es hat nie ...«

»Wann denn?«, fragte Schneider dazwischen und musterte die beiden aufmerksam.

»Die Sendung ging um kurz nach drei los und ging bis etwa vier.«

Ferdinand Hummler stand auf und holte die Fernsehzeitung vom Fernsehtischchen.

»So …« Er blätterte. »Hier: 15.10 Uhr ging's los, um 16.05 Uhr war der Bericht vorbei.«

Er hielt Schneider eine dicke TV-Zeitschrift hin, aufgeblättert auf einer der Seiten für den heutigen Samstag.

»Ist gut, danke«, sagte Schneider. »Aber woher wissen Sie, dass Frau Herbst genau in dieser Zeit ermordet wurde?«

Hummler, der gerade wieder zum Fernsehtischchen gegangen war, um die Zeitschrift an ihren Platz zu legen, verharrte mitten in der Bewegung. Dann bückte er sich doch noch vollends nach unten, legte die Zeitschrift ab und kam zum Sofa zurück. Er setzte sich, sah zu seiner Frau hin – und dann zu Schneider.

※ ※ ※

In der Notaufnahme war ordentlich Betrieb. Stefan Kling stand in Uniform neben dem Bett, in dem seine Mutter lag und allmählich wieder etwas Farbe annahm. Immer wieder hasteten Ärzte, Schwestern und Pfleger an ihm vorbei, und der eine oder die andere schauten wegen seiner Uniform kurz irritiert zu ihm hin.

»Stefan …«

Anneliese Kling hatte die Augen halb geöffnet und sah mit wässrigem Blick zu ihrem Sohn auf.

»Ganz ruhig, Mama, du musst dich jetzt ausruhen.«

»Nein, Stefan, ich …«

Sie machte Anstalten, sich aufzurichten, schaffte es aber nicht und ließ sich wieder zurück aufs Kissen sinken.

»Bitte, Mama!«

Stefan Kling setzte sich auf den Bettrand, hielt ihre Hand und streichelte ihren Unterarm. Seine Mutter atmete tief, ihre Augenlider zuckten noch ein-, zweimal, dann schlief sie ein.

* * *

»Also«, fragte Schneider schließlich noch einmal, als das Ehepaar auf dem Sofa immer noch keine Anstalten machte, zu antworten.

»Wir ...«

Hummlers Blick ging noch einmal zu seiner Frau, sie war ihm aber mit ihrer offensichtlich aufkeimenden Panik auch keine große Hilfe.

»Wir haben ...«

»Ja?«

»Wir haben Sepp schreien hören.«

»Welchen Sepp?«

»Sepp Stromer, der unten die Wohnung gegenüber von Frau Herbst hat.«

»Wann haben Sie ihn gehört?«

»Da lief der Reisebericht noch – den haben wir tatsächlich angesehen! Aber Sepp hat so laut geschrien, das hörten wir trotzdem.«

Ferdinand Hummler verstummte wieder und sah vor sich auf den Couchtisch.

»Und dann?«

»Und dann bin ich zur Tür. Es hätte ja was passiert sein können.«

»Ist es ja auch.«

Hummler nickte und presste die Lippen fest aufeinander.

»Haben Sie Frau Herbst dort unten liegen sehen?«, fragte Schneider schließlich.

»Ich ...« Hummler schluckte, dann räusperte er sich. »Ja, ich habe sie gesehen.«

»Und Herr Stromer?«

»Der kniete vor ihr.«

»Können Sie genau beschreiben, wie und wo?«

»Nein, eigentlich nicht. Ich hab da nur runtergesehen.«

»Bitte, Herr Hummler, für uns ist im Moment alles wichtig, selbst die unbedeutendste Kleinigkeit.«

Hummler dachte nach.

»Mir ist zuerst Sepp aufgefallen, wie er da kniete und völlig entsetzt vor sich hin starrte. Ich glaube, er hat auch mit den Fingern in die Pfütze gefasst, die vor ihm auf dem Boden war. All dieses Rot … War das alles Blut?«

»Oh, mein Gott!«, entfuhr es Claudia Hummler und sie vergrub ihr Gesicht in ihren Händen. Leises Schluchzen war zu hören.

»Nein«, sagte Schneider. »Das war nicht alles Blut. Frau Herbst hat eine Flasche Saft und Erdbeermarmelade fallen lassen, beides ist ausgelaufen.«

»Sah aber furchtbar aus, das können Sie mir glauben.«

»Ich glaub's Ihnen, es sieht im Erdgeschoss noch genauso aus wie vorhin. Es ist ja auch noch nicht so lange her.«

»Ja, ja«, brummte Hummler. »Und mit einem Schlag ist alles ganz anders …«

»Wie meinen Sie das?«

»Frau Herbst ist tot – und direkt vor dem Mord hat sie noch hier im Treppenhaus herumgeschnüffelt.«

»Ich dachte, Sie hätten ferngesehen?«

»Ja, aber zwischendurch gab's Werbung, da musste ich kurz zur Toilette. Und dann habe ich sie gehört, wie sie draußen im Treppenhaus unterwegs war. Sie hatte ein Gipsbein, das klackte mit jedem Schritt auf den Steinstufen. Und ich glaube, sie hat's auch drauf angelegt, dass wir anderen sie hören.«

»Und wieso?«

»Ach, sie hat immer kontrolliert, ob wir auch alle unsere Kehrwoche richtig gemacht haben und so – und zuletzt war sie wegen ihres Beins im Krankenhaus. Ich nehme mal an, dass sie den ersten Kontrollgang sozusagen nutzen wollte, um sich zurückzumelden.«

»War Frau Herbst denn die Hausmeisterin hier?«

»Nein, das macht eine Verwalterfirma. Aber sie hat halt überall ihre Nase reingesteckt. Ich fürchte, seit dem Tod ihres Mannes wusste sie nicht mehr so recht, was sie mit ihrer Zeit anfangen sollte.«

»War sie deshalb so unbeliebt im Haus? Sie sagten doch vorhin, dass man schlecht mit ihr befreundet sein konnte.«

»Ja, ja, aber wir wollen nichts gesagt haben. Nicht wahr, Claudia?«

Statt einer Antwort war ein ersticktes Schluchzen zu hören.

»Sie sehen ja, was hier los ist«, sagte Ferdinand Hummler, stand auf und machte Anstalten, die beiden Kommissare wieder aus der Wohnung zu geleiten.

Schneider stand auf, blieb aber im Flur noch einmal kurz stehen.

»Sagen Sie mal, Herr Hummler: Wie haben Sie das vorhin formuliert? Mit einem Schlag ist alles anders?«

»Wie? Ja, kann sein, wieso?«

»Frau Herbst wurde tatsächlich erschlagen.«

»Oh Gott ...« Hummler sah zu seiner Frau hin, dann zu Schneider. »Bin ich ... bin ich jetzt womöglich verdächtig?«

»Jeder ist verdächtig, Herr Hummler, zunächst einmal jeder«, sagte Schneider, verabschiedete sich und ging auf den Flur hinaus.

Ernst musterte noch kurz den nervösen Ferdinand Hummler, dann nickte er ihm wortlos zu und ging ebenfalls nach draußen.

* * *

»Maigerle?«

Alexander Maigerle hatte den Gitarrenkoffer gegen die Wand gelehnt und das Handy aufgeklappt, ohne zuvor die Nummer des Anrufers zu sehen. Markus Berner war dran.

»Hi, Markus, rufst du wegen heute Abend an?«

»Wieso wegen heute Abend?«

»Wir spielen im Bobby's. Ich hatte dir ja angeboten, dass du auf die Gästeliste kommst.«

»Nein, das klappt nicht. Ich hab heut schon was vor – und im Moment geht's um etwas Geschäftliches.«

»Oh.«
»Wo bist du denn jetzt?«
»Vor dem Bobby's. Wir bauen gerade auf, und ich wollte meinen Kram reintragen.«
»Ein paar Minuten zu Fuß von dir entfernt liegt eine tote Frau in Blut, Saft und Gsälz.«
»Klingt ja sehr appetitlich. Wo denn genau?«
»Fronackerstraße.«
»Gab's Ärger mit den Steuern oder was?«
»Nein, nicht vor dem Finanzamt, sondern ein Stück weiter stadteinwärts und auf der anderen Straßenseite. Eine allein lebende ältere Dame wurde erschlagen. Schneider und Ernst sind schon dort. Und ich dachte mir, ich geb dir gleich Bescheid – wir stellen gerade eine Soko zusammen, und ich helf deswegen ein bisschen rumzutelefonieren, wer alles in der Soko mitarbeiten soll.«
»Da bin ich dabei, wenn ich darf. Aber im Moment ... hm ... Jetzt müsste ich erst einmal kurz aufbauen helfen, aber dann ginge es natürlich. Wann trifft sich die Soko denn?«
»Weiß ich noch nicht. Schneider soll sie leiten, am besten rufst du ihn kurz auf dem Handy an, okay?«
»Mach ich. Und danke fürs Bescheid geben!«
Zwei Musikerkollegen schoben sich mit einer schweren Lautsprecherbox an Maigerle vorüber und sahen missmutig zu ihm hin, wie er da an der Wand stand und telefonierte.

* * *

Schneiders Handy klingelte.
Ernst stand vor der Tür und hatte gerade die Klingel neben dem Schild »Heinze« gedrückt. Die Tür schwang auf, eine Frau Anfang, Mitte fünfzig stand in der Tür und sah fragend auf die beiden Männer im Flur. Schneider gab seinem Kollegen ein Zeichen, und der stellte sie beide kurz vor, während Schneider sich mit dem Handy zur Seite drehte.

»Maigerle hier. Berner hat mich gerade angerufen und mich gefragt, ob ich bei Ihrer neuen Soko mitmachen könnte.«

»Ja, das wäre gut. Aber wieso ›meine‹ Soko?«

»Sie sollen sie wohl leiten, sagte Berner.«

»Ah ja, da wissen Sie schon mehr als ich. Aber okay. Kommen Sie gleich an den Tatort? Ich nehme an, Berner hat Ihnen die Adresse schon durchgegeben.«

»Genau das ist mein Problem: Genau jetzt kann ich hier schlecht weg. Wir spielen heute Abend im Bobby's – Sie kennen den Schuppen ja.«

»Ja, ist nett dort«, sagte Schneider und erinnerte sich an Maigerles Konzert, das er dort einmal miterlebt und bei dem er den Song »Gisela« kennengelernt hatte.

»Tja, und jetzt bauen wir gerade unsere Verstärker auf – wenn ich mich da drücke, bekomme ich Druck von den anderen. Die können meine Notfall-Geschichten ohnehin schon nicht mehr hören.«

»Kein Problem, Herr Maigerle. Hier am Tatort sind wir schon genug Leute, aber nachher wäre es ganz gut, wenn Sie dabei wären. Wir wollten uns mit der Soko zusammensetzen, so um …« Er sah auf die Uhr. »Etwa halb sieben heute Abend – können Sie da kommen?«

»Ja, das haut hin. Gut.«

Schneider hörte im Hintergrund einen Mann nach Maigerle rufen, es klang ungeduldig.

»Und danke, Herr Schneider«, sagte Maigerle noch, dann legte er auf.

* * *

»… näher gekannt?«, hörte Schneider seinen Kollegen noch fragen, als er ins Wohnzimmer trat und sich auf eine Geste von Frau Heinze hin neben den Kollegen auf einen Stuhl setzte.

»Nein, wirklich näher kannte Frau Herbst hier im ganzen Haus keiner, glaube ich«, sagte sie. »Sie war auf jeden Fall nicht besonders beliebt, so viel ist sicher.«

»Und warum?«, fragte Schneider, obwohl er die Antwort ja schon kannte. Aber man wusste ja nie, was nebenbei noch alles erwähnt würde, das noch wichtig werden konnte.

»Ach, sie hatte einen richtigen Fimmel mit ihrer blöden Kehrwoche.«

»Das ist doch aber hier im Schwäbischen weit verbreitet, nehme ich an.«

»Sie kommen nicht von hier, oder?«

Ernst grinste, und Schneider räusperte sich: Vier Jahre im Rems-Murr-Kreis reichten offenbar nicht, seine Karlsruher Wurzeln zu verdecken.

»Nein, aber die Sache mit der Kehrwoche habe ich schon ausgiebig mitbekommen.«

»Trotzdem: So überzogen wie Frau Herbst handhaben das sonst sicher nur die wenigsten. Und sie ist ja nicht irgendwie die Hausmeisterin oder so was – das hier im Haus sind alles Eigentumswohnungen, und da muss ich mich den anderen gegenüber nun wirklich nicht aufführen, als sei ich der Vermieter.«

Sylvia Heinze hatte sich richtig in Rage geredet. Dabei ruckte ihr Kopf ein wenig hin und her, und das manchmal so heftig, dass ihre zu einer etwas altmodischen Dauerwellenfrisur gelegten braunen Haare immer noch kurz nachwippten.

»Hatten Sie Ärger mit Frau Herbst?«, fragte Ernst.

»Natürlich, und wie!«

Die Antwort war gekommen wie aus der Pistole geschossen, aber nun hatte Sylvia Heinze wohl begriffen, wie das wirken musste angesichts der Toten unten im Erdgeschoss. Sie schlug sich kurz die Hand vor den Mund, sah die beiden Kommissare dann an und lächelte entschuldigend.

»Aber deshalb habe ich sie natürlich nicht umgebracht, meine Herren!«

»Natürlich nicht«, sagte Schneider. »Wo waren Sie denn heute Nachmittag?«

»Hier in der Wohnung. Ich geh nicht so oft weg, ich hab's ja auch schön hier.«

Die Vorhänge waren halb zugezogen, und das gedämpfte Licht von draußen tauchte den Raum in einen warmen Gelbton. Das Wohnzimmer war altmodisch und nicht besonders geschmackvoll eingerichtet: Kommode, Sofa, Couchtisch, Esstisch und Stühle sahen aus, als seien sie eher zufällig nacheinander hier gelandet – und das schon vor einigen Jahren.

»Sie leben allein?«

»Ja«, sagte Sylvia Heinze, dann huschte ein vielsagendes Lächeln über ihr Gesicht und sie zwinkerte den beiden Kommissaren zu. »Meistens.«

Schneider räusperte sich.

»Ja, gut, Frau Heinze«, sagte er dann. »Und Sie haben vermutlich auch nichts gehört?«

»Nein, ich habe ferngesehen. Da lief eine Reisereportage über Tibet. Sehr interessant.«

»Von wann bis wann denn?«

»Ach, da habe ich nicht so genau nachgesehen. So um drei, halb vier herum habe ich aber auf jeden Fall ferngesehen.«

»Gut, aber ...« Schneider wunderte sich ein wenig, dass nun schon das zweite Gespräch einen ähnlichen Verlauf nahm. »Woher wissen Sie, wann Frau Herbst ermordet wurde?«, fragte er auch diesmal.

»Haben Sie ...« Sylvia Heinze sah ihn überrascht an. »Haben Sie das nicht gerade erwähnt?«

»Nein.«

»Oh, mir war so.«

»Also: woher kennen Sie die Uhrzeit?«

»Ich ... ich hab die Herbst vorher draußen herumschleichen hören. Wobei ...« Sie lachte kurz auf. »Schleichen ist vielleicht das falsche Wort. Tock, tock, tock, immer rauf und runter mit ihrem nagelneuen Gipsbein – das war ja nicht zu überhören.«

»Was hat sie gemacht?«

»Soweit ich das durch den Spion erkennen konnte, hat sie kontrolliert, ob die Kehrwoche ordentlich gemacht war.«

»Und? War sie?«

»Nein, zumindest nicht so, wie sie das wollte.«

»Und dann?«

»Dann ist sie hoch, kam mit dem Kehrwochenschild wieder runter und hat es mir vor die Tür gehängt.«

»Und warum Ihnen?«

»Ich war vorige Woche dran – und ich hab's nicht so mit der Kehrwoche. Das interessiert mich nicht, und ich hab mir diese Wohnung hier ja auch nicht gekauft, um mich weiter drangsalieren zu lassen wie irgendein dahergelaufener Mieter.«

»Und dann hat Frau Herbst Ihnen gewissermaßen eine Zugabe spendiert?«

»Ja, Zugabe.« Sie lachte wieder, es klang bitter. »So könnte man das nennen – obwohl es die Herbst gar nichts anging. Der gehört hier auch nicht mehr als mir. Die legt Steinchen in die Ecken, das müssen Sie sich mal vorstellen! Die habe ich natürlich extra liegen lassen, damit sich die Herbst auch ordentlich ärgert. Das war auch diesmal nicht anders.«

»Nun legt sie keine Steinchen mehr in die Ecken.«

»Tja, so hat alles sein Gutes«, sagte Sylvia Heinze spontan, bevor sie die beiden Kommissare entschuldigend ansah. »Tut mir leid, das war jetzt nicht sehr taktvoll, was?«

»Nein.«

»Aber es ist ... es war auch ein Kreuz mit der Herbst. Haben Sie schon mit den anderen gesprochen?«

»Noch nicht mit allen.«

»Sie werden vermutlich von allen dasselbe hören: Die Herbst war schwierig, pingelig, altmodisch – ach, denken Sie sich irgendeine unangenehme Eigenschaft, sie hatte sie ziemlich sicher.«

Schneider wollte schon aufstehen, da fiel ihm ein, dass eine Frage noch nicht geklärt war.

»Sie haben uns noch nicht erklärt, wie Sie darauf kommen, dass Frau Herbst zwischen drei und halb vier getötet worden sein könnte.«

»Doch, ich habe Ihnen gerade erzählt, dass ich sie vorher im Treppenhaus gehört habe.«

»Und dann?«

»Dann nicht mehr. Ich hab ja ferngesehen.«

»Die Reisereportage über Dubai, ich weiß.«

»Nein, es war Tibet.«

»Ach ja, entschuldigen Sie das Versehen«, sagte Schneider. Sylvia Heinze hatte den kleinen Test bestanden. »Dadurch konnten Sie vermuten, dass Frau Herbst irgendwann nach drei Uhr umkam – aber warum nicht später als halb vier?«

»Na ja, irgendwann kamen ja Ihre Leute, da habe ich mir das halt so zurechtgerechnet.«

»Alle Achtung«, sagte Schneider, stand auf, musterte Sylvia Heinze noch kurz und ging dann mit Ernst im Gefolge wieder hinaus ins Treppenhaus.

* * *

Frank Herrmann und Markus Berner von der Pressestelle der Polizeidirektion kamen ins Haus, grüßten den Rechtsmediziner Dr. Thomann, der sich gerade über die Leiche beugte und beiläufig zurückgrüßte, und betrachteten die Tote auf dem Boden eine Zeitlang.

»Das ist nicht alles Blut«, sagte Kriminaltechniker Frieder Rau von Roswitha Herbsts Wohnungstür her. »Nicht, dass ihr in euren Pressemitteilungen noch zu dramatisch werdet.«

Herrmann grinste dünn, aber er brachte angesichts eines Mordopfers nicht halb so viel schwarzen Humor auf, wie ihm gut tun würde. Rau war da anders gestrickt.

»Kannst du uns aufs Laufende bringen?«, fragte er und ging zusammen mit seinem Kollegen um die Tote herum zur Wohnungstür.

»Gsälz, Saft und Blut«, sagte Rau ungerührt und deutete auf die Lache, in der die Tote lag.

»Und sonst?«

Rau fasste zusammen, was bisher bekannt war.

* * *

Die Tür zur Wohnung von Arno Stratmans stand offen, und als Ernst und Schneider die zweite Etage erreichten, rief eine tiefe Männerstimme mit starkem Akzent: »Kommen Sie rein, immer geradeaus durch bis ins Wohnzimmer.«

Sie folgten dem mit einem dicken Teppich ausgelegten Flur, und im Wohnzimmer bemerkte Schneider erst im letzten Moment die beiden Beine, die quer vor der Tür ins Zimmer ragten.

»Ich bin gleich bei Ihnen«, rief die Stimme, und umständlich robbte der Mann rückwärts, bis zuletzt auch der Kopf nicht mehr unter dem Sofa steckte.

»Herr Stratmans?«, fragte Schneider und zeigte mit seinem Zeigefinger auf seine rechte Wange – an der entsprechenden Stelle hingen einige Staubflusen in Stratmans' Gesicht.

»Danke«, lachte Stratmans, wischte den Fussel weg und hustete. »Ich sollte mehr putzen, das weiß ich schon. Aber man kommt ja zu nichts.«

Dann rappelte er sich auf, gab den beiden Kommissaren die linke Hand und hielt mit triumphierender Geste in der rechten ein Jojo hoch.

»Ist mir vorhin runtergerollt«, sagte Stratmans. »Bis ganz nach hinten, der kleine Schlingel. Hat ihm aber nichts geholfen.«

Stratmans grinste und legte das Jojo auf den Couchtisch. Dort stand außerdem eine halbvolle Kaffeetasse, ein mit

Bröseln übersäter Teller und ein Glas mit der Aufschrift »Erdbeer 2010, Herbst«, in dem ein Messer steckte.
»Wollen Sie ein Brot?«
Stratmans war den Blicken der Kommissare gefolgt.
»Dieses Sälks ... Selchs ...«
»Gsälz«, half ihm Ernst über die sprachliche Hürde.
»Danke, das schaff ich nie. Also: Diese Marmelade von Frau Herbst ist klasse. Sie macht die ... ich meine: sie machte die einfach hervorragend. Da könnte ich mich reinlegen.«
»Lieber nicht«, entfuhr es Schneider, aber er verkniff sich ein Grinsen und jeden weiteren Kommentar, als er aus den Augenwinkeln Ernsts erschrockenen Seitenblick bemerkte.
»Nein, natürlich lege ich mich da nicht rein«, lachte Stratmans, ohne Verdacht zu schöpfen. »Aber heißt das im Deutschen nicht so? Das schmeckt so gut, da könnte ich mich reinlegen?«
»Ja, ja, so heißt es«, sagte Schneider. »Aber wir wollten Ihnen ein paar Fragen zu Frau Herbst stellen. Und zu Ihnen selbst. Sie sind kein Schwabe, nehme ich an?«
»Nein, das ist mir auch gut anzuhören, glaube ich – aber mir gefällt es gut hier, ich wohne seit Jahren bei Stuttgart, und jetzt auch schon eine ganze Zeitlang hier im Haus. Ich komme gut zurecht. Und Sie?«
»Ich? Wieso ich?«
»Na, ich stamme aus Belgien, was man mir auch anhört. Aber Sie sind auch nicht von hier, würde ich sagen. Baden oder so?«
»Ja, Karlsruhe. Ist das so offensichtlich?«
»Schon, aber freuen Sie sich doch. Mir hat mein Akzent immer einen Schlag bei Frauen eingebracht, und manchmal tut er das heute noch. Da wär ich ja blöd, wenn ich plötzlich« – er sprach weiter, aber nun war jeder fremd wirkende Laut verschwunden – »perfektes Hochdeutsch oder a broits Schwäbisch schwätza dät, gell?«
Schneider und Ernst schauten verblüfft. Stratmans brach in lautes Lachen aus und verfiel sofort wieder in seinen Akzent.

»Sehen Sie? Geht alles, muss aber nicht. Und Sie sollten Ihre badische Färbung ruhig auch weiter kultivieren. Viele Schwäbinnen lieben das, vielleicht löst das einen Beschützerinstinkt aus, keine Ahnung – aber hinterher gehen sie ab wie Schmidts Katze.«

Schneider hüstelte.

»Sagt man das nicht so im Deutschen?«

»Doch, doch, Sie sind überhaupt sehr gut in solchen Redensarten, scheint mir. Aber ich bin verheiratet.«

»Ja, und?« Stratmans hielt ihm seine rechte Hand hin, auf dem Ringfinger steckte ein dezenter Goldring.

»Ach, Sie auch? Draußen auf dem Klingelknopf steht nur ›Arno Stratmans‹ – wohnt Ihre Frau auch hier?«

»Ich bin doch nicht verheiratet, wo denken Sie hin! Nein, der Ring soll das nur so aussehen lassen. Dann wissen die Mädels, dass ich nichts Längeres von ihnen will – na ja, und das mit Schmidts Katze hatte ich ja schon erwähnt.«

»Ja, hatten Sie.« Schneider sah zu einem der freien Sessel hin.

»Ach, wo hab ich nur meine Manieren!«, rief Stratmans und nahm eine zusammengefaltete Decke von dem daneben stehenden Sessel. »Nehmen Sie doch bitte Platz!«

Ernst und Schneider setzten sich. Stratmans huschte hinaus in die Küche, bevor sie noch etwas fragen konnten, dann rief er zurück ins Wohnzimmer: »Trinken Sie einen Espresso mit?«

»Ja«, sagte Ernst.

»Nein«, sagte Schneider mehr aus Gewohnheit.

Zweimal Röcheln später kam Stratmans mit zwei Tassen zurück an den Tisch, stellte eine vor Ernst hin und eine vor seinen eigenen Platz. Der Espresso duftete wirklich gut, und Schneider bereute, dass er ihn abgelehnt hatte.

»Was haben Sie denn von Frau Herbsts Tod mitbekommen?«, fragte er schließlich, nachdem Stratmans seine Tasse mit lautem Schlürfen ausgetrunken hatte.

»Nichts, eigentlich.« Stratmans stellte die Tasse zurück auf den Untertaller, sah dann Schneider kurz an, dann schien ihm etwas einzufallen. »Doch, einen Schlag hab ich gehört, draußen im Treppenhaus. Ich hab dann kurz rausgesehen, mir ist aber nichts aufgefallen, also bin ich wieder rein. Wo liegt Frau Herbst denn?«

»Unten vor ihrer Wohnungstür.«

»Oh je, die Arme …«

»Klingt ganz so, als würde sie Ihnen fehlen.«

»Nein, eher schon ihr Sälks … äh … ihre Marmelade.«

Schneider zog die Stirn in Falten.

»Jetzt schauen Sie mich nicht so streng an, Herr Wachtmeister«, sagte Stratmans schnell und hob abwehrend die Hände. »Tut mir ja auch leid, das hätte ich so sicher nicht sagen dürfen.« Ein leichtes Grinsen verriet, wie ernst es ihm mit dieser Entschuldigung wirklich war.

»Hauptkommissar, nicht Wachtmeister«, sagte Schneider.

»Oops …«, machte Stratmans und grinste wieder. »Da verstehen Sie keinen Spaß, was?«

»Herr Stratmans, können wir das Getue nicht einfach lassen? Wir ermitteln hier in einem Mordfall, die Tote liegt noch unten, und Sie machen hier Ihre Späßchen – das finde ich nicht so passend, ganz ehrlich.«

»Na ja, aber die olle Herbst wird hier im Haus keiner vermissen, schätze ich mal. Und ich auch nicht.«

»Aber wenn sie Ihnen Marmelade spendierte?«

»Ach, ist das hier so etwas Intimes?« Stratmans grinste kurz, dann wurde er wieder ernst. »Ist ja schon gut … Sie wusste vermutlich nicht, wie ich wirklich über sie denke. Die Alte ist mir ganz schön auf den Sack gegangen. Aber ich hab nichts gesagt, und meinen Akzent mochte sie auch – tja, und dann war ich noch der arme, allein lebende Mann, dem man auch mal was Leckeres bringen muss. Da war ich halt nett und freundlich. Ich hab mir meinen Teil gedacht – und hab mir alles schmecken lassen, was sie mir hochgebracht hat.«

»Als Sie nach dem Schlag, den Sie gehört haben, raus sind ins Treppenhaus … haben Sie da auch nach unten geschaut?«

»Ja, klar, kurz nach unten und kurz nach oben. Aber ich hab nichts gesehen, was mir verdächtig vorkam, wenn Sie das meinen. Ich kann von hier oben die Tür von Frau Herbst nicht sehen.«

»Und dann?«

»Dann bin ich wieder rein und hab weiter Fernsehen geschaut.«

»Eine Reisereportage?«

»Nein, wie kommen Sie darauf?«

»Ach, nur so. Was haben Sie denn geschaut?«

»Ich hab eine Weile nur rumgezappt, irgendwie kam heute nichts Gescheites. Ich hab dann später auch ausgeschaltet und das Radio eingestellt. Und dann hab ich ein bisschen geputzt.«

Schneider sah sich kurz um. Das Wohnzimmer wirkte nicht so, als sei hier in letzter Zeit geputzt worden.

»Mein Gott, ich bin halt kein Schwabe«, sagte Stratmans, als er Schneiders Blick bemerkte. »Bei mir sieht das nach dem Putzen so grauslich aus wie vorher.«

»Und außer dem einen Schlag haben Sie nichts gehört?«

»Ab diesem Zeitpunkt nicht mehr, nein. Davor war die Herbst im Treppenhaus unterwegs, man konnte sie wegen des Gipsbeins ganz gut hören. Die hatte sich ein Bein gebrochen oder ein Band gerissen – das weiß ich nicht mehr so genau. Sie kam erst heute aus dem Krankenhaus, da hatte sie noch keine Gelegenheit, mich vollzuquatschen.«

»Was hat sie Ihrer Meinung nach im Treppenhaus gemacht?«

»Dasselbe wie immer: Sie hat die Kehrwoche kontrolliert. Ich hab sogar noch durch den Türspion gespickelt. Drüben bei den beiden Mädels hat sie das Kehrwochenschild abgehängt und dann ist sie damit in den ersten Stock runter. Als sie ein paar Stufen gegangen war, ging bei den Mädels die Tür ganz leise auf und Freya hat der Alten noch hinterhergeschaut. Ich glaub, die hat nicht begriffen, was das nun wieder sollte. Ich, ehrlich gesagt, auch nicht.«

»Freya?«

»Ja, gegenüber wohnen doch Freya und Susanne Strobel, die Mädels eben.«

»Schwestern? Oder Mutter und Tochter?«

»Na, sagen wir mal: eher Schwestern.« Er grinste so anzüglich, dass sogar Schneider sofort verstand, was er damit meinte. »Und das ist echt ein Jammer, das sag ich Ihnen.« Stratmans beschrieb mit seinen Händen ausgiebige Rundungen und schaute schwärmerisch auf den Kommissar.

»Danke, so genau müssen wir das gar nicht wissen. Was mich mehr interessieren würde: Ist Frau Strobel denn auch die Treppe hinuntergegangen?«

»Nein, die hat gleich drauf die Tür wieder zugemacht. Wollte wahrscheinlich nicht von der Herbst gesehen werden – die Alte war schon fast die halbe Etage unten, und ab dort hat sie ja dann wieder den Blick zur Tür der Mädels hinauf.«

»Und dann?«

»Dann hab ich aufgehört, durch den Spion zu schauen, und bin wieder zurück hierher ins Wohnzimmer.«

* * *

Staatsanwalt Kurt Feulner musste etwas weiter laufen: Rund um das Haus in der Fronackerstraße waren inzwischen alle Stellplätze voll, und Polizeiwagen, der große Transporter der Spurensicherung und ein Leichenwagen standen in zweiter Reihe oder quer über den Gehweg.

»Hallo, Herr Feulner.«

Pressesprecher Frank Herrmann kam mit einem Kollegen aus dem Haus und beschrieb dem Staatsanwalt kurz das Wesentliche.

»Danke«, sagte Feulner knapp. »Dann werde ich mir das auch selbst noch mal ansehen. Wirkt eklig mit diesem Gemisch um die Frau herum, oder?«

»Schon, aber denken Sie dran: Gsälz und Saft!«

»Ja, und Blut eben.«

»Tja, leider.«

* * *

Die Türglocke hallte noch kurz nach, aber hinter der Wohnungstür regte sich nichts. Schneider drückte noch einmal auf den Knopf.

»Ja, ja, ist gut. Ich komm ja schon!«

Die Stimme klang sehr rauchig, und Schneiders Nackenhaare stellten sich ein wenig auf. Als die Tür aufschwang und Freya Strobel vor ihm stand, schluckte er trocken und brachte kein Wort heraus.

Die Frau in der Wohnungstür war groß, schlank, und die Jeans und das karierte Hemd, das nur lässig vor dem flachen Bauch verknotet war, betonten, dass Stratmans mit seiner Geste vorhin nicht übertrieben hatte. Sie hatte volle Lippen, dunkel funkelnde Augen, und darunter dominierten die Wangenknochen und eine eher groß ausgefallene, aber schön modellierte Nase das prägnante Gesicht. Ihre feuchten, schwarzen Haare hingen verstrubbelt über Schultern und Rücken, das Handtuch, mit dem sie sie wohl gerade trocken rubbeln wollte, hielt sie in der Hand. Die Finger waren lang, die Nägel unlackiert, aber sorgfältig gepflegt. Und an der rechten Hand trug sie einen massiven Ring aus Silber oder Weißgold.

»Rainer Ernst ist mein Name«, sprang ihm der Kollege bei, »und das ist mein Chef, Klaus Schneider.« Er zeigte seinen Ausweis. »Wir sind von der Kripo und untersuchen den Tod von Frau Herbst.«

»Kommen Sie rein«, sagte Freya Strobel, trat zur Seite und deutete mit dem Arm den Flur entlang. »Immer geradeaus durch. Wir trinken gerade Kaffee.«

Ernst schubste Schneider unauffällig, und dann gingen die beiden Kommissare ins Wohnzimmer.

Eine drahtige Frau im Jogginganzug setzte sich auf dem Sofa auf, als die beiden ins Zimmer traten, und sah fragend zu Freya Strobel hin.

»Die beiden Herren sind von der Kripo. Ein Herr Ernst und ein Herr ... Schneider?«

Schneider nickte und versuchte dabei, an Freya Strobel vorbeizusehen.

Susanne Strobel stand auf, drückte den beiden die Hand und deutete auf zwei Polsterstühle vor dem Couchtisch. Freya ließ sich geschmeidig neben ihre Partnerin gleiten. Schneider sah stur auf den Tisch vor sich, er konnte sich aber vorstellen – besser als ihm lieb war –, wie sich Freya Strobels Körper im Moment gerade bewegt hatte.

»Wollen Sie auch einen?«

Freya Strobel schob jedem der Männer eine Bechertasse hin, wartete kurz und schenkte ihnen dann, als niemand ablehnte, Milchkaffee aus einer Thermoskanne ein.

»Zucker ist hier drin«, sagte sie und deutete auf ein quietschbuntes Plastikschwein mit dem Logo einer Bank, dem irgendjemand den Rücken abgesägt hatte und in dem sich nun statt Münzgeld und Scheinen Zuckerstücke in Herz- und Rautenform stapelten.

»Ja, danke«, sagte Ernst und nahm sich zwei Zuckerrauten.

Schneider sagte nichts, griff nach dem Zuckerschwein und fischte ein Herzchen heraus. Er schluckte, ließ den Zucker in seine Tasse fallen und wischte dann die Kaffeespritzer von der Tischplatte.

»So«, sagte Freya Strobel schließlich, »was wollen Sie denn nun von uns beiden wissen?«

Die Frau hatte Schneiders Verlegenheit bemerkt und lächelte amüsiert zu Ernst hinüber, der sich aber viel Mühe gab, sich ein breites Grinsen zu verkneifen.

»Was haben Sie denn vom Tod Ihrer Nachbarin mitbekommen?«

»Wir hier oben erst einmal gar nichts. Dann hat Ihr Kollege geklingelt, hat uns wegen Frau Herbst informiert und hat uns gebeten, nicht aus dem Haus zu gehen, weil nachher zwei Kommissare von der Kripo mit uns reden wollten.«

»Haben Sie nichts gehört? Einen Schlag, ein zerberstendes Glas, irgendetwas?«

»Nein, wir haben …« Sie lächelte kurz zu Susanne Strobel hin. »Wir haben uns etwas ausgeruht.«

Schneider spürte, wie er rot wurde, und nahm schnell einen langen Zug aus dem Kaffee. Er war stark und etwas bitter – er hatte in der Eile vergessen, umzurühren. Außerdem war der Kaffee noch ziemlich heiß, und Schneider behielt den Kaffee noch einen Moment lang zwischen den Wangen, bevor er ihn nach und nach hinunterschluckte.

»Ist was mit dem Kaffee?«, fragte Freya Strobel, und sie amüsierte sich noch immer prächtig über Schneiders Verlegenheit.

»Etwas heiß ist er noch«, brachte Schneider schließlich hervor. »Und ich hab vergessen umzurühren. Aber er ist wirklich gut, der Kaffee.«

»Danke, den hat Susanne gekocht.«

Schneider nickte der anderen Frau zu, dann sah er wieder zu Freya Strobel, fing ihr Lächeln auf, das ein wenig spöttisch wirkte, aber nicht hämisch – und er begann sich ein wenig zu entspannen.

Ernst sah etwas genervt zwischen den beiden hin und her, dann räusperte er sich und hakte noch einmal nach.

»Haben Sie Frau Herbst im Treppenhaus gehört, bevor sie unten … starb?«

»Ja, klar. Tock, tock, tock – die ist mit ihrem Gipsbein die Treppen rauf und runter, nicht schnell, aber laut. Ich glaube, sie musste unbedingt ihre Runde machen – sie war ja eine Zeitlang im Krankenhaus gewesen, irgendwas mit ihrem Bein, deshalb auch der Gips. Ich vermute, es war ihr wichtig, dass sie unbedingt spätestens am Samstag aus dem Krankenhaus entlassen wurde – damit sie alles wie gewohnt kontrollieren kann.«

»Sie mochten sie nicht?«

»Keiner mochte Frau Herbst, glaube ich. Also zumindest niemand hier im Haus. Die hat sich aufgeführt, als würde ihr das Haus gehören – oder als sei sie hier die Hausmeisterin. Das war wirklich manchmal nicht leicht zu ertragen. Und uns hatte sie ohnehin immer ganz besonders genau im Blick.«

»Sie? Wieso das?«

»Na, hören Sie mal: Ein gut schwäbisches Haus – und dann kaufen sich hier zwei Lesben ein?«

Freya Strobel lachte freudlos.

»Das sollte heute eigentlich nichts mehr sein, an dem sich jemand stört«, sagte Ernst.

»Stimmt, das sollte es nicht mehr sein«, nickte Freya und nahm einen Schluck Kaffee. »Aber so ist das nun mal.«

Sie deutete zu einem Stapel Unterlagen und Bücher hinüber, der auf einem Schreibtisch an der Wand gegenüber lag.

»Und Frau Herbst ist … nein: war nicht die Einzige, die sich daran störte.«

Ernst konnte die Buchrücken von seinem Platz aus nicht entziffern und sah fragend zu Freya hin.

»Wir wollen seit längerer Zeit ein Kind adoptieren. Wir sind verheiratet, und nun fehlt uns noch so ein Winzling zur richtigen Familie. Aber das ist nicht so einfach, wie wir dachten. Ich meine: Wir verdienen beide nicht schlecht, Susanne hat schon alles vorbereitet, damit sie eine Weile pausieren und später nur noch halbtags arbeiten kann. Wir haben eine eigene Wohnung, wir sind gesund und jung genug – aber … na ja … wir sind halt zwei Frauen. Da hat mancher offenbar ein Problem damit.«

»Das tut mir leid«, sagte Ernst.

»Danke«, sagte Susanne Strobel.

»Trotzdem müsste ich wissen, was Sie um den Zeitpunkt von Frau Herbsts Tod noch im Treppenhaus gehört oder gesehen haben.«

»Nichts. Sie ist halt rauf und runter mit ihrem Gipsbein, mehr habe ich nicht mitbekommen.«

»Sie sind nicht zufällig raus ins Treppenhaus?«

»Ich? Äh … nein.«

Ernst sah sie ruhig an und wartete.

»Sag's ihm ruhig«, warf Susanne Strobel ein. »Er weiß es eh schon. Der Hausbock wird's ihm schon gesteckt haben.«

»Der Hausbock?«, fragte Ernst.

»Na, der schöne Arno von gegenüber. Bei dem waren Sie doch schon, oder?«

»Ja, aber ...« Ernst grinste kurz. »Besonders schön fand ich ihn eigentlich nicht.«

Susanne lächelte und stieß ihre Partnerin leicht in die Seite.

»Na, gut«, sagte Freya Strobel schließlich. »Ich hab bemerkt, dass Frau Herbst einen Moment vor unserer Tür stehen blieb. Manchmal hat die da gehorcht, ich kann mir schon denken, was sie zu hören gehofft hat. Aber wir führen ein ganz normales Leben wie jedes andere Ehepaar auch.«

»Gut. Und dann?«

»Dann hab ich kurz gewartet, es hat draußen irgendwie gekratzt, und dann ist Frau Herbst mit ihrem Gipsbein wieder die Treppe hinuntergegangen.«

»Und dann?«

»Dann habe ich leise die Tür geöffnet und habe ihr nachgesehen. Sie hatte das Kehrwochenschild bei uns abgehängt und trug es nach unten.«

»Und?«

»Nichts ›und‹ – ich habe die Tür dann gleich wieder zugemacht, damit sie mich nicht sieht. Ich hatte echt keinen Bock auf Treppenhaustratsch, und ich war auch nicht so angezogen, wie es Frau Herbst gerne gehabt hätte.«

»Das war alles?«

»Ja, fast. Ich hab noch kurz durch den Spion geschaut, als ich die Tür geschlossen hatte. Und da ging drüben bei Stratmans die Tür auf, und der ist rausgekommen. Er hat dann zu unserer Tür hergeschaut, da bin ich schnell weg vom Spion – ich glaube nicht, dass man da von außen durchsehen kann, aber ich wollte lieber nicht riskieren, dass er mich beim Spickeln erwischt. Das ist doch peinlich, oder?«

Schneider und Ernst sahen sich an.

»Und Herr Stratmans?«, fragte Schneider nach einer kurzen Pause. »Ist der danach die Treppe runtergegangen?«

»Keine Ahnung«, sagte Freya. »Ich bin ins Wohnzimmer zu Susanne, da habe ich nichts mehr gehört. Und der

schleicht auch immer wieder mal leise durchs Treppenhaus
– ich glaube, wenn er mal abends keine abbekommen hat,
horcht er vor den Türen der anderen im Haus. Eigentlich
ist Stratmans ein armes Schwein, wissen Sie?«

»Na ja«, sagte Susanne, »oder auch nur ein Schwein – wie
man's nimmt.«

* * *

Feulner hatte genug gesehen. Thomann hatte ihm noch ein
paar Infos zum vermuteten Tathergang gegeben, dann fuhr
der Staatsanwalt wieder davon. Sie würden sich nachher
noch sehen, für halb sieben war die erste Besprechung der
Sonderkommission angesetzt.

* * *

Die Frau, die den beiden Kommissaren die Tür öffnete, war
recht klein und zierlich, und unter der etwas struppig frisierten Dauerwelle wirkte ihr Gesicht fahl, faltig und verhärmt.

»Ja, bitte?«
»Frau Müller?«
»Ja.«
»Mein Name ist Klaus Schneider, das ist mein Kollege
Rainer Ernst. Wir sind von der Kriminalpolizei und würden
Sie gerne kurz zu Frau Herbst befragen.«
»Oh, Gott, ja, die Arme ...«

Erika Müller wischte sich fahrig mit der Hand übers Gesicht, dann sah sie die beiden an, als müsse sie sich erst wieder erinnern, wer da vor ihr stand.

»Ach, aber kommen Sie doch bitte herein!«

Sie drehte sich um und ging erstaunlich flink den Flur
entlang. Kurz vor der Tür ins Wohnzimmer bog sie nach

links ab und stellte sich neben einem Esstisch auf, auf dem eine karierte Wachstuchdecke lag.

»Bitte, hier«, sagte sie und huschte schon wieder aus dem Zimmer, noch bevor sich ihre beiden Gäste gesetzt hatten.

Schneider nahm Platz, Ernst trat auf den Flur hinaus und behielt die Frau vorsichtshalber im Blick. Er sah, wie sie erst ein Stück zur Wohnungstür zurückging und dann ein kurzes Kommando in die Küche rief. Dann drehte sie sich wieder um, sah überrascht auf Ernst, der noch im Flur stand, und ging dann hinter ihm ins Esszimmer.

Nun saßen alle drei um den Tisch herum. Schneider bemerkte, wie mühsam sich die Frau auf ihrem Stuhl vor- und zurückschwang und so zentimeterweise etwas näher an den Tisch heranrückte. Er stand auf, wurde aber von einer weichen Hand wieder auf den Stuhl gedrückt.

»Das ist meine Aufgabe«, sagte ein etwas molliger Mann mit hochrot glänzender Glatze, eingefasst von einem wirren, schlohweißen Haarkranz.

Er stellte sich hinter die Frau, half ihr näher an den Tisch heran und setzte sich schließlich neben sie auf den letzten freien Stuhl.

»So, Sie sind also von der Polizei?«

Der Mann musterte die Kommissare, die sich auch ihm vorstellten und ihm ihre Papiere hinhielten. Überraschend schnell griff er sich die beiden Ausweise, legte sie sorgfältig vor sich auf den Tisch und studierte sie gründlich.

»Schneider. Ernst. So, so.«

Dann sah er auf.

»Mein Name ist Müller, Claus Müller, Claus mit C. Und das hier ist meine Frau Erika.«

Er saß still und musterte die beiden Kommissare, machte aber keine Anstalten, ihnen die Ausweise zurückzugeben.

»Und wie können wir Ihnen nun helfen?«

»Wir wollten gerne von Ihnen wissen, ob Sie vom Mord an Frau Herbst etwas mitbekommen haben«, sagte Schneider in betont sanftem Tonfall. Er hatte das Gefühl, dass die beiden älteren Herrschaften hier am Tisch nicht mehr besonders gut auf dem Damm waren.

»Ach, ist es Mord gewesen?«

»Ja, alles deutet darauf hin.«

»Wie ist es denn passiert?«

»Herr Müller, eigentlich möchte ich gerne Ihnen Fragen stellen – nicht umgekehrt. Was haben Sie denn gehört oder gesehen?«

Müller setzte eine beleidigte Miene auf, lehnte sich in seinem Stuhl zurück, verschränkte seine Arme vor der Brust und sah zu einem Punkt oberhalb von Schneiders Kopf. Ernst folgte dem Blick, konnte aber nichts Besonderes dort an der Wand entdecken.

»Herr Müller?«, fragte Schneider nach einer kleinen Pause.

»Dann antworte ich vielleicht mal, ja?«, meldete sich Erika Müller zu Wort. Ihre dünne Stimme klang ein wenig unsicher, aber sie kannte die Marotten ihres Ehemannes und wusste, dass von ihm im Moment nicht viel zu erwarten war.

»Wir haben nichts gehört und nichts gesehen«, sagte sie mit einem kurzen Seitenblick auf ihren Mann, der noch immer unverwandt über Schneider hinwegstarrte. »Und um ehrlich zu sein: Wir haben noch nie etwas gehört oder gesehen.«

»Wie praktisch«, ätzte Schneider, dem das Getue der beiden allmählich auf die Nerven ging.

»Na, ich weiß nicht … Mir wäre es lieber, wir würden etwas mehr erleben. Aber hier oben im dritten Stock … na ja. Und wir sind beide nicht mehr so gut zu Fuß, da überlegt man es sich zweimal, ob man jetzt wirklich die ganzen Treppen hinunter in den Keller muss oder zum Einkaufen in die Stadt.«

»Haben Sie heute Nachmittag etwas gehört, oder haben Sie Frau Herbst gesehen?«

»Gehört hab ich sie kurz. Sie hatte irgendwas mit dem Bein, war deswegen auch im Krankenhaus. Und der Gips, den man ihr angelegt hat, klopfte bei jedem Schritt recht laut auf die Stufen.«

»Bei jedem zweiten Schritt!«

Claus Müllers Einwurf kam so ansatzlos, dass Schneider vor Schreck zusammenzuckte.

»Wie bitte?«

»Bei jedem zweiten Schritt klopfte der Gips auf die Stufen. Sie hatte ja nicht beide Beine eingegipst, nicht wahr?«

Schneider lag eine heftige Erwiderung auf der Zunge, aber er schluckte sie hinunter.

»Dann haben Sie es also auch gehört, Herr Müller?«

»Das muss ich nicht extra hören, das sagt mir mein gesunder Menschenverstand: ein Gipsbein, also klopft es bei jedem zweiten Schritt.«

»Trotzdem: Haben Sie Frau Herbst auch gehört? Draußen im Treppenhaus?«

»Ja, natürlich, ich bin ja nicht taub!«

»Gut. Und wissen Sie zufällig, um welche Uhrzeit das war?«

Müller sah ihn verblüfft an und runzelte die Stirn.

»Ja, glauben Sie denn, ich sitze hier rum und mache mir zu jedem Geräusch, das ich durch die Wohnungstür höre, Notizen und schreibe mir die Uhrzeit auf?«

»Ja«, dachte Schneider.

»Nein«, sagte er, »aber es könnte ja sein, dass Sie gerade etwas im Fernsehen angeschaut haben und deshalb ungefähr eingrenzen könnten, wann Frau Herbst draußen unterwegs war.«

Müller sah ihn zunehmend irritiert an.

»Es soll eine interessante Reisereportage gezeigt worden sein«, versuchte es Schneider noch einmal.

»Wozu sollte ich mir so etwas ansehen?«

»Wir schauen nicht so viel fern«, schaltete sich Erika Müller vermittelnd ein, weil sie bemerkte, wie sich ihr Mann und Schneider allmählich in ein kleines Wortgefecht hineinsteigerten. »Und wir können Ihnen leider nicht helfen, was die Uhrzeit angeht. Wir haben hier im Esszimmer keine Uhr, die im Wohnzimmer ist kaputt, und in der Küche ... stimmt: Da haben wir eine, aber ich schau da gar nicht mehr hin.«

»Ich habe mich um meine Briefmarken gekümmert«, sagte Claus Müller schließlich. »Fehldrucke, DDR – da geht es um jedes Detail, da entscheidet eine einzige Linie darüber, ob die Marke ein paar Hundert D-Mark wert ist oder ob sie ins Altpapier kann.«

»Euro«, sagte Schneider wie im Reflex, »nicht D-Mark«, bereute es aber sofort, als er Müllers angriffslustig funkelnden Blick auffing.

»Gut, Euro«, schnappte Müller. »Aber da muss ich mich konzentrieren, und da interessiert es mich einen feuchten Dreck, wie viel Uhr es ist. Hell war's, so viel kann ich sagen, weil ich ohne Licht arbeiten konnte. Aber hell ist es ja jetzt auch noch, nicht wahr?«

»Und außer dem klopfenden Gipsbein: Ist Ihnen da sonst nichts aufgefallen?«

»Doch«, sagte Erika Müller. »Irgendwann war von unten ein Schlag oder so etwas zu hören. Ich nehme an, das war Frau Herbst, die da hingefallen ist – kann das stimmen?«

»Ja, das kann stimmen«, nickte Schneider.

»Aber da war auch noch ein Geräusch wie von zerbrechendem Glas. Ist sie denn … mit einer Flasche?«

Die Frau machte eine Bewegung, als würde sie jemanden schlagen.

»Nein, aber sie hatte eine Flasche Saft und ein Marmeladeglas in der Hand, als sie hinfiel. Und beides ist dabei zerbrochen.«

»Ach, dann hab ich das gehört.«

»Ja. Und haben Sie dann rausgeschaut?«

»Nein.«

Erika Müller antwortete schnell, aber es schien ihr noch etwas auf der Zunge zu liegen.

»Nein?«

»Nein, obwohl ich … Ich wollte rausschauen, aber als ich durch den Türspion geschaut habe, ging gegenüber die Tür von Frau Reimann auf. Die hat den Schlag wohl auch gehört und sah durch die Tür nach unten.«

»Und dann?«

»Nichts. Ich bin dann wieder weg vom Spion und zurück ins Wohnzimmer. Und eine ganze Weile später kam dann ihr Kollege und hat uns mitgeteilt, dass nachher noch jemand von der Kriminalpolizei mit uns reden möchte. Das war alles.«

»Und warum haben Sie Ihre Tür nicht aufgemacht? Sie hätten Frau Reimann doch fragen können, ob sie etwas gesehen hat? Ich habe den Eindruck, dass es Sie schon interessiert hätte, oder?«

»Ja, das schon, aber … ich …«

»Eine Schlampe wie die Reimann ist wohl kaum der richtige Umgang für eine Frau wie Erika!«

Claus Müller hatte einen sehr scharfen Ton angeschlagen, aber als sich Schneider ihm zuwandte, starrte er schon wieder nach oben an die Wand und hielt beide Arme fest vor der Brust verschränkt.

»Entschuldigen Sie bitte«, flehte Erika Müller den Kommissar an. »Mein Mann ist etwas … ungehalten wegen Frau Reimann. Aber ich will keinen Ärger haben, bitte.«

»Was hat er denn gegen Ihre Nachbarin?«

»Die macht jede Nacht mit einem anderen rum«, polterte Müller, »das habe ich gegen sie! Und das ist eine Schande fürs ganze Haus, das kann ich Ihnen sagen!«

»Also, jetzt reicht's aber, Claus!«

Erika Müller hatte ihren Mann so empört zurechtgewiesen, dass von ihrer Unsicherheit nichts mehr zu spüren war. »Du musst diese beiden Herren nicht so unhöflich behandeln!«

Claus Müller duckte sich ein wenig unter dem Tadel seiner vor Wut und Scham schäumenden Frau und sah unsicher zwischen ihr und der Wand hin und her. Seine Arme lösten sich voneinander, erst rutschte der eine seitlich an ihm herunter, dann ließ er auch den zweiten neben sich baumeln.

»Jetzt gibst du den Kommissaren ihre Ausweise wieder.«

Er schob mit lahmer Geste beide Ausweise über den Tisch.

»Und jetzt schaust du mal nach deinen Fehldrucken, Claus, das wird das Beste sein.«

Müller bewegte stumm die Lippen, als würde er bruddeln, aber nicht wagen, seiner Frau wirklich zu widersprechen. Er stützte die Hände auf dem Tisch ab, wuchtete sich hoch und schlurfte aus dem Zimmer. Sie hörten seine über den Boden schleifenden Schritte, dann wurde vorne in der Küche ein Stuhl verschoben, dann war es still in der Wohnung.

»Wir wollten immer Kinder haben«, sagte Erika Müller plötzlich, und Schneider fragte sich, was das nun wieder sollte. »Aber ich kann keine bekommen, und mit der Adoption hat es einfach nicht geklappt. Darüber ist mein Claus bitter geworden, und mich hat die Entwicklung auch nicht gerade glücklich gemacht.«

Sie ließ eine Pause, zückte ein kleines Stofftaschentuch und tupfte sich die Augenwinkel.

»Und als wir das Thema Kinder abgehakt hatten, kauften wir diese Wohnung und wollten hier vor allem unsere Ruhe haben. Aber das hat uns nicht so gut getan, wie wir uns das vorgestellt haben. Wir haben hier viel zuviel Ruhe, das habe ich Ihnen ja vorhin schon einmal gesagt.«

Schneider nickte und wartete ab, was nun noch kommen würde.

»Ich fand es immer recht spannend, was hier im Haus so alles passiert. Frau Herbst kam ab und zu mal auf einen Kaffee rauf, und sie wusste so ziemlich über alles Bescheid. Wir haben uns vor allem getroffen, wenn mein Mann in der Stadt war, Besorgungen machen, einkaufen – das dauerte immer recht lang. Und währenddessen tranken wir beiden Frauen hier gemütlich Kaffee, und Frau Herbst brachte mich aufs Laufende.«

Erika Müller kicherte ein wenig, sah kurz zur Tür hin und beugte sich dann etwas näher zu den Kommissaren.

»Sie wissen, dass unten zwei Frauen miteinander verheiratet sind, ja?«

Schneider nickte.

»Die wollen übrigens auch ein Kind adoptieren. Rührend, eigentlich – aber als ich das meinem Mann erzählt habe, hat er nur noch geschimpft. Das geht doch nicht, dass Kinder nun schon in solchen verwahrlosten Verhältnissen aufgezogen werden dürften – ach, hat er sich aufgeregt! Männer halt.«

Sie zwinkerte Schneider und Ernst schelmisch zu.

»Na, und an Frau Reimann hat ihn halt gestört, dass sie ... wie sagt man heute? Gesellig? Sie findet halt schnell Kontakt, ist ja auch eine ganz Hübsche. Und nach ihrer Scheidung darf sie ja wohl auch mal einen Freund haben, finde ich – wo sie sich die ganze Zeit allein um ihre Kinder kümmern muss. Aber mein Mann hat dafür kein Verständnis.«

Sie ließ wieder eine Pause, schniefte kurz und sah Schneider und Ernst dann nachdenklich mit feuchten Augen an.

»Wie gesagt: Wir wollten so gerne Kinder haben ...«

* * *

Anneliese Kling atmete flach und schnell, ab und zu zuckten ihre geschlossenen Augenlider, aber so wie es aussah, hatte sie das Schlimmste überstanden. Stefan Kling saß auf dem Rand ihres Bettes, und wann immer ein Arzt oder eine Schwester vorbeikamen, sah er fragend zu ihnen hin – aber sie hatten keine neuen Informationen für ihn.

Und das war im Moment eigentlich eine eher gute Nachricht.

* * *

Auf dem Weg durch den Flur sah Schneider kurz durch die Küchentür. Claus Müller beugte sich über ein aufgeschlagenes Briefmarkenalbum, um ihn herum lagen die Utensilien eines Sammlers: Katalog, Lupen, Pinzetten. Müller hatte dem Flur den Rücken zugewandt und machte auch keine Anstalten, sich umzudrehen, um sich von den Kommissaren zu verabschieden.

Die Glocke der gegenüberliegenden Wohnung wirkte mit ihrem Big-Ben-Gebimmel ein wenig fehl am Platz in diesem Mehrfamilienhaus. Aus Salzteig war ein kitschiges Namensschild geformt, das unter dem Klingelknopf an einem dünnen Nagel hing: »Reimann«, stand groß am oberen Rand, darunter »Finn, Lara, Sören & Bea«, und der Rest des Feldes war mit amateurhaft bemalten Blüten und Herzchen bedeckt.

Die Tür schwang schnell auf, eine junge Frau mit stoppelkurzen hellbraunen Haaren stand vor ihnen und rieb sich die feuchten Hände an der Jeans ab.

»Frau Reimann?«

Die Frau nickte kurz. Von hinten war das Weinen eines Kindes zu hören. Bea Reimann drehte sich kurz um, rief ein »Sören, lass endlich Lara in Ruhe!« in den Flur und wandte sich dann wieder den Kommissaren zu.

Schneider stellte sich und Ernst vor.

»Wir sollten Sie kurz etwas zum Tod von Frau Herbst fragen. Haben Sie einen Moment?«

»Nein«, sagte sie und lachte dann. »Den hab ich nie. Kommen Sie ruhig rein. Aber passen Sie bloß auf, wo Sie hintreten.«

Das war kein schlechter Rat, denn im Flur waren angefangene Legobausätze, eine einarmige Puppe im Prinzessinnenkleid, zwei altmodisch wirkende Brummkreisel und einige Kleidungsstücke verstreut.

»Kommen Sie am besten gleich hier rein«, sagte Bea Reimann und ging den beiden voran in die Küche.

In der Spüle ragte ein Pfannengriff aus schaumigem Wasser, Schüsseln und Brettchen waren daneben zum Trocknen gestapelt. Der Tisch war bedeckt mit Schulheften und -büchern, auf der Eckbank stand ein Ranzen, daneben lag eine Trinkflasche und eine Klappbox aus Plastik.

»Finn!«

Der Schrei war kurz, laut und wirkungsvoll. Wenige Sekunden später stand ein Junge mit roten Strähnchen in den blonden Haaren in der Küche, verstand sofort, was ihm seine Mutter mit einem drohenden Blick sagen wollte, und begann, die Hefte und Bücher in den Ranzen zu packen. Kurz darauf war er kommentarlos wieder verschwunden, und Bea Reimann trug Klappbox und Trinkflasche zur Küchenzeile hinüber.

»Nehmen Sie doch Platz«, sagte sie dann, deutete auf zwei Stühle und setzte sich selbst auf die Eckbank. »Was wollen Sie denn wissen?«

Schneider zog sich einen der Stühle heran.

»Wir würden gern von Ihnen wissen, ob Sie –« Er hatte sich auf etwas Hartes gesetzt, verlagerte sein Gewicht ein wenig und zog einen kleinen Plastikritter unter seinem Hintern hervor.

»Oh, den hat Sören schon gesucht«, sagte Bea Reimann und grinste. »Sagen Sie ihm bloß nicht, dass Sie sich auf den draufgesetzt haben: Das ist Willibald der Wackere, Sörens mächtigster Krieger.«

»Ah ja«, lächelte Schneider, und Ernst sah, bevor er sich setzte, sicherheitshalber noch einmal auf die Sitzfläche seines Stuhls hinunter.

Schneider stellte den Ritter auf den Tisch und musterte Bea Reiman über Willibald den Wackeren hinweg. Die Frau schien ständig auf dem Sprung, sah immer wieder mal kurz an ihm vorbei in Richtung Flur. Auch horchte sie ständig, ob eines ihrer Kinder irgendwo in der Wohnung für Ärger sorgte. Und trotzdem wirkte sie ganz bei sich und weder gehetzt noch überfordert. Schneider dachte an seine Frau, die nach unruhigen Nächten auch mal die Nerven verlor und ihn oder Rainald oder beide anschrie. Ob das Bea Reimann auch ab und zu passierte?

»Sie wollten mich etwas fragen?«, sagte Bea Reimann schließlich, und Schneider stellte erschrocken fest, dass er sie wohl lange genug angesehen hatte, dass es ihr aufgefallen war.

»Ja, Entschuldigung. Ich dachte nur gerade an meine Frau ... äh ... ich meine ...«

Bea Reimann sah ihn belustigt an.

»Nein, ich meine: Wir haben einen kleinen Jungen, und wenn der nachts nicht durchschläft, ist meine Frau immer ziemlich gestresst. Und ich habe mir gerade überlegt, wie Sie das machen – so ruhig zu bleiben und alles im Griff zu haben.«

»Mach ich diesen Eindruck auf Sie?«

Schneider nickte.

»Danke. Aber ich muss Sie enttäuschen: Vermutlich haben Sie gerade einfach einen günstigen Moment erwischt – auch ich habe keine Nerven wie breite Nudeln. Obwohl ich die, weiß Gott, gut brauchen könnte.«

»Na ja, meine Frau nimmt sich dann immer mal eine Auszeit und gibt den Kleinen mir.«

»Das klappt bei mir leider nicht: Der Vater meiner drei Zwerge hat sich aus dem Staub gemacht, hat sich eine Jüngere angelacht, die abends mit ihm weggehen kann und nicht ständig für die Kinder sorgen muss. Tja, und jetzt hat mir sein Anwalt« – sie deutete auf einen dicken Umschlag auf einem Hocker neben dem Tisch – »mitgeteilt, dass er die Unterhaltszahlungen überprüfen will, weil sich seinen Informationen nach meine Lebenssituation doch entscheidend geändert habe.«

Bea Reimann rieb sich die Schläfen, Schneider wartete ab.

»Scheißkerl!«

Sie war wütend, das hatte Schneider schon verstanden – aber er hatte keine Ahnung, wie er das Gespräch wieder auf sein eigentliches Thema lenken konnte.

»Dann haben Sie einen neuen Lebensgefährten?«, fragte Ernst schließlich, und Schneider erschrak kurz – war das nicht der direkte Weg in den Fettnapf?

»Ich meine: Lebt noch jemand hier bei Ihnen?«, hakte Ernst nach, und Bea Reimann sah ihn lange nachdenklich an.

»Wir sollten nämlich wissen, ob Sie oder Ihre Kinder oder

eben Ihr neuer Lebensgefährte etwas gehört oder gesehen haben, als Frau Herbst unten erschlagen wurde.«

Jetzt fiel auch bei Schneider der Groschen, und er atmete erleichtert auf.

»Ich habe keinen neuen Lebensgefährten«, sagte Bea Reimann schließlich, und sie klang auf einmal ziemlich traurig. »Ich hätte gern einen, aber … na ja: Für ein, zwei Nächte kommen die Herrschaften gerne mal vorbei, aber wenn am Morgen danach ein Kind schreit oder wenn es hektisch wird, weil alle schnell zur Schule müssen und noch nicht alle Brote geschmiert sind … tja, dann sind die meisten Männer ganz schnell wieder weg.«

»Glauben Sie mir, Frau Reimann, es sind nicht alle Männer so«, hörte sich Schneider sagen. »Sie werden schon noch den Richtigen finden.«

Dann fiel ihm ein, welche Folgen seine tröstenden Worte im vergangenen Jahr gehabt hatten und dass er deshalb ohne eigenes Zutun zwischendurch auf der Couch hatte schlafen müssen – und er verstummte.

»Danke, das ist nett«, sagte Bea Reimann und lächelte ihn melancholisch an. »Aber die meisten Männer, die anders sind als die Typen, die ich aufgabe, sind schon verheiratet.« Sie deutete auf Schneiders Ehering, sah dann zu Ernst und bemerkte, dass er an seiner Hand keinen Ring trug. Kurz sah ihm Bea Reimann in die Augen, dann wandte sie sich ab und holte sich ein Glas Wasser an den Tisch.

»Ich weiß zwar nicht, warum wir uns hier über mein Privatleben unterhalten, aber …«

»Sie hatten von diesem Brief gesprochen«, erinnerte Schneider sie.

»Ach, stimmt ja«, nickte Bea Reimann. »Da sehen Sie mal, was dabei herauskommt, wenn man allein lebt. Also ich meine: ohne jemanden, mit dem man so etwas bereden kann. Entschuldigen Sie bitte, dass ich Sie mit meinem Kram belaste.«

»Kein Problem«, sagte Ernst, und Bea Reimann sah wieder zu ihm hinüber, als versuche sie in seiner Miene zu lesen.

»Also, Frau Reimann«, sagte Schneider. »Haben Sie etwas gehört oder gesehen, was uns weiterhelfen könnte?«

»Nicht viel, fürchte ich. Irgendwann heute Nachmittag hat es im Treppenhaus so komisch geklopft, als würde jemand mit einem Bauklötzchen auf die Treppenstufen hämmern. Immer ganz langsam: tock, tock, tock. Ich habe kurz durch den Spion rausgeschaut und habe Frau Herbst gesehen, wie sie ihre Runde machte. Die kontrolliert immer gern die Kehrwoche, und das Klopfen kam von ihrem Gipsbein. Ich bin dann wieder rein und hab mich um die Kinder gekümmert. Das Nächste, das ich gehört habe, war das Klingeln Ihres Kollegen. Er meinte, ich solle nicht weggehen, weil Sie nachher mit mir sprechen wollten.«

»Hm«, machte Schneider. »Und Sie haben zwischen dem Klingeln unseres Kollegen und dem Klopfen von Frau Herbsts Gipsbein wirklich nichts gehört?«

Bea Reimann schüttelte den Kopf.

»Nicht einmal den lauten Knall, als Frau Herbst hinfiel und ihr eine Flasche und ein Marmeladeglas auf den Boden fielen?«

Bea Reimann schüttelte wieder den Kopf. Im Hintergrund war ein Geräusch zu hören, als habe jemand im Wohnzimmer einen Turm aus Bauklötzen umgestoßen.

»Aber das muss doch einen Höllenlärm gemacht haben hier im Treppenhaus!«

Im Wohnzimmer klatschte es kurz, dann kreischte ein kleines Mädchen los, und Bea Reimann flitzte zur Küche hinaus und durch den Flur ins Wohnzimmer. Dort hielt sie ihrem Jüngsten eine heftige Standpauke, schickte beide Kinder in getrennte Zimmer und kam, aus dem Hintergrund begleitet vom lautstarken Heulen beider Kinder, wieder zurück in die Küche.

Schneider sah Bea Reimann an, dann nickte er.

»Sie haben also nichts gehört, als Frau Herbst gestürzt ist.«

»Ja, so ist es. Tut mir leid, ich würde Ihnen ja gern helfen – aber hier ist immer wieder mal der Teufel los, da kann ich nicht auch noch im Blick behalten, was im Treppenhaus abgeht. Sie haben es ja selbst mitbekommen.«

»Ja«, sagte Schneider und stand auf. »Wir gehen dann mal, und Ihnen vielen Dank. Und viel Erfolg!« Er versuchte, freundlich zu lächeln, aber Bea Reimann sah ihn nach seiner Bemerkung so deprimiert an, dass ihm die Mundwinkel sofort wieder nach unten rutschten und er zusah, dass er schnell aus der Wohnung kam.

Ernst folgte ihm und stand gerade in der Tür, als er Bea Reimanns Stimme hörte.

»Herr ... Ernst?«

»Ja?«

Er drehte sich noch einmal um: Bea Reimann stand vor ihm, rang offenbar nach den richtigen Worten, sah ihn mal prüfend an, dann wieder verunsichert.

»Ach, nichts. Tschüs«, sagte sie nach einer kurzen Pause und drückte die Tür hinter Ernst zu.

Schneider stand draußen und hatte die kurze Szene mitbekommen.

»Das würde ich mir, ehrlich gesagt, sehr genau überlegen«, sagte er, als die beiden nebeneinander die Treppe hinuntergingen.

»Was denn?«

»Na ja, Sabine ist gerade erst wieder bei Ihnen eingezogen und ...«

Kurz befürchtete Schneider, er sei zu weit gegangen. Sie kannten sich ja nun schon eine ganze Weile, und fast waren sie inzwischen befreundet – aber sich als Kollege in private Dinge einzumischen, war immer riskant.

»Ach so!«, sagte Ernst und lachte. »Nein, da müssen Sie sich wirklich keine Sorgen machen. Und ich hatte auch nicht den Eindruck, dass Frau Reimann mich gleich anbaggern wollte, nur weil ich keinen Ring am Finger trage. Da war irgendetwas anderes in ihrem Blick – ich kann Ihnen aber nicht sagen, was es war. Vielleicht erfahren wir es ja noch.«

Ernst und Schneider gingen weiter nach unten, dann blieb Ernst stehen.

»Sagen Sie mal: Frau Reimann will doch, als Frau Herbst stürzte, nichts von dem Schlag unten gehört haben?«

»Ja«, sagte Schneider. »Und bei dem Höllenlärm, der da oben wegen der Kinder ab und zu herrschen muss, glaube ich ihr das auch.«

Dann stutzte er, und es fiel ihm wieder ein.

»Oh, Mist …!«

»Genau: Frau Müller hat behauptet, ihre Nachbarin Bea Reimann habe die Tür geöffnet und nach unten gesehen, als Frau Herbst so lautstark zu Boden ging.«

»Stimmt ja, das hatte ich für einen Moment ganz vergessen.«

»Tja, und warum erzählt sie uns dann etwas anderes?«

Bea Reimann stand hinter ihrer Wohnungstür und sah den beiden Kommissaren durch den Türspion nach, bis sie aus ihrem Blickfeld verschwunden waren. Dann drehte sie sich um, lehnte sich mit dem Rücken an die Tür, ließ ihren Blick über das Chaos im Flur und im Wohnzimmer schweifen. Dann spürte sie, wie ihr Tränen in die Augen stiegen, und sie ging in die Küche, um fertig zu spülen.

* * *

»Hallo, Doc!«

Schneider erkannte den Rechtsmediziner schon, als sie noch auf der Treppe nach unten unterwegs waren. Dr. Ludwig Thomann hatte er zum ersten Mal getroffen, als er die damalige Kripoaußenstelle Schorndorf übernommen und frisch ins Schwäbische gekommen war. Er war auch für den Mordfall an einem Aushubunternehmer im Jahr darauf gerufen worden, und in der Zeit danach trafen sich Thomann, Schneider und Ernst auch privat ein paar Mal – und nun waren sie zwar noch immer per Sie, aber ihr Umgangston war lockerer geworden.

»Na, Herrschaften? Habt ihr den Fall schon gelöst?«

»Noch nicht ganz«, lachte Ernst und stellte sich mit Schneider so neben die Tote, dass sie Thomann nicht störten.

»Schwache Vorstellung, Herr Ernst«, meinte dieser grinsend, betastete noch kurz mit den Einmalhandschuhen die Schläfe der Toten, dann stand er auf.

»Herr Rau?«

Rau kam gerade mit Frank Herrmann und Markus Berner von der Pressestelle aus der Wohnung der Toten.

»Ich wäre so weit, Herr Rau. Wenn ihr von der Technik die Dame nicht mehr braucht, dürft ihr sie zu mir bringen lassen.«

Thomann gab Schneider und Ernst einen Wink, und die drei Männer gingen nach draußen. Ein Bestatter und sein Mitarbeiter, die auf dem Gehweg gewartet hatten, gingen an ihnen vorbei hinein und stellten einen Sarg neben der Toten auf den Boden. Dann standen sie kurz unschlüssig vor der Leiche, als wüssten sie nicht so recht, wo sie die Tote nun am besten anfassen konnten, ohne sich mit Blut, Saft und Erdbeersälz einzusauen.

»Erschlagen«, begann Thomann, »ziemlich sicher mit der Spätzlespresse, die neben ihr lag. Der Täter oder die Täterin muss im Eingang zur Wohnung gestanden haben, Rechtshänder, etwa gleich groß wie die Tote.«

»Und ziemlich kräftig vermutlich«, merkte Ernst an.

»Nein, das nicht unbedingt. So ein Spätzlesding ist ja aus Metall. Da reicht es, wenn man ordentlich ausholt. Klar: Tattrig sollte man nicht sein, aber besonders stark ... nein, das deutet nicht zwingend auf jemanden mit viel Muskelkraft hin.«

»Sonst noch was, womit wir arbeiten können?«

»Mehr gibt's später, ich schau mir die Dame noch genau an. Aber schon jetzt sieht es für mich aus, als habe diese Frau ... Herbst?«

Schneider und Ernst nickten.

»Diese Frau Herbst ist wohl still dagestanden, als sie der Schlag getroffen hat.«

»Also dürfte sie den Täter gekannt haben.«

»Ja, würde ich sagen. Zumal er oder sie in der Tür zur Wohnung stand, also wahrscheinlich vorher drin war. Und erschlagen wurde die Frau mit ihrer eigenen Spätzlespresse – zumindest ist Rau davon überzeugt.«

»Seltsamer Fall«, murmelte Schneider.

»Ja, schon. Aber das kennen Sie ja, oder? Wenn ich mir das alles so überlege: Bagger, Maislabyrinth, Rennrad – und was war Ihr erster Fall hier noch mal, Herr Schneider?«

»Der erschlagene Bauer in Kallental.«

»Stimmt, der fällt ja richtig aus dem Rahmen, so normal wie der ums Leben kam.«

Lachend ging Thomann auf seinen Van zu, der vor dem Leichenwagen geparkt war, dann drehte er sich noch einmal um.

»Und entschuldigen Sie bitte, dass es so lange gedauert hat. Ich hab heute eigentlich gar keinen Dienst.«

»Wer wäre denn an der Reihe gewesen?«

»Zora, ich meine: Dr. Wilde. Die war schon alarmiert worden, rief dann aber bei mir an und bat mich, ob ich nicht für sie einspringen könne. Sie sei verhindert, hat mir irgendeine Story erzählt – klang aber verdächtig nach Ausrede. Weiß von Ihnen beiden einer, warum sie auf gar keinen Fall kommen wollte?«

Schneider sah aus den Augenwinkeln, wie Ernst die Lippen zusammenpresste.

»Nein«, sagte er dann und zwinkerte Thomann zu. »Keine Ahnung.«

Der Rechtsmediziner schaute Schneider kurz fragend an, dann zuckte er mit den Schultern, stieg in seinen Wagen und fuhr weg.

* * *

Wolle war im Kino abgewimmelt worden. Natürlich hatte er kein Geld bei sich. Er wollte den Film ja auch gar nicht sehen, er wollte nur eineinhalb Stunden schlafen und dabei auf einem gepolsterten Sessel sitzen.

Er schimpfte auf die junge Frau, die am Eingang zum Kinosaal die Karten abriss. Plötzlich waren zwei Männer neben ihm, die auf ihren T-Shirts Kinowerbung aufgedruckt hatten, ihn von der Frau wegdrängten und ihm den Weg zum Ausgang wiesen.

Wolle rüpelte noch ein paar Besucher an, sorgte für etwas Verwirrung, indem er zwei große Packungen Popcorn von der Theke schubste – dann schnappte er sich eine Flasche mit rotem, alkoholisch aussehendem Inhalt und rannte hinaus, so schnell er es in seiner schlechten Verfassung konnte. Die Männer waren damit zufrieden, dass er das Kinogebäude verließ, und verfolgten ihn nicht weiter.

Langsam machte sich Wolle auf den Weg hinauf in Richtung Bahnhof. Vor einer der Villen, die hier die Straße säumten, schlug er sich in die Büsche und betrachtete seine Beute. »15 Prozent Alkohol«, las er enttäuscht. Der Name des Likörs kam ihm bekannt vor, er schraubte die Flasche auf und nahm einen tiefen Schluck.

Bitter war das Zeug, nicht ganz sein Geschmack. Aber was soll man machen?

* * *

Die Tür zu Stromers Wohnung schwang auf, und nacheinander kamen Willy Russ und Roland Scharpf heraus auf den Flur. Zwischen den beiden hing der betrunkene Stromer mit geschlossenen Augen, verschmiertem Gesicht und einem sinnlosen Brabbeln auf den nassen Lippen.

»Nehmt ihr ihn mit aufs Revier?«, fragte Schneider, der gerade mit Ernst zusammen im Erdgeschoss angekommen war.

»Ja, der muss in die Ausnüchterung«, sagte Russ und fasste Stromer etwas fester um die Hüfte. »Ihr wollt ihn ja vermutlich befragen, sobald das möglich ist – und wir können nicht zwei Leute hier die ganze Nacht herumstehen lassen, nur weil der Kerl hier nicht weiß, wann er genug hat.«

»Gut. Und ruft mich bitte auf dem Handy an, sobald er wieder halbwegs bei sich ist, ja?« Dann fügte Schneider noch lustlos hinzu: »Notfalls halt auch nachts. Wir sollten mit ihm reden, so früh es eben geht.«

»Ach, da müssen Sie sich keine Sorgen um Ihren Schlaf machen, Herr Schneider«, brummte Russ gutmütig. »Der macht vor morgen früh keinen Muckser, da bin ich mir sicher.«

Er drehte sich ein wenig und schwenkte Stromer damit etwas näher an Schneider heran, den schmächtigen Scharpf an Stromers anderer Seite einfach mitschiebend.

»Da, riechen Sie mal«, sagte Russ.

»Oh, danke«, machte Schneider, trat einen Schritt zurück und fächelte sich etwas frische Luft zu. »Sie haben mich überzeugt.«

Damit wuchtete Russ den Betrunkenen wieder etwas zurecht und ging zur Haustür. Scharpf versuchte Schritt zu halten, und Stromer hing zwischen den beiden unterschiedlich großen Beamten schräg wie Schippe sieben.

»Ein schönes Bild!«, meinte Rau, als er aus Roswitha Herbsts Wohnung kam. »Ich hab auch noch was für euch.«

Schneider und Ernst wandten sich ihm zu: Rau hielt einen Damenhandschuh aus Leder in der Hand, nicht mehr besonders neu und nicht mehr besonders modisch.

»Den haben wir in der Wohnung gefunden, der zweite fehlt bisher – der rechte.«

»Demnach könnte der Täter den anderen Handschuh übergestreift und damit die Spätzlespresse angefasst haben.«

Rau nickte.

»Das ist schlecht für uns, richtig?«

»Sehr schlecht, außer wir finden den zweiten Handschuh, dann haben wir vielleicht Hautschuppen und Ähnliches zum DNA-Abgleich.«

»Und sonst?«

»Bisher leider nichts. Ein paar Schubladen in der Küche standen offen, aber außer der Spätzlespresse scheint nichts zu fehlen – jedenfalls sehen die Schubladen nicht durchwühlt aus. Bis auf eine: Dort sind zwei Kuchengitter und ein Sieb nach hinten über die Kante in den Schrank gerutscht. Ich könnte mir vorstellen, dass in dieser Schublade die Spätzlespresse lag, und auf ihr drauf lagen die Gitter und das Sieb – und die sind dann halt verrutscht, als die Spätzlespresse herausgenommen wurde.«

»Da geht also jemand durch die offene Tür in Frau Herbsts Wohnung, nimmt sich einen Handschuh, schnappt sich die Spätzlespresse, kommt wieder heraus und schlägt zu.«

»Ja, und wenn wir Pech haben, genau in dieser Reihenfolge.«

»Wieso Pech?«

»Na, zuerst den Handschuh nehmen, dann die Spätzlespresse – dann finden wir an den Schubladengriffen auch nur Spuren vom Handschuh, nicht vom Täter.«

»Na, prima.«

* * *

Wallie stellte seine Bassgitarre im Ständer ab und drapierte den breiten Ledergurt, an dem das Instrument beim Spielen über seiner Schulter hing, ordentlich über die Saiten. Dann trat er einen Schritt zur Seite, um den Schlagzeuger mit einer seiner Trommeln durchzulassen.

Maigerle hatte seine Gitarre schon fertig verkabelt und sah zum wiederholten Mal auf seinem Handy nach, ob eine SMS eingegangen war.

»Mensch, Alex«, sagte Wallie, stellte sich neben Maigerle und steckte sich eine selbstgedrehte Kippe in den Mund. »Du musst echt aufpassen, dass die Jungs nicht sauer auf dich werden.«

»Die Jungs?«

»Na gut: Ich schon auch. Du lässt in letzter Zeit ganz schön den Bandleader raushängen.«

»Ach, Quatsch, wie kommst du denn darauf?«

»Aufbauen, abbauen, Boxen schleppen – das ist irgendwie nicht mehr so deins, was?«

»Doch, schon, aber ... Mir kommt halt immer wieder der Job dazwischen. Grad vorhin wieder: Nicht weit von hier wurde eine Frau erschlagen – und ich möchte schon gern zur Soko gehören.«

»Und jetzt? Haust du ab und wir spielen ohne dich, oder wie stellst du dir das vor?«

»Nein, Wallie, natürlich nicht. Außerdem siehst du ja: Ich bin hier.«

»Mehr oder weniger.« Er nickte zum Handy hin. »Kam was rein?«

»Nein, die können das auch ganz gut ohne mich.«

»Was ist dann dein Problem?«

»Ich ...«

Der Schlagzeuger kam an ihnen vorbei, sah kurz etwas missmutig zu Maigerle hin und ging nach draußen, wo der Transporter mit offenen Türen halb auf dem Gehweg stand.

»Ich war ja früher im Revier und nicht bei der Kripo. Jetzt bin ich bei der Kripo und fühl mich da auch sehr wohl – gute Kollegen, interessante Arbeit und so. Aber im vorigen Jahr hat es sich nach einem Mord in Backnang so blöd ergeben, dass ich zwar Teil der Soko war, aber irgendwie kaum etwas zu ermitteln hatte. Na ja, und inzwischen haben die Kollegen halt gemerkt, dass ich ganz gut mit Computern umgehen kann – und prompt habe ich seit Wochen vor allem so Internet-Zeugs an der Backe. Das ist schon okay, aber Mord ... Mord ist halt erste Liga, weißt du?«

»Schon klar«, sagte Wallie, kaute ein wenig auf seiner Selbstgedrehten herum, steckte sie dann zurück in seine Hemdtasche und spuckte ein paar Tabakkrümel auf den Boden. »Schau halt, dass unsere Band deshalb nicht in die Kreisliga absteigt, ja?«
»Mach ich, aber ...«
Wallie sah ihn prüfend an, dann grinste er.
»Wann trifft sich denn deine Bullenrunde?«
»Das heißt Soko, du Möchtegern-Ganove. Und wir treffen uns um halb sieben.«
»Dann solltest du dich beeilen. Und nimm den Clapton-Text mit – den hast du beim letzten Mal schon versemmelt, deshalb liest du dir ihn lieber noch einmal durch, verstanden?«
»Jawoll!«
Maigerle stand stramm und salutierte grinsend. Der Schlagzeuger kam rein und sah ihn irritiert an. Wallie tippte vielsagend an die Stirn, lachte und half dann, die Becken festzuschrauben.
»Danke, Wallie!«
»Lass stecken, Alex. Kannst mich ja mal singen lassen.«
»Um Himmels willen!«, rief der Schlagzeuger grinsend dazwischen und lachte heiser auf. Maigerle schüttelte grinsend den Kopf und machte sich auf den Weg zur Polizeidirektion.

* * *

Der Besprechungsraum war schon vorbereitet. Flipchart, Laptop, Beamer, eine Pinnwand mit Fotos und farbigen Planausdrucken – und rund um das aus Normtischen gestellte U ausreichend Stühle.
Klaus Schneider hatte die Kollegen kurz begrüßt, und Frieder Rau beschrieb anschaulich, was die Kriminaltechnik bisher herausgefunden hatte.

»So weit, so seltsam«, beendete er seine Ausführungen und sah in die Runde, ob jemand noch eine Nachfrage hatte.

Alexander Maigerle hob die Hand.

»Können wir Stefan Kling mit in die Soko nehmen?«

Staatsanwalt Feulner sah kurz irritiert zwischen Maigerle und Schneider, der spontan genickt hatte, hin und her. Schneider bemerkte den Blick.

»Kling ist ein Kollege aus dem Revier, Herr Feulner, und er wohnt im Haus rechts neben dem Tatort. Er kennt wohl die Nachbarn von Frau Herbst und hat Herrn Russ aufs Laufende gebracht.«

»Aha? Und wo ist Herr Kling jetzt?«

»Im Krankenhaus«, sagte Willy Russ, und Feulners Augenbrauen gingen nach oben. »Er war einer der ersten Beamten am Tatort. Dann musste er noch kurz hoch zu seiner Mutter – und dabei hat sie wohl mitbekommen, was nebenan passiert ist, und hat einen Schwächeanfall oder einen Zusammenbruch erlitten. Das weiß ich nicht so genau. Und Kling ist im Notarztwagen mitgefahren.«

Feulner sah weiterhin irritiert drein.

»Er hat mich natürlich vorher gefragt, ob das in Ordnung ist«, fügte Russ hinzu. »Und es war natürlich in Ordnung – es ist ja seine Mutter, und wer weiß schon, wie schlimm es sie erwischt hat.«

»Aha. Und ist Kling ein guter Mann?

»Ist er, auf jeden Fall.«

»Wir haben hier nur gute Leute, Herr Feulner«, sagte Kriminaldirektor Rolf Binnig und grinste breit. »Das wissen Sie ja.«

»Ich vergaß«, sagte Feulner trocken, aber ein leichtes Grinsen konnte auch er sich nicht verkneifen.

»Rufen Sie Kling nachher an, Herr Russ, ja? Er soll sich mit Herrn Schneider und Herrn Ernst in Verbindung setzen, sobald es der Zustand seiner Mutter zulässt.«

»Geht klar, Chef.«

Russ machte Anstalten, sein Handy zu zücken und aufzustehen, um für das Telefonat den Raum zu verlassen.

»Nachher«, stoppte ihn Binnig. »Das hat im Moment noch etwas Zeit. Und sprechen Sie ihm nicht aufs Handy, sondern daheim aufs Band – dann kann er es abhören, wenn er nicht mehr im Krankenhaus ist und den Kopf hoffentlich wieder etwas freier hat.«

* * *

Fast eine Stunde lang ging Tobias Schubarth in seiner Wohnung auf und ab. Er öffnete ein Fenster. Der Lärm des dichten Samstagsverkehrs auf der Bahnhofstraße war unangenehm laut, und hinter einem Bus stiegen dichte Abgasschwaden auf. Er schloss das Fenster wieder, blickte zwischen den Gardinen hindurch am Kino vorbei, aber bis hinunter in die Fronackerstraße konnte er nicht sehen.

Er hatte kurz nach fünf eine alte Bekannte vor seinem Haus getroffen: Anneliese Kling, die er in seiner Zeit als Zivildienstleistender häufiger besucht hatte. Damals war ihr Sohn Stefan gerade auf einem Lehrgang, und für drei Wochen musste er montags bis freitags ein wenig nach der Frau sehen. Er brachte ihr Essen nach Hause, blieb noch ein Weilchen sitzen, wenn er es geschafft hatte, sie als letzte Station in seiner Rundfahrt einzuplanen – und weil er nur eine Straße entfernt wohnte, trafen sich die beiden auch danach immer mal wieder.

Stefan, den Sohn, kannte er auch, aber nicht besonders gut. Immerhin: Er kümmerte sich rührend um seine Mutter, die sich nicht mehr alles merken konnte und wegen ihrer schwachen Nerven immer wieder an alltäglichen Einzelheiten zu verzweifeln drohte.

Aber sie war eisern. Sie ging einkaufen, zu Fuß natürlich, in die Stadt. Und in letzter Zeit hatte er sie häufiger gesehen, wenn er in den neuen Läden auf dem Alten Postplatz nach etwas suchte – und sie mit ihrem kleinen Einkaufstrolley aus der Altstadt kam.

Heute war er gerade oben an der Stadtmauer aus seinem Parkplatz gefahren, als er Anneliese Kling unten bei der Querspange in kleinen Trippelschritten über die Straße gehen sah. Er blieb mit dem Auto vor ihr stehen und rollte dann, als sie es auf den Gehweg geschafft hatte, neben sie.

»Darf ich Sie ein Stück mitnehmen, Frau Kling?«

Sie hatte sich etwas geziert, war dann doch eingestiegen, nahm ihm aber das Versprechen ab, für sie nur ja keinen Umweg zu machen.

Er wusste schon, was sie damit meinte: Er sollte das Auto vor seinem Haus in der Bahnhofstraße abstellen, sie wollte den restlichen Weg zu sich nach Hause gehen. Immerhin ließ sie sich überreden, dass er sie begleiten und das Wägelchen mit dem Einkauf die lange Treppe am Kino entlang zur Fronackerstraße hinunter bugsieren durfte. Schon nach den ersten Stufen war Anneliese Kling froh, das Angebot ihres Begleiters angenommen zu haben, und sie stützte sich immer schwerer auf seinen Arm.

Irgendwann waren sie unten angekommen und gingen ganz langsam auf das Haus zu, in dem sie mit ihrem Sohn Stefan in der gemeinsamen Wohnung lebte. Am Nachbarhaus blieben sie kurz stehen, damit Anneliese Kling etwas verschnaufen konnte. Aus dem Gebäude war ein sich regelmäßig wiederholendes Klopfgeräusch zu hören, dann sahen Tobias Schubarth und Anneliese Kling durch ein Fenster neben der Eingangstür eine ältere Frau, die offensichtlich erschrocken zu der Wohnungstür links vom Eingang schaute. Frau Kling schien die andere zu kennen, sie winkte ihr zum Gruß zu, aber die andere schaute nicht her.

Anneliese Kling ging mit ihrem Begleiter weiter. Sie atmete schwer, machte aber tapfer immer weiter ihre kleinen Schritte – und als sich Tobias nach kurzer Zeit noch einmal zum Nachbarhaus umdrehte, sah er die Frau dort stürzen und …

Erst wollte er im Reflex hinrennen, um der Frau wieder aufzuhelfen, aber er hatte ja schon Anneliese Kling an seinem Arm. Und als er dann eine schnelle Bewegung im Treppenhaus sah, wusste er, dass jemand bei der gestürzten Frau war – und ihr wieder aufhelfen konnte.

Tobias half Anneliese Kling bis hinauf in ihre Wohnung. Sie war heute wirklich nicht in der besten Verfassung gewesen. Dann machte er sich auf den Rückweg und schaute am Nachbarhaus durchs Fenster, konnte aber nichts mehr erkennen.

Er dachte sich nichts weiter dabei, und erst einige Meter weiter war es ihm, als habe er einen verzweifelten Schrei gehört. Aber die Stimme hatte männlich geklungen. Er schaute vom oberen Ende der Treppe hinunter auf die Fronackerstraße, aber dort war nur noch das Schlagen einer Wohnungstür zu hören.

Fünfzehn oder zwanzig Minuten später allerdings hörte er ein Martinshorn, und irgendetwas dort unten schien absolut nicht in Ordnung zu sein. Er ging sogar ein Stück hinunter und beobachtete die Polizei dabei, wie sie vor dem Haus in der Fronackerstraße Absperrband spannte. Dann zerstreuten sich die Schaulustigen plötzlich, und eine Gruppe junger Leute kam die Treppe hoch auf ihn zu.

»Was ist denn dort unten los?«, fragte Schubarth.

»Ach, da wurde eine erschlagen, erst vorhin.«

Damit liefen die jungen Leute schon wieder weiter, sie schienen es eilig zu haben. Schubarth ging nachdenklich nach Hause.

Nun trottete er in seiner Wohnung auf und ab. Und zwei Fragen beschäftigten ihn. Was hatte er vorher da unten wirklich gesehen? Und was sollte er mit seinem Wissen anfangen?

* * *

Jutta Kerzlinger hatte sich für die Soko-Besprechung wie üblich neben Henning Brams gesetzt. Die beiden waren im Außendienst ein eingespieltes Team, außerdem hatte Brams immer Bonbons oder Kaugummis in der Tasche – und so, wie Jutta Kerzlinger gerade wieder auf das großformatig an die Wand gebeamte Farbfoto vom Tatort schaute, schien sie diese Süßigkeiten gleich wieder zu benötigen. Brams zog eine Hand aus der Jackentasche und streute vor ihr zwei Pfefferminzbonbons, drei Kaugummis und eine Lakritztüte auf den Tisch.

»Lakritz?«, flüsterte Jutta Kerzlinger ihm zu. »Was soll das denn?«

»Hilft«, sagte Brams und schob das Päckchen näher zu ihr hin.

»Meinetwegen.«

Sie zuckte mit den Schultern, riss das Päckchen auf und biss ein Stück von einer Lakritzschnecke ab.

»So sah das also aus, als die ersten Kollegen vor Ort ankamen«, sagte Rechtsmediziner Thomann, stellte sich seitlich neben das Foto mit der Toten und zog einen Teleskopstift auf seine volle Länge aus.

Jutta Kerzlinger sah tapfer nach vorn, kaute aber eifrig auf der Lakritze herum.

»Frau Herbst lag auf dem Rücken. Vor dem Sturz hatte sie in der einen Hand ein Glas mit Erdbeermarmelade, in der anderen Hand eine Saftflasche. Diese beide Flüssigkeiten oder Materialien machen den größten Teil der roten Lache aus.«

Er sah sich kurz suchend um.

»Das ist, wenn ich mich recht erinnere, für irgendjemanden hier in der Runde eine gute Nachricht, stimmt's?«

Jutta Kerzlinger hob die Hand, lächelte matt und kaute weiter auf der Lakritze herum.

»Gut. Also ... Das Opfer hat einen heftigen Schlag gegen die linke Schläfe bekommen, ist dann nach hinten gefallen und dürfte sofort tot gewesen sein. Der Täter oder die Täterin dürfte Rechtshänder gewesen sein und müsste vor Frau Herbst gestanden haben. Normalerweise würde ich jetzt noch sagen, dass das Opfer mit einem harten, stumpfen Gegenstand erschlagen wurde – aber wir haben die Mordwaffe direkt neben der Toten auf dem Boden gefunden.«

Er drückte eine Taste auf der kleinen Fernbedienung in seiner linken Hand. Nun waren der Kopf, und die lädierte Schläfe zu sehen, und daneben lag eine Spätzlespresse auf dem Boden. Sie war in metallischem Grau gefertigt, war mit Blut, Saft und Marmelade bekleckert, und auf einem Teil der gelochten Unterseite waren die Löcher mit einer Mischung aus Blut, kleinen Hautabrieben und Haaren verklebt.

»Schnell, ein Taschentuch!«, zischte Jutta Kerzlinger ihrem Kollegen zu.

Der zerrte erschrocken ein Papiertaschentuch aus seiner Tasche und hielt es ihr hin.

»Geht's jetzt los?«, fragte er noch, da beugte sich Kerzlinger über das Taschentuch und spuckte möglichst leise den Lakritzklumpen auf das Papier, knüllte das Ganze zusammen und ließ es in ihrer Tasche verschwinden. Im nächsten Moment schnappte sie sich einen Kaugummi, zog die Papierhülse ab und schob sich den Pfefferminzstreifen in den Mund.

»Und, besser?«, fragte Brams besorgt.

»Viel besser!«

Jutta Kerzlinger kaute fast schon genüsslich, dann warf sie Brams einen genervten Seitenblick zu.

»Sag mal, wer hat dir denn den Bären aufgebunden, dass Lakritze bei so etwas« – sie deutete nach vorne – »helfen soll?«

»Mein Neffe. Arthur ist sieben, und der sagt: Lakritze hilft immer.«

»Na, danke.«

»Die Spätzlespresse stammt übrigens aus dem Haushalt von Frau Herbst, und der Täter trug über der Hand, die mit der Spätzlespresse zugeschlagen hat, einen Handschuh – einen aus der Wohnung des Opfers.«

»Mit Shaker wäre das nicht passiert«, sagte Maigerle und grinste.

»Wie: mit Shaker?«, fragte Feulner.

»Da hat doch vor einiger Zeit so eine Hausfrau etwas erfunden, womit man Spätzlesteig in einem Plastikbehälter zusammenschüttelt und das Ergebnis dann direkt in kochendes

Salzwasser drückt. Der Clou müssen wohl irgendwelche Kugeln sein, die beim Umrühren helfen, was weiß ich. Damit hätte jedenfalls niemand Frau Herbst erschlagen können.«

»Wer weiß«, warf Rau ein und grinste mit Maigerle um die Wette, »vielleicht hätte dann ja jemand mit den Kugeln geworfen?«

»Wenn Sie dann alle Ihren Spaß hatten«, ätzte Feulner mit genervter Miene, »können wir uns vielleicht wieder ernsthaft unserem Fall widmen. Ich weiß ja nicht, wie es Ihnen geht: Aber ich kann meine Samstagabende durchaus auch ohne Soko-Sitzung sinnvoll nutzen. Also bitte, Herr Dr. Thomann.«

»Ich bin eigentlich auch schon durch. Wir werden Frau Herbst natürlich noch gründlich untersuchen. Ich habe den Termin für Montag früh angesetzt – meiner Meinung nach ist das alles so weit klar, da müssen wir den Sektionsgehilfen in Stuttgart nicht zwingend den Sonntag verderben.«

»Einverstanden«, sagte Feulner.

Thomann schaltete den Beamer aus und setzte sich wieder. Frank Herrmann, der Leiter der Pressestelle, meldete sich zu Wort.

»Bleibt für mich noch die Frage, wie wir die Soko nennen sollen – und was wir von diesem Fall wann an die Öffentlichkeit geben.«

»Soko Spätzlespresse geht vermutlich nicht, nehme ich an?«, sagte Maigerle, einige am Tisch lachten leise.

»Nein, richtig vermutet«, sagte Binnig trocken.

»Soko Fronackerstraße?«, schlug Russ vor.

»Nein, lieber nicht«, grinste Herrmann. »Da glaubt sonst jeder, der Mord sei im Finanzamt passiert, das ein Stück weiter oben in der Straße steht.«

»Soko Treppenhaus?«, fragte Schneider.

»Ja, warum nicht«, sagte Herrmann nach kurzem Überlegen. »Und was geben wir bekannt?«

»Na ja, möglichst nichts Genaues über den Hergang«, sagte Binnig. »Irgendwas wie: Ältere Frau vor ihrer Wohnungstür erschlagen, vermutlich kein Raubmord, bisher noch keine konkrete Spur, Polizei ermittelt in alle Richtungen – so in etwa.«

»Gut«, nickte Herrmann. »Das geb ich nachher gleich raus. Wir hatten ja ein paar Gaffer vor Ort – da wird es nicht ausbleiben, dass die Presse ohnehin Wind davon bekommt. Dann sollen sie es lieber von uns erfahren, das bringt uns nicht gleich in die Defensive.«

»Ein Problem gibt es noch«, wandte Willy Russ ein. »Die Kollegen haben bisher weder die Tochter noch den Sohn der Toten erreicht – die beiden wissen also noch nicht, dass ihre Mutter tot ist.«

»Hm«, machte Herrmann und sah auf die Uhr. »Ob wir das bis morgen hinziehen können?«

»Na ja«, sagte Maigerle, »besonders spektakulär ist der Mord ja nicht – eine Frau liegt erschlagen vor ihrer Wohnungstür, und prominent war sie auch nicht. Und die Gaffer haben ja nur das Haus von außen gesehen, nicht die Tote selbst.«

»Spektakulär«, widersprach Herrmann, »ist zunächst einmal jeder Mord. Zum Glück liegen bei uns ja nicht ständig irgendwelche Erschlagene vor der Tür.«

»Ja, klar, so hab ich das auch nicht gemeint. Aber Frau Herbst ist keine stadtbekannte Persönlichkeit, deren Tod es sofort ins Radio oder Fernsehen schafft. Oder war sie irgendwo Vereinsvorsitzende oder so etwas?«

Rau schüttelte den Kopf. »Stand jetzt: nein.«

»Gut, Herr Herrmann«, meldete sich Binnig zu Wort. »Geben Sie die Meldung erst morgen früh raus – und wenn Sie meinen, dass ein, zwei Journalisten vor Ort durch die Schaulustigen schon vorher etwas erfahren könnten, rufen Sie dort an und stecken Sie es denen unter der Hand. Sie sollen halt vorerst noch die Beine stillhalten – erwähnen Sie ruhig, dass wir nur Zeit gewinnen wollen, um die Hinterbliebenen persönlich zu informieren. Meinen Sie, das haut hin?«

»Ja, mit den Leuten vor Ort wird das klappen. Ich ruf da gleich nachher mal an. Und morgen setze ich in der Meldung dann eine Pressekonferenz an – würde 14 Uhr passen?«

Alle nickten, und dann erzählten Schneider und Ernst von ihren Gesprächen mit den anderen Hausbewohnern und davon, dass Roswitha Herbsts direkter Nachbar noch in der Ausnüchterungszelle steckte und wohl erst am Sonntag früh befragt werden könnte.

»Wir wollen in Frau Herbsts Wohnung noch Unterlagen sichten, und auch in den Nachbargebäuden könnten wir noch die Bewohner befragen.«

»Um die Bewohner kann ich mich mit meinen Leuten kümmern«, sagte Russ.

»Prima, und nehmen Sie noch Frau Kerzlinger, Herrn Hallmy, Herrn Brams und Herrn Roeder mit – das sind dort alles ziemlich große Kästen, diese Häuser, nicht, dass die Fragerei bis in die Nacht läuft.«

»Gern, wir wollen ja alle irgendwann auch mal Feierabend haben, gell?«

Maigerle hörte Willy Russ lächelnd zu. Der Mann strahlte eine unglaubliche Ruhe aus. Dann brachte ihn das Wort »Feierabend« auf die Idee, nach der Uhr zu sehen – und er sprang erschrocken auf.

»Ja, bitte, Herr Maigerle?«, fragte Feulner etwas irritiert.

»Sind wir durch? Ich meine, kann ich los?«

»Wo müssen Sie denn so dringend hin?«

»Ich hab ... einen ... äh ... privaten Termin.«

Feulners Augenbrauen gingen nach oben.

»Er hatte ja auch eigentlich heute gar keinen Dienst, Herr Feulner«, sprang ihm Schneider zur Seite. »Seine Band spielt heute unten in der Stadt, und er hat extra den Soundcheck unterbrochen, um an unserer Besprechung teilzunehmen. Heute habe ich ohnehin keine Verwendung mehr für ihn, da kann er doch genauso gut los, meinen Sie nicht auch?«

Feulner sah Maigerle lange an, dann schlich sich ein leichtes Lächeln auf sein Gesicht.

»Ist Ihre Band denn gut?«

»Ja, schon«, sagte Maigerle.

»Spielen Sie denn auch die guten alten Sachen? Sie wissen schon: Eric Clapton, Steve Winwood, das alles.«
»Auf jeden Fall.«
»Und wann soll's losgehen?«
Maigerle schluckte.
»Äh ... vor einer Viertelstunde ...«
Feulner lachte.
»Dann nichts wie raus hier! Lassen Sie bloß Clapton und Winwood nicht warten!«

* * *

Als endlich auch Finn ruhig schlafend in seinem Bett lag, klaubte Bea Reimann einige verstreute Spielsachen vom Boden auf und legte sie in eine knallbunt lackierte Holzkiste, die schon fast bis zum Rand mit allerlei Kinderkram gefüllt war. Dann holte sie sich eine Limo aus der Küche und stellte sich im Wohnzimmer ans Fenster.

Ihr Blick ging die Fronackerstraße hinunter, sie sah zwei Pärchen schwatzend näherkommen, eng untergehakt. Lachend gingen die jungen Leute am Haus vorbei, vermutlich wollten sie ins Kino, zu dem nicht weit vom Haus entfernt eine Treppe hinaufführte.

Eine Weile stand sie so, nippte an ihrer Limonade und sah hinaus. Dann ging ihr Blick aufs Nachbarhaus, hinunter zu den Fenstern im ersten Stock. Sein Auto stand vor dem Haus, aber in der Wohnung schien niemand zu sein. Sie sah fast eine halbe Stunde lang auf das Wohnzimmerfenster, konnte zwischen den halb aufgezogenen Gardinen das halbe Zimmer und den dahinter zum Treppenhaus führenden Flur überblicken – aber nirgendwo war eine Bewegung zu sehen.

* * *

Klaus Schneider erwachte auf dem Sofa und brauchte einen Moment, bis er wieder wusste, wo er war. Im Fernsehen lief gerade der metallisch scheppernde Vorspann eines uralten Westerns. Er rappelte sich hoch, sah sich verschlafen um, dann drückte er den Aus-Knopf auf der Fernbedienung.

Vom Flur her waren leise Schritte zu hören. Vermutlich hatte Sybille noch nach Rainald gesehen und ging nun zurück ins Bett.

Schneider schüttete in der Küche den Rest Rotwein in den Ausguss, trank ein Glas Sprudel und ging dann ins Bad. Als er sich die Zähne putzte, dachte er an den neuen Fall. An die tote Frau Herbst inmitten ihrer Marmelade. An die Mitbewohner, die nichts oder fast nicht gehört hatten. An Stratmans, der möglicherweise nicht die ganze Wahrheit erzählt hatte. Und an Freya Strobel, die …

Er spülte den Mund aus, stellte Zahnpasta und Bürste weg. Er ging noch auf die Toilette, spülte, wusch sich die Hände – aber die Gedanken an Freya Strobel wurde er nicht wieder los.

Im Schlafzimmer lag Sybille schon dick eingemummelt und atmete ruhig ein und aus. Schneider legte sich auf seine Seite des Bettes. Ein paar Minuten lag er wach, starrte an die Decke, versuchte an irgendetwas zu denken, nur nicht an …

Dann gab er auf, schlüpfte langsam hinüber unter die Decke seiner Frau.

»Ich schlaf schon«, murmelte Sybille, aber sie ließ sich dann doch schnell überreden. Und Schneider presste die ganze Zeit über die Lippen zusammen, um nur ja nicht einen falschen Namen zu rufen.

* * *

Kurt Feulner legte mit dem schicken Jackett jeden Abend auch seinen Job als Staatsanwalt weg.

Seine Frau hatte ihm einen Zettel unters Telefon geklemmt: »Bin mit Bille im Kino, gehen danach essen, Kuss!«

Feulner hatte keine Ahnung, wer diese Bille war, aber dass seine Frau mit einer Freundin ausgegangen war, bedeutete eine gute Nachricht: So empfing sie ihn nicht genervt, und er musste nicht noch am Samstagabend wegen seiner beruflichen Verpflichtungen mit ihr diskutieren.

Er liebte seine Frau, und sie liebte ihn wohl auch – aber der Job und die gelegentlichen Termine in den Abend hinein waren immer wieder einmal ein leidiges Thema zwischen ihnen. Und er konnte es ihr auch nicht übelnehmen, oft genug war er ja selbst nicht gerade begeistert, sich zu Zeiten in Besprechungen den Hintern breitzusitzen, in denen andere ihr Privatleben pflegten.

Er holte sich ein Pils aus dem Kühlschrank. Auf dem Weg ins Wohnzimmer fiel ihm Maigerle ein, der jetzt vermutlich mit seiner Band ordentlich auf den Putz haute. Ein wehmütiges Lächeln huschte über sein Gesicht, und er summte leise »Lay down, Sally«.

Dann kramte er aus einer der Schubladen im Wohnzimmer eine leicht eingestaubte Plastikhülle, in der eine CD steckte, mit rotem Filzstift von Hand beschrieben. »Kurts Bluesmix« hatte seine Frau vor zwei, drei Jahren zu seinem Geburtstag auf die Disc gekritzelt.

Er schob die CD in den Player, drehte die Anlage weit auf und tanzte im Wohnzimmer hin und her, während ihm die Bassgitarre von Nathan East in den Eingeweiden wühlte. Blues donnerte durch den Raum, zwischendurch Boogie Woogie, dann wieder Blues, Bluegrass, Bluesrock.

Und in der Etage über Kurt Feulners Wohnung wählte ein genervter Nachbar mit aufkommenden Kopfschmerzen die Nummer der Polizei.

* * *

Ein paar Mal waren Krankenschwestern ins Zimmer seiner Mutter gekommen, dann hatten sie die beiden in Ruhe gelassen. Stefan Kling saß am Bett, das zweite Bett im Raum war leer. Mal sah er auf seine unruhig schlafende Mutter hinunter, dann wieder ließ er seinen Blick zum Fenster hinaus über die zu Füßen des Krankenhauses liegende Altstadt schweifen. Schließlich schlief er ein.

Als er aufwachte, schnarchte seine Mutter leise – und ihm tat das Genick weh: Offenbar war ihm im Schlaf der Kopf nach vorne auf die Brust gesunken. Kling rieb sich die Augen, gähnte herzhaft, streckte sich, dann stand er auf und stellte sich eine Weile ans Fenster.

Er sah auf die Armbanduhr, nahm seine Jacke von der Stuhllehne und ging dann so leise wie möglich zur Tür hinaus und den Flur entlang bis zur Treppe. Seiner Mutter ging es etwas besser. Gleich morgen früh wollte er wieder nach ihr sehen, bis dahin konnte er ein wenig Schlaf nachholen. Dienst hatte er erst wieder zur Spätschicht von Sonntag auf Montag.

Es herrschte eine schläfrige Stille im Gebäude, und im Foyer war außer dem Mann hinter der Glasscheibe niemand zu sehen. Auf dem Vorplatz fuhr gerade ein Taxi an, folgte der Asphaltschleife zurück zur Ausfahrt und fädelte sich zügig in den nächtlichen Verkehr in Richtung Innenstadt ein.

Stefan Kling blieb kurz auf dem Vorplatz stehen und atmete tief die kühle Nachtluft ein. Dann schlug er den Kragen hoch und machte sich zu Fuß auf den Weg nach Hause.

Auf dem Steg über die Rems lehnte er sich eine Weile ans Geländer und sah auf das dahinfließende Wasser hinunter. Was wohl in dem Mehrfamilienhaus in der Fronackerstraße genau passiert war? Zu gern hätte er den Kripo-Kollegen bei der Befragung der Bewohner geholfen – er kannte sie ja alle mehr oder weniger. Aber das war wohl inzwischen schon alles gelaufen.

Ob er noch in der Direktion vorbeigehen sollte? Ein allzu großer Umweg wäre es nicht gewesen, aber dann entschied er sich doch anders. Er konnte ja auf dem Weg ins Krankenhaus auf dem Revier vorbeischauen und sich erkundigen, wie die Ermittlungen standen.

Es wurde kalt, und auf dem Steg stand er mitten im auffrischenden Wind. Kling schüttelte sich, zog den Jackenkragen etwas enger und ging weiter in Richtung Altstadt, aus alter Gewohnheit auf einem kleinen Umweg am Beinsteiner Torturm vorbei. Hinter der großen Fensterscheibe der Bar saßen zwei Männer in den Vierzigern und eine etwa gleich alte blonde Frau zusammen und tranken Bier und Kaffee, am Tisch neben ihnen lehnten Gitarrenkoffer.

Kling ging weiter und kam am »Bobby's« vorbei. An der Tür hing ein Plakat, auf dem für den heutigen Abend ein Konzert mit Maigerles Midnight Men angekündigt war. Das hatte er verpasst – schade, denn Alexander Maigerle, Sänger und Gitarrist, kannte er nicht nur als Polizeikollegen: Die beiden hatten auch schon in der einen oder anderen Gruppe zusammen gespielt. Aber Klings Bass stand schon seit geraumer Zeit in einer Ecke im Keller, ungenutzt und völlig eingestaubt.

Einen Moment lang stand er noch unschlüssig vor der Tür zum »Bobby's«, da machte ihm das Geräusch eines gedrehten Schlüssels klar, dass er nun wirklich heimgehen konnte und er hier nichts mehr verpassen würde.

In der Altstadt waren noch einige letzte Nachtschwärmer unterwegs. Stefan Kling schlenderte gemächlich durch die Gassen und spürte, wie sich allmählich Müdigkeit in ihm breitmachte.

Hinter dem Hochwachtturm lümmelte eine kleine Gruppe Jugendlicher in einer Nische außerhalb der Stadtmauer. Zwei der Jungs sahen ihn verächtlich an, einer spuckte vor ihm aus – erst jetzt wurde Stefan Kling wieder bewusst, dass er ja noch seine Uniform trug, die aber aufgeknöpft und mit halb heraushängendem Hemd nicht mehr allzuviel hermachte.

»He, Rolle, lass den mal lieber in Ruhe«, rief ein anderer Jugendlicher aus der Nische hervor.

Kling sah zu ihm hin, das Gesicht kam ihm bekannt vor.

»'n Abend, Herr Kling«, sagte der Junge und nickte ihm grinsend zu. »Nicht sauer sein, Rolle hat heute keinen Durst mehr, da macht er gern mal das Lama.«

»Laber net rom, Alder!«, fuhr ihn der andere mit etwas schwerer Zunge an, trollte sich dann aber in die Nische neben den anderen und sah Kling aus sicherer Entfernung so spöttisch an, wie es sein Rausch zuließ.

»Passt schon, Leute, nervt halt niemanden mehr heute, okay?«

»Geht klar, Herr Kling, wir sind ganz friedlich.«

»Gut. Dann noch viel Spaß!«

Damit ging Kling weiter, und erst als er in die Fronackerstraße einbog, fiel ihm wieder ein, woher er den Jungen kannte: Er hatte ihn vor zwei Jahren im Rahmen einer Ermittlung befragt. Es ging um 100 Euro, die in der Kasse eines Ladengeschäfts in der Altstadt fehlten – und der Besitzer, ein griesgrämiger alter Mann, beschuldigte ein paar Jugendliche als Diebe, die ab und zu vor seinem Laden auf dem Boden herumflätzten und Cola und Dosenbier tranken.

Kling hatte nur zwei der Jugendlichen zu fassen bekommen: Marco Dangler, der von seinen Kumpels »Django« genannt wurde, und seine Freundin Lara, die sich ihr auffallend hübsches Gesicht mit einer Handvoll Piercings punkig zerstochen hatte.

Erst hatte Marco alias »Django« kein Wort gesagt, nach einer Weile hatte er auf die »Scheißbullen« geschimpft, hatte den Ladenbesitzer einen alten Nazi genannt und hatte dann in einem fort gemault, dass er doch sowieso vorverurteilt sei und so weiter.

Kling hatte sich damals alles einigermaßen geduldig angehört, dann hatte er ihn weiter befragt, hatte von ihm und Lara die Personalien aufgenommen und sie schließlich unter dem lautstarken Protest des Ladenbesitzers laufen lassen.

Am nächsten Tag befragte Kling zusammen mit einem Kollegen noch einmal den Ladenbesitzer, und der musste kleinlaut beichten, dass seine Frau die hundert Euro aus der Kasse genommen hatte, weil sie dringend einkaufen musste und gerade nicht genug Bargeld bei sich hatte. Sie hatte es ihm noch am Abend erzählt, aber der Ladenbesitzer hatte die Polizei nicht von sich aus darüber informiert.

Das brachte ihm einen scharfen Rüffel der Polizisten ein, und schließlich organisierte Kling noch ein Treffen zwischen dem Ladenbesitzer und »Django« – und mit hochrotem Kopf musste sich der Händler vor Klings Augen bei dem Jugendlichen in aller Form entschuldigen. Seit damals ließ »Django« auf den Polizisten nichts mehr kommen.

Von seiner Haustür aus konnte Stefan Kling sehen, wie zwei Kollegen die Polizeiabsperrung am Nachbargebäude abräumten, aber er hatte heute Nacht wirklich keine Lust mehr, sich noch mit dem Verbrechen nebenan zu befassen. Er musste schlafen, dringend. Und dazu musste er verhindern, dass ihm zu viele Gedanken durch den Kopf gingen.

Im Flur der Wohnung, in der er zusammen mit seiner Mutter lebte, streifte er seine Schuhe ab und kickte sie unter die Garderobe. Er hängte seine Jacke auf und sah, dass der Anrufbeantworter blinkte. Schnell drückte er die Wiedergabe-Taste, aber es war zum Glück nicht das Krankenhaus mit einer schlechten Nachricht: Die gemütliche Stimme von Willy Russ war zu hören, seinem Kollegen vom Revier. Kling solle sich so schnell wie möglich mit den Kollegen von der Kripo in Verbindung setzen. Klaus Schneider und Rainer Ernst seien für den Mordfall bei ihm in der Nachbarschaft zuständig, und sie würden gerne mit ihm über die Bewohner des Hauses sprechen.

Das musste warten. Jetzt war es zu spät für einen Anruf, und er war zu müde.

Eine Viertelstunde wälzte er sich halb ausgezogen in seinem Bett hin und her, dann stand er wieder auf, setzte sich mit einem Glas Bier vor den Fernseher und wartete darauf, dass die Gedanken nicht mehr wie verrückt um den Mord an der Witwe im Nachbarhaus kreisten.

Dort stand Bea Reimann im dunklen Zimmer und schaute Stefan Kling durch die noch immer halb geöffneten Gardinen dabei zu, wie er allmählich vor dem Fernseher einschlief.

Sonntag, 4. September

Schneider war völlig erschlagen – die Nacht war unruhiger gewesen, als er erwartet hatte. Zunächst schliefen er und Sybille selig ein. Dann aber schreckte Schneider hoch, musste zur Toilette, legte sich wieder hin, schlief kurz wieder ein, schreckte wieder hoch. So ging das eine Zeitlang, und immer wieder kehrten seine Gedanken zu Freya Strobel zurück. Kurz sah er zu seiner schlafenden Frau hinüber, aber er traute sich dann doch nicht, noch einmal zu ihr unter die Decke zu schlüpfen.

Also ging er eine Zeitlang im Wohnzimmer auf und ab, trank sauren Sprudel, sah zum Haus der Wollners hinüber, wo gegen halb vier auch kurz das Licht an- und eine Viertelstunde später wieder ausging. Irgendwann legte er sich wieder hin, las in einem Regionalkrimi und war schließlich so müde, dass er sich gar nicht mehr über die sachlichen Fehler in dem Buch ärgern konnte. Endlich schlief er ein.

Entsprechend gerädert fühlte sich Schneider am Sonntag morgen. Er wollte sich gerade noch einmal umdrehen, da krähte Rainald – und seine Sybille stellte sich eisern schlafend. Und als er eine halbe Stunde später wieder unter die Decke kroch, war vom Nachbargrundstück her die Rasenschere zu hören – und kurz darauf von oben die Stimme von Hanna Wollner: »Spinnst du jetzt? Ich will noch schlafen!«

Da stand Schneider auf, sah kurz zum Schlafzimmerfenster hinaus, zielte mit dem Zeigefinger auf Helmut Wollner und machte leise »tsch ... tsch ... tsch!«.

* * *

Ferry Hasselmann wartete seit einer Stunde.

Es war ihm schon klar, dass er seit dem Debakel vor gut einem Jahr erst einmal kleinere Brötchen backen musste. Damals war er dieser ... na ja, zugegeben: ziemlich heißen

Braut aus der Rechtsmedizin auf den Leim gegangen. Er hatte Details zu einem Mordopfer ins Blatt gebracht, die nicht nur exklusiv und sensationell waren – sondern auch völlig frei erfunden.

Aber irgendwann musste es auch mal wieder gut sein. Irgendwann hatte auch er mal wieder eine neue Chance verdient. Und hatte er nicht demütig die erniedrigendsten Aufträge angenommen? Hatte er nicht, ohne zu murren, seinen Kollegen zugearbeitet und sich dafür auch noch gefallen lassen, dass sie seine Recherchen vor seinen Augen noch einmal am Telefon überprüften? Und hatte er nicht im vergangenen Herbst großen Einsatz gezeigt, als er mit einem Schlauchboot versucht hatte, auf dieses Neckarschiff zu gelangen, auf dem die Passagiere nach dem Mord an einem Gourmet-Kritiker mit Bomben zum Bleiben gezwungen worden waren?

Ja, Ferry Hasselmann war überzeugt, dass es damit nun endlich gut sein musste.

Die Tür zum Büro des Chefredakteurs wurde aufgerissen, und Heinz-Günther Sebering kam ins Vorzimmer gestürmt.

»Sissi, faxen Sie das hier nach Hamburg, jetzt gleich, und dann brauch ich –«

Sebering sah Hasselmann, wie er aus dem Sessel am Rand der Besucherecke aufstand und auf ihn zukam.

»Was wollen Sie, Hasselmann?«

»Einen vernünftigen Job, Chef.«

»Vernünftige Jobs gibt's nur für vernünftige Mitarbeiter.«

»Mensch, Herr Sebering, das ist doch jetzt schon mehr als ein Jahr her. Und ich hab mich wirklich angestrengt seither, hab alles über mich ergehen lassen – aber ich will wieder an die guten Storys kommen. Bitte!«

Sebering warf »Sissi« – die eigentlich Moni hieß, aber den Spitznamen klaglos von ihrer Vorgängerin übernommen hatte – den Brief hin, den sie rausfaxen sollte. Dann ging er langsam auf Hasselmann zu.

Mit seinen 1,65 Metern wäre Sebering eigentlich keine besonders imposante Erscheinung gewesen, und sein wuchtiger Bauch wippte ebenfalls nicht sehr attraktiv vor ihm her – aber Hasselmann wusste, dass Sebering eine Legende war in der Branche. Eine Legende, die durch seinen Fehler mit der Rechtsmedizinerin auch einen tiefen Kratzer bekommen hatte.

»So, Hasselmann, Sie sind also der Meinung, es sollte jetzt mal gut sein. Nach gut einem Jahr. Gut ein Jahr, nachdem Sie mir auf den Teller geschissen haben mit Ihrer beknackten Ente! Ja?«

Hasselmann sank in sich zusammen. Seine Flaute würde wohl noch eine Weile andauern.

»Hasselmann, Sie sind eine Pfeife. Gehen Sie heim und lassen Sie sich morgen einteilen zum Hofkehren oder als Nachtwächter, was weiß ich – aber das Beste für Sie und für mich und für diese ganze Zeitung wäre, wenn nie wieder eine Zeile von Ihnen darin erscheint! Und jetzt will ich, dass Sie mich in Ruhe lassen – wenn ich schon am Sonntag hier bin, um den Laden auf Trab zu bringen!«

»Aber, Chef, ich ...«

»Dann bräuchten Sie auch nicht mehr Chef zu mir sagen, Hasselmann. Wär das nicht was?«

Hasselmann gab ihm in Gedanken recht, aber er wollte einen neuen Auftrag, ein neues Thema – also hielt er den Mund und sah Sebering so mutig an, wie er nur konnte.

»Ihnen ist nicht zu helfen, Hasselmann, oder?«

Hasselmann stand vor dem gut einen Kopf kleineren Sebering, und trotzdem wirkte es, als würde der Chefredakteur auf seinen freien Mitarbeiter hinunterwettern.

»Sie wollen unbedingt wieder raus, ganz nach vorne, mitten rein ins Getümmel. Richtig?«

»Ja, Chef, und Sie werden es nicht bereuen!«

»Ach, du meine Güte ...«

Sebering schnaubte, grinste böse und schüttelte den Kopf.

»Sissi, haben wir was für diese traurige Gestalt hier?«

»Wir haben einen Anruf aus Waiblingen, ein Tobias ... Moment ... Schubarth. Er hat was gesehen, könnte mit dem Todesfall einer alten Frau in der Nähe des Finanzamts zu tun haben.«

»Ja, genau, Hasselmann: Das passt doch. Eine tote alte Frau – hatten wir das nicht schon mal?«

Hasselmann dachte zurück an die toten Senioren in Weil der Stadt und Umgebung – eine Geschichte, die ganz gut für ihn gelaufen war. War er gerade dabei, endlich wieder Boden unter die Füße zu bekommen?

Hasselmann nickte und streckte die Hand zur Sekretärin aus.

»Na, Sissi, wollen wir ihm das Stöckchen geben?«

Sebering wandte sich ab, grinste fies zu seiner Sekretärin hinüber und ging dann zurück in sein Büro.

Hasselmann stand da, hielt die Hand ausgestreckt und kam sich zunehmend erniedrigt vor. Die Tür zu Seberings Büro schlug zu, und die Sekretärin machte noch immer keine Anstalten, ihm das Blatt mit den Notizen zu dem Anruf aus Waiblingen zu geben.

Hasselmann trat an den Schreibtisch der Sekretärin, und endlich reichte sie ihm das Blatt mit der Telefonnotiz. In ihren Augen sah er dieselbe Frustration, dieselbe Erniedrigung, die auch er zuletzt immer wieder hatte erleiden müssen. Allerdings mischte sich in »Sissis« Blick auch eine Spur von Triumph, weil sich endlich wieder einmal jemand hinter ihr hatte einsortieren müssen.

Egal, dachte Hasselmann, da musste er jetzt durch. Seine Zeit würde kommen. Vielleicht schon bald. Sehr bald.

* * *

Als sich die Soko Treppenhaus am Sonntagvormittag gegen elf zum zweiten Mal traf, sahen einige Teilnehmer etwas ramponiert aus. Dass Maigerle nach seinem Konzert am Vorabend nicht so ganz taufrisch wirkte, überraschte niemanden.

Aber der zerknitterte Schneider und, vor allem, ein unrasierter und übernächtigt wirkender Staatsanwalt Feulner lösten doch einige staunende Blicke aus.

Ernst sah zwischen den beiden hin und her, fing dann einen vielsagenden Blick von Jutta Kerzlinger auf und grinste.

»Da brauchen Sie gar nicht so zu grinsen«, sagte Feulner, und er klang eher geschlaucht als wütend. »Ich hatte heute Nacht noch das Vergnügen mit zwei Ihrer Kollegen.«

Fragende Blicke richteten sich auf den Staatsanwalt.

»Jemand hat mir die Streife auf den Hals gehetzt – nur weil ich mir noch ein bisschen JJ Cale und Eric Clapton angehört habe.«

Willy Russ lachte heiser.

»Ja, ich weiß, Herr Russ: Sie haben den Bericht gelesen, und da war die Formulierung vermutlich etwas anders.«

»Kann man so sagen«, lachte Russ unverdrossen weiter. »Als ich mit den anderen von den Befragungen in der Fronackerstraße ins Revier zurückkam, war der Bericht dort schon die Attraktion des Abends.«

»Ja, ja, ist schon recht, Herr Russ«, brummte Feulner und massierte sich die Schläfen.

»Und was stand in dem Bericht?«, fragte Frank Herrmann und wandte sich mit gespieltem Ernst an Feulner. »Ich muss ja Bescheid wissen, falls die Presse nachfragt, nicht wahr?«

»Herr Feulner hat wohl abends getestet, was seine Lautsprecherboxen hergeben.«

»Ja, und der Nachbar über mir hört nur Strawinsky und solches Zeug – der hat keine Ahnung von guter Bluesmusik, dieser Banause!«

»Da wären Sie mal lieber zu uns ins ›Bobby's‹ gekommen«, grinste Maigerle. »Wir waren auch recht laut, aber beschwert hat sich keiner.«

»Und«, hakte Schneider mit müder Stimme nach, »wurde auch fleißig ›Gisela‹ gerufen?«

»Darauf können Sie einen … darauf können Sie sich aber verlassen!«

»Gisela?«, fragte Feulner.

»Erklär ich Ihnen ein andermal«, sagte Schneider. »So, Herr Russ: Bringen Sie uns doch mal aufs Laufende, was die Befragungen von gestern Abend angeht.«

Russ sah kurz zu den Kollegen von der Kripo, die ebenfalls Nachbarn befragt hatten, aber die nickten nur, und so fasste er alle Ergebnisse zusammen. Die Nachbarn hatten nichts gesehen, nichts gehört, oder sie waren gleich gar nicht daheim gewesen zur fraglichen Zeit.

»Haben Sie noch etwas Neues für uns, Herr Rau?«

Der Leiter der Kriminaltechnik schüttelte den Kopf.

»Wir haben nur bestätigt bekommen, was wir schon befürchtet hatten: Der Täter hat sich zuerst den Handschuh geschnappt, hat danach ausschließlich mit diesem Handschuh die Schubladen geöffnet und schließlich die Spätzlespresse herausgenommen. Und diesen Handschuh haben wir noch nicht gefunden.«

»Na, prima«, sagte Schneider. »Wir haben uns gestern noch in der Wohnung von Frau Herbst umgesehen, aber wir sind auf nichts gestoßen, was uns im Moment weiterhilft. Die Kollegen sichten noch einmal alles gründlich, aber was wir bisher gesehen haben, ist wenig spektakulär. Kontoauszüge mit unverdächtigen Ein- und Ausgängen. Fotos aus ihrer Zeit mit Mann und Kindern. Alte Zeitungsausschnitte, die ihre Tochter als Sprinttalent präsentieren. Ein Buch über Kaninchenrassen, mit einer Widmung für Frau Herbsts Mann, soweit wir das entziffern konnten. Ein kleines Heft mit Einträgen, wann wer im Haus Kehrwoche hat – und dahinter Zahlen, die eine Benotung der ... na ja, sagen wir: Putzleistung sein könnten.«

»Die hatte nicht mehr viel in ihrem Leben, oder?«, fragte Maigerle.

»Offensichtlich nicht«, sagte Ernst. »Und es sah so aus, als würde es bald noch schlimmer kommen: Im Papierkorb neben dem Esstisch lag der Prospekt eines Seniorenheims in Großerlach.«

»Oha«, machte Maigerle. »Dann waren wohl vor nicht langer Zeit die lieben Kinder zu Besuch ...«

»Ja, scheint so. Apropos Kinder: Hat die beiden denn inzwischen jemand erreicht? Wissen sie jetzt, dass ihre Mutter tot ist?«

»Nein«, sagte Russ. »Wir haben ja gleich gestern die Kollegen hingeschickt, aber weder beim Sohn noch bei der Tochter war jemand zuhause. Wir wollten es nachher gleich noch einmal versuchen.«

»Nein, lassen Sie das mal – das machen wir selbst. Wo wohnen Sohn und Tochter denn?«

»Der Sohn hat ein Häuschen im Kirschenhardthof, die Tochter wohnt in Cannstatt.«

»Kirschen – was?«

»Ein kleiner Weiler bei Backnang, gehört zu Burgstetten. Nette Lage, gute Besenwirtschaft und ...«

»Ja, schon gut. Das klingt ja sehr romantisch«, meinte Schneider grinsend. »Herr Ernst und ich fahren nach Cannstatt, und diesen Hof kann ja vielleicht Herr Maigerle zusammen mit einem Kollegen übernehmen.«

※ ※ ※

Tobias Schubarth war sich inzwischen nicht mehr sicher, ob der Anruf eine gute Idee gewesen war. Vielleicht hätte er lieber die hiesige Lokalzeitung anrufen sollen – aber da konnte er sich nicht vorstellen, dass die ihm für einen Tipp Geld gegeben hätten. Und im Moment konnte er jeden Euro gut gebrauchen. Von der Redaktion des Boulevardblatts hatte er sich da schon mehr versprochen, auch wenn diese Zeitung nicht gerade zu seiner bevorzugten Lektüre zählte. Und tatsächlich: Kaum hatte er nachgefragt, hatte ihm die Sekretärin einen Hunderter oder mehr versprochen, falls sich da wirklich eine gute Story daraus ergeben sollte.

Dann hatte ein Typ namens Hasselmann angerufen, und schon die Stimme des Reporters hatte ihn abgeschreckt. Irgendwie klang der reichlich windig – aber nun war es zu spät. Schubarth hatte seine Adresse angegeben, und dieser Hasselmann musste nun jeden Moment vor seiner Tür stehen.

* * *

»Da vorne muss es sein«, sagte Ernst und deutete in die Seitenstraße. Schneider lenkte seinen Porsche von der früheren B14 nach rechts und fuhr nach gut hundert Metern in eine Parklücke.

»Hier?«, fragte Schneider.

Ernst sah zur Hausnummer hinüber und nickte.

»Bin mal gespannt, wo die gestern Abend waren, als die Kollegen sie über den Tod ihrer Mutter informieren wollten«, sagte Schneider und wuchtete sich aus dem Fahrersitz.

Das Haus, zu dem sie wollten, war ein ziemlich großer, ziemlich alter und ziemlich heruntergekommen wirkender Wohnblock. Die Steinplatten des Zugangsweges hätten mal wieder begradigt werden können, und auch die struppigen Büsche links und rechts des Weges hatten schon länger keine Heckenschere mehr gesehen.

Aus den Briefkästen quollen Werbeprospekte, und davor lagen mehrere volle Müllsäcke auf und neben der kleinen Plattform, die zur Eingangstür führte. Schneider suchte den richtigen Klingelknopf, drückte und wartete.

Nach ein, zwei Minuten klingelte er noch einmal, dann summte der Türöffner und die beiden Kommissare gingen ins Haus. Im ersten Stock ging eine Tür auf, und Schneider und Ernst gingen die Treppe hinauf.

»Ja, bitte?«

In der Wohnungstür stand eine etwas mollige Frau Anfang dreißig in Jeans und T-Shirt. Vorne hatte sie sich den

Zipfel eines Geschirrtuchs in die Hose gesteckt, an dem sie sich nun die Hände abwischte.

»Frau Susanne Ruppert?«

»Ja, die bin ich. Und wer sind Sie?«

Schneider spürte mehr, als dass er es hörte, dass hinter ihm die benachbarte Wohnungstür geöffnet wurde. Susanne Ruppert sah kurz an den beiden Kommissaren vorbei.

»Guten Tag, Frau Bülent. Kann ich Ihnen helfen?«

Die Tür wurde wieder geschlossen.

»Pack!«, entfuhr es Susanne Ruppert noch, dann sah sie wieder zu Schneider und Ernst hin.

Schneider zeigte ihr seinen Dienstausweis.

»Vielleicht gehen wir lieber rein«, sagte er dann. »Das ist, glaube ich, eher nichts für Ihre Nachbarn.«

Susanne Ruppert sah ihn zwar fragend an, bat die beiden aber dann doch in die Wohnung. Es roch stark nach gerösteten Zwiebeln, ein bitteres Aroma hatte sich in den Geruch gemischt.

»Scheiße!«, schimpfte Susanne Ruppert und eilte in die Küche. Man hörte eine Pfanne klappern, dann lief Wasser und es zischte. Dann kam Susanne Ruppert wieder auf den Flur, offensichtlich übel gelaunt, und ging den beiden Kommissaren ins Wohnzimmer voraus.

Ein kleiner Junge spielte auf dem Boden, und auf der Couch saß ein Mann um die vierzig, Schnauzbart, Stoppelhaare und Bierbauch, und las die Sonntagszeitung mit den großen Buchstaben.

»Ist das Essen fertig?«, fragte der Mann. »Hat grad so komisch gerochen.« Dann sah er auf und bemerkte die beiden Männer. »Wer sind Sie denn?«

»Klaus Schneider, Kripo Waiblingen. Und das ist mein Kollege Rainer Ernst.«

»Kripo? Na, endlich.«

Der Mann legte die Zeitung weg und musterte die beiden.

»Kriegen die Kanaken jetzt endlich mal ihr Fett weg, ja? Hat ja ewig gedauert! Also: was wollen Sie wissen?«

Ernst und Schneider sahen sich an. In Schneider kam Wut hoch, und Ernst sah es ihm an – er schüttelte nur stumm den Kopf.

»Herr Ruppert«, sagte Schneider dann und versuchte, so sachlich wie möglich zu klingen, »vielleicht könnten Sie kurz das Kind in sein Zimmer bringen. Wir haben Ihnen, vor allem Ihrer Frau etwas mitzuteilen.«

»Was soll das denn jetzt?«

»Bitte, Herr Ruppert.«

»Sagen Sie mal: Sie spazieren hier rein in meine Wohnung, wollen mir sagen, was ich zu tun habe – und drüben treiben diese Berber ihre anatolischen Schweinereien, ohne dass Sie da mal eingreifen? Ich glaub, es geht los!«

»Herr Ruppert, es reicht!«

Schneider hatte dermaßen laut losgedonnert, dass Ruppert nun ganz erschrocken auf seiner Couch saß und den Kommissar mit offenem Mund anstarrte.

»Wenn die Familie, die Ihnen gegenüber wohnt, aus der Türkei stammt oder Vorfahren in der Türkei hatte, gibt das Ihnen noch lange nicht das Recht, sich abfällig über Ihre Nachbarn zu äußern! Wir sind hier in Deutschland, und wir haben das 21. Jahrhundert – da sollten sogar Menschen wie Sie allmählich begreifen, dass die zivilisierte Welt nicht an der deutschen Ostgrenze endet! Falls Sie Probleme haben mit Ihren Nachbarn, dann beschweren Sie sich – oder noch besser: Versuchen Sie, diese Probleme selbst zu regeln. Und damit meine ich: Reden Sie mit Ihren Nachbarn und sagen Sie, was Sie an ihnen stört! Aber ob Sie mit den Leuten Probleme haben oder nicht, hängt ziemlich sicher nicht davon ab, aus welchem Land die Vorfahren Ihrer Nachbarn kommen.«

Ruppert sah Schneider noch immer mit großen Augen an.

»Haben wir uns verstanden, Herr Ruppert?«

Schneider platzte offensichtlich fast vor Wut, und er hatte das »Herr« so betont, als würde er ihm am liebsten an den Kragen gehen.

Ruppert sah zwischen Schneider und Ernst hin und her, dann stand er wortlos auf und führte seinen Sohn aus dem Wohnzimmer. Susanne Ruppert stand wie versteinert und versuchte aus Schneiders Miene abzulesen, was wohl als Nächstes kommen würde. Schneider räusperte sich.

»Tut mir leid, Frau Ruppert, aber Rassismus macht mich kirre. Das kann ich nicht haben.«

»Aber mein Mann ist doch kein Rassist, nur weil er Ihnen sagen will, was diese Musel…«

»Frau Ruppert, bitte, es reicht jetzt.«

»Ist ja gut.« Sie sah zwischen den Kommissaren hin und her. »Aber wollten Sie mir nicht noch etwas sagen?«

»Vielleicht setzen wir uns lieber«, schlug Ernst vor.

Susanne Ruppert setzte sich auf die Couch, Ernst und Schneider nahmen gegenüber auf zwei Polsterstühlen Platz.

»Ihre Mutter …«, begann Ernst mit sanfter Stimme und ließ den Satz absichtlich gleich wieder enden.

Susanne Ruppert sah ihn fragend an, dann keimte Sorge in ihrem Blick auf.

»Ist sie schon wieder gestürzt?«

Ernst wartete noch kurz.

»Wissen Sie, gerade eben erst war sie aus dem Krankenhaus gekommen, mit frisch eingegipstem Bein. Sie hatte doch nicht schon wieder einen Unfall?«

»Ihre Mutter …«, fuhr Ernst fort, »Ihre Mutter ist gestern leider gestorben.«

»Was?«

Susanne Ruppert sah ihn verblüfft an.

»Gestorben? Gab's denn noch Komplikationen wegen des Beins?«

Dann fiel ihr offenbar etwas ein.

»Aber wieso kommt da die Kripo?«

Sie überlegte kurz.

»Hat einer der Ärzte gepfuscht? Der eine, ein jüngerer Mann aus Indien, soweit ich weiß, kam mir gleich komisch vor.«

»Nein, Frau Ruppert, es war nichts mit dem Bein. Ihre Mutter ist ... ermordet worden.«

»Er-mor...?«

Ihre Stimme brach ab, sie wurde blass und sah zur Tür hin. Dort stand ihr Mann und schaute völlig ratlos drein.

»Geht es Ihnen gut, Frau Ruppert?«, fragte Ernst.

»Mir ... äh ... Horst? Bringst du mir mal Sprudel?«

Kurz darauf kam Horst Ruppert mit einem vollen Glas zurück und hielt es seiner Frau hin. Sie trank es in einem Zug aus.

»Frau Ruppert?«

»Ja, ich ...«

Sie stellte das Glas ab, atmete ein paar Mal tief ein und aus, dann sah sie Ernst an.

»Wie ist es denn passiert? Und wer ist es denn gewesen?«

»Den Täter haben wir noch nicht, aber wir haben eine Sonderkommission gebildet, und wir alle arbeiten mit Hochdruck an dem Fall.«

»Gut«, nickte Susanne Ruppert, dann starrte sie blicklos vor sich auf die Tischplatte.

»Und Ihre Mutter wurde erschlagen. Direkt vor ihrer Wohnungstür.«

»Erschlagen ...«, murmelte sie.

Eine lange Pause entstand. Susanne Ruppert starrte weiter vor sich hin, ihr Mann trat unbehaglich von einem Bein aufs andere. Dann war aus dem Hintergrund das leise Weinen des Jungen zu hören, und Horst Ruppert ging schnell zu ihm ins Zimmer.

* * *

Maigerle hatte mehrfach geklingelt, aber niemand hatte geöffnet.

»Bleibst du mal hier, bitte?«, sagte er zu Stefan Kling, der ihn zum Haus von Roland Herbst in den Kirschenhardthof begleitet hatte. »Ich schau hinten nach, ob jemand im Garten ist.«

Er ging durch einen schmalen Gang zwischen Wohnhaus und Garage und hatte einen herrlichen Blick über Wiesen und Felder. Ein Wald war weiter rechts zu sehen, andere Häuser dagegen erst in einiger Entfernung.

Linker Hand befand sich die Terrasse, und dort, auf einem knallbunten Liegestuhl und unter einem ausladenden Sonnenschirm, lag eine junge Frau im Bikini.

Er ging ein paar Schritte zu ihr hin: Sie hatte Kopfhörer auf und sah auf die Felder hinaus. Als Maigerle noch überlegte, wie er sie auf sich aufmerksam machen konnte, ohne sie zu erschrecken, drehte sie sich schon zu einem kleinen Tischchen neben sich um und griff sich ein Longdrinkglas mit einer gelblichen Flüssigkeit, mit Eiswürfeln und einer Orangenscheibe, durch die ein Trinkröhrchen gesteckt war.

Dann bemerkte sie Maigerle.

Sie sah wie erstarrt zu ihm hin. Maigerle sah das Glas wie in Zeitlupe aus ihrer Hand rutschen und auf der Terrasse zerschellen. Die Orangenscheibe und die Eiswürfel purzelten auf den Steinplatten durcheinander. Maigerle wappnete sich schon für den markerschütternden Schrei der Frau – doch der blieb aus.

Stattdessen zog sie ihre schlanken Beine näher an sich heran, setzte sich auf dem Liegestuhl etwas aufrechter hin und schob sich die Sonnenbrille in die Haare.

* * *

»Da runter?«, fragte Hasselmann und ging neben Schubarth am Kino vorbei.

»Ja, und unten ist es dann nicht mehr weit.«

Am Fuß der Treppe kauerte ein Mann auf dem Gehweg, der den Sonntagvormittag wohl mit den Flaschen verbracht hatte, die um ihn verstreut standen und lagen. Als Hasselmann und Schubarth an ihm vorbeigingen, nölte er ihnen etwas hinterher, aber es war kein Wort zu verstehen.

Das Absperrband der Polizei war schon wieder weg, und auch sonst ließ nichts an dem Haus erkennen, dass dahinter ein Verbrechen passiert war. Die Tür und das Fenster daneben waren verschlossen.

Auf der Fahrt von Esslingen, wo die Redaktion seiner Zeitung im Industriegebiet residierte, hierher hatte Hasselmann kurz die Waiblinger Polizei angerufen und die Pressestelle verlangt – obwohl die meisten Pressemitteilungen am Wochenende direkt von den »Polizeiführern vom Dienst«, wie das offiziell hieß, geschrieben wurden. Und wenn mal einer aus der Pressestelle helfen musste, ließ sich das in der Regel von daheim aus machen.

Als ihn in der Zentrale aber niemand auf Montag vertröstete und er anstandslos verbunden wurde, legte er schnell auf: Offenbar gab es Grund, die Pressestelle an diesem Sonntag besetzt zu halten – und das bedeutete, dass hinter dem Anruf Schubarths durchaus eine lohnende Story stecken konnte. Und aufgelegt hatte er, weil er sich zunächst einmal einen kleinen Informationsvorsprung verschaffen wollte, bevor er in der Pressestelle erkennen ließ, dass er, der unermüdliche Spürhund, wieder auf heißer Fährte war.

Hasselmann schnupperte ein wenig warme Stadtluft. Es roch nicht übel, ein leichter Wind wehte durch die umstehenden Bäume, und irgendwo war wohl Gras gemäht worden.

»Mensch«, dachte Hasselmann, »wenn diese Story was wird, dann bin ich wieder im Spiel.« Das Leben konnte so schön sein.

Schubarth brabbelte nebenbei auf ihn ein, zeigte ihm die verschiedenen Positionen, an denen er und Frau Kling gegangen und dann wieder stehen geblieben waren. Hasselmann musste schmunzeln: Hieß nicht die biestige Hausmeisterin in einer dieser Endlosfernsehserien auch Kling?

Hasselmann machte ein paar Fotos mit seiner kleinen Digitalkamera, dann kommandierte er Schubarth neben das Haus, in dem ein Verbrechen geschehen war, und knipste ihn ebenfalls ein paar Mal. Die Kamera war zwar nicht besonders gut, aber für ein paar kleinere Fotos, die man irgendwo in den Text einbauen konnte, reichte die Qualität meistens.

Nebenan ging im dritten Stock ein Fenster auf, ein älterer Mann legte ein Kissen auf den Fensterrahmen, lehnte sich gemütlich drauf und sah interessiert zu Hasselmann hinunter, der nach allen Richtungen fotografierte. Als seine Kamera zu dem Mann nach oben schwenkte, trat der schnell einen Schritt zurück ins Zimmer.

* * *

Roland Herbst hatte ordentlich geschwitzt auf dem Weg herauf von Steinächle, dem kleinen Weiler unten im Buchenbachtal. Und es hatte ihm zugesetzt, wie seine drei Kinder Klara, Klaus und Katharina lachend und schwatzend vor ihm hergeradelt waren, als wäre das alles keine große Kunst.

Die Mädchen und der Junge hatten schon zwei Häuser vorher die Räder am Straßenrand fallenlassen und waren zu den Nachbarskindern geflitzt, die gerade kreischend und spritzend in ihrem aufblasbaren Pool im Garten saßen. Und er selbst wollte nun zunächst einmal dringend etwas Kühles trinken – das Rad konnte er auch nachher noch in der Garage an die Wand hängen.

Vor dem Haus stand ein Auto, die Sonne spiegelte sich in den Scheiben und er konnte nicht sehen, ob jemand drinsaß. Herbst tappte etwas steif zwischen Garage und Wohnhaus hindurch, zupfte sich das teure Radlertrikot mit den Werbeaufdrucken zurecht, weil es vor Schweiß überall klebte, und zog sich den Helm vom verschwitzten Kopf.

Auf der Terrasse saß seine Frau im Bikini auf dem Liegestuhl und beobachtete amüsiert einen fremden Mann, der mit Handfeger und Kehrschaufel direkt vor ihr auf dem Boden herumkrabbelte.

»Dort ist noch eine«, sagte sie gerade, und der Mann beeilte sich, eine kleine, mit gelber Flüssigkeit verschmierte Glasscherbe aufzukehren. »Danke, das müsste die letzte gewesen sein.«

»Die letzte wovon?«, fragte Roland Herbst mit lauter Stimme. Die beschauliche Szene irritierte ihn doch sehr.

»Ach, Schatz«, sagte Heidi Herbst und sah ihn ein bisschen erschrocken und ein bisschen belustigt zugleich an.

Der fremde Mann fuhr herum und sah kurz an sich herunter. Ganz offensichtlich dachte er nun darüber nach, wie seltsam sein Auftritt hier wirken musste. Dann legte er die kleine Schaufel und den Handfeger zur Seite, wischte sich die Hände an der Hose ab und streckte Roland Herbst die rechte Hand entgegen.

»Alexander Maigerle, angenehm.«

»Angenehm? Mal sehen«, knurrte Roland Herbst. »Wer sind Sie? Und warum kriechen Sie vor meiner Frau auf den Knien herum?«

»Stimmt eigentlich«, kicherte Heidi Herbst. »Das wäre doch eher dein Job, nicht wahr, Roland?«

Roland Herbst sah seine Frau an: Falls es etwas gab, wofür sie sich schämen sollte, versteckte sie es gut. Misstrauisch musterte er den anderen Mann.

»Ich bin von der Kripo in Waiblingen«, sagte Maigerle.

»Das erklärt wohl noch nicht ganz, was Sie hier machen, oder?«, brummte Roland Herbst und verschränkte die Arme vor seinem verschwitzten Trikot.

»Ja, entschuldigen Sie«, sagte Maigerle, zog den Dienstausweis aus der Tasche und zeigte ihn vor. »Wir … nun ja …« Er wandte sich dem Durchgang zwischen Garage und Wohnhaus zu und rief: »Stefan, kommst du mal bitte nach hinten?«

»Sind da noch mehr?«, fragte Herbst und sah irritiert zwischen seiner Frau und Maigerle hin und her.

Kling war dem Mann im Radlertrikot schon gefolgt, als er nach hinten gegangen war, und stand deshalb fast im selben Moment bei den anderen im Garten.

»Was wird das hier?«

Roland Herbst war ganz offensichtlich sehr beunruhigt, und er hatte erkennbar keine Ahnung, was das alles sollte.

»Herr Herbst«, begann Maigerle umständlich und deutete auf den Liegestuhl, »vielleicht sollten Sie sich lieber setzen.«

Herbst sah wieder zwischen seiner Frau und Maigerle hin und her, allmählich schien er wütend zu werden.

»Ihre Mutter ...«, suchte Maigerle nach dem richtigen Einstieg. »Ihre Mutter ist gestern ...«

Roland Herbsts Gesicht wechselte die Farbe von wütendem Rot in bleiches Erschrecken. Er stand stumm da und starrte Maigerle an.

»Ihre Mutter wurde gestern Abend ... Opfer eines ... Verbrechens.«

Herbst stand wie festgewachsen, rote Flecken entstanden auf seinem blassen Gesicht.

Kling nahm einen Gartenstuhl, der an der Hauswand lehnte, stellte ihn direkt hinter Herbst und drückte den Mann leicht nach unten, bis er saß. Kurz danach ließ Herbst seine Beine nach vorn rutschen, und die Arme hingen ihm schlaff an den Seiten herunter.

»Das verstehe ich nicht«, sagte er nach einer längeren Pause.

Seine Frau schnappte sich Kehrschaufel und Handfeger und verschwand im Haus. Kurz darauf kam sie mit einem Glas Wasser und einer Tablette wieder heraus auf die Terrasse.

»Da, nimm«, sagte sie, und Herbst streckte die Zunge aus, ließ sich die Tablette drauflegen und trank das Glas zur Hälfte leer.

»Ihre Mutter wurde erschlagen«, sagte Maigerle. »Gestern am späteren Nachmittag.«

Roland Herbst gab das Glas seiner Frau zurück, dann sah er erst Maigerle, danach Kling eine Zeitlang an.

»Sie kenne ich aber«, sagte er schließlich zu Kling.

»Ja, ich wohne im Haus neben Ihrer Mutter. Erster Stock, links, Anneliese Kling – das ist meine Mutter.«

»Hm«, machte Herbst und es sah fast aus, als bräuchte er dringend gleich noch eine Tablette.

»Wir ermitteln noch in alle Richtungen«, fuhr Maigerle fort, nur um irgendetwas zu sagen. »Herr Stromer hat sie gefunden, vor ihrer Wohnungstür.«

»Säufer-Sepp? Na, so was.«

»Ja, er hat ziemlich schnell ziemlich viel getrunken, nachdem er uns wegen Ihrer Mutter angerufen hatte.«

»Ach, das macht er immer. Er trinkt immer ziemlich viel.«

Herbst atmete ein paar Mal tief ein und aus, die rötlichen Flecken auf seinem Gesicht verblassten etwas.

»Glauben Sie, dass Sepp meine Mutter umgebracht hat?«

»Bisher glauben wir noch gar nichts. Wieso kommen Sie darauf?«

»Ach, Sepp ... Was hat er Ihnen denn erzählt?«

»Nichts bisher.«

»Wieso das denn?«

»Wie gesagt: Er hatte viel getrunken, wir warten noch darauf, dass wir mit ihm sprechen können.«

»Oh«, machte Herbst. »Dann muss er aber ordentlich gesoffen haben – der verträgt schon eine ganze Menge, nach der ganzen Übung, die er hat.«

Er lachte bitter auf, wurde aber gleich wieder ernst und starrte deprimiert vor sich hin.

»Mensch, jetzt ist Mama tot ...«, murmelte er schließlich. »Das ist ja ein Ding.«

»Wo waren Sie denn gestern am Abend?«, fragte Maigerle nach einer kleinen Pause. »Meine Kollegen wollten es Ihnen gestern schon erzählen, aber es war niemand zuhause.«

»Wir waren dort drüben«, sagte er und deutete in die Richtung der Hauptstraße, die am Kirschenhardthof vorbeiführte.

»Und was haben Sie da gemacht?«

»Gegrillt, wir und meine Schwester mit Familie. Da drüben im Brandwald gibt es einen schönen Spielplatz mit Grillstelle. War aber schon ziemlich viel los. Wir haben kaum Platz gefunden am Feuer, und nach einer Weile sind wir mit dem ganzen Krempel zu uns hierher und haben das Fleisch in den Backofen gelegt. Wir haben es ja auch schön hier. Dann haben wir ein paar Bier miteinander getrunken, Sekt, Wein und so – war recht gemütlich, und recht spät sind Susanne, mein Schwager und der Kleine wieder zurück nach Cannstatt gefahren.«

Herbst sah Maigerle kurz an.

»Meine Schwester ist gefahren, natürlich hat sie nichts getrunken.«

Heidi Herbst räusperte sich.

»Wir sind nicht auf den Führerschein Ihrer Schwester aus«, sagte Maigerle, »wir suchen den Mörder Ihrer Mutter.«

Kaum hatte er es ausgesprochen, wurde ihm auch schon klar, wie das klingen musste, was er soeben gesagt hatte. Kling verdrehte die Augen, Herbst starrte Maigerle mit offenem Mund an.

»Sind Sie wahnsinnig?«, brauste er schließlich auf. »Sie kommen hierher, kriechen vor meiner Frau auf der Terrasse herum, erzählen mir, dass meine Mutter erschlagen wurde – und dann verdächtigen Sie mich als Mörder?«

Herbst hatte sich richtig in Rage geschimpft. Und so seltsam es auch wirkte, wie der Mann aus seinem Gartenstuhl heraus auf den vor ihm stehenden Kommissar einbrüllte, so schnell schauten Maigerle und Kling dann doch, dass sie das Grundstück verließen.

»Es kann sein, dass wir Sie noch einmal anrufen«, rief Maigerle vom Durchgang neben der Garage zurück. »Ich werfe Ihnen für alle Fälle mal meine Visitenkarte in den Briefkasten, ja?«

Damit waren er und sein Kollege verschwunden, und kurz darauf war zu hören, wie die beiden ins Auto stiegen und mit dem Wagen aus dem Ort fuhren.

Herbst schüttelte den Kopf, dann sah er seine Frau an.
»Und was hatte das eigentlich zu bedeuten, dass der da vor dir herumgekrochen ist?«
Heidi Herbst setzte sich in den Liegestuhl.
»Mir ist seinetwegen mein Glas runtergefallen.«
Roland Herbst sah dadurch nicht wirklich besänftigt aus.
»Dann erzähle ich dir am besten mal die ganze Geschichte. Ich war ja schon froh, dass überhaupt mal was los war in diesem Nest hier.«

* * *

Schubarth stand neben Hasselmann, und es war offensichtlich, dass er nicht gehen würde, bevor er für seinen Tipp Geld bekommen hatte.

»Herr Schubarth«, begann Hasselmann schließlich, »ich weiß ja noch gar nicht, ob das wirklich eine Story hergibt. Tote Frau ... na ja: bisher hat die Polizei noch nichts dazu bekanntgegeben. Vielleicht ist sie ja wirklich nur gestürzt, hat sich vielleicht was gebrochen oder so.«

»Und die Polizei? Die Absperrungen?«

»Na, ich seh hier nichts mehr. Aber wenn hier wirklich gestern etwas war, dann könnte das auch ... sagen wir: ein Einbruch oder so etwas gewesen sein. Das druckt meine Zeitung nicht.«

»Aber die Sekretärin hat gesagt ...«

»Ja, ich weiß, und da stehen wir ja auch bei Ihnen im Wort. Wissen Sie was?«

Hasselmann ließ Schubarth noch kurz zappeln.

»Ich geb Ihnen jetzt was, und das nehm ich auf meine Kappe. Wenn keine Story draus wird, hab ich eben Pech gehabt – ich mag Sie einfach, und ich will mich Ihnen gegenüber gern dankbar zeigen dafür, dass Sie gleich an uns gedacht haben.«

Er fingerte einen Fünfziger aus seiner Hosentasche und streckte ihn Schubarth hin.

»Aber die Sekretärin sagte etwas von hundert oder mehr...«
»Ja, wenn eine Story draus wird. Dann melden wir uns bei Ihnen und Sie bekommen Ihr Geld, klarer Fall. Und das hier kriegen Sie von mir, einfach mal so, okay?«
Schubarth sah Hasselmann argwöhnisch an, dann griff er nach dem Schein und steckte ihn ein. Er war nicht in der Situation, sich fünfzig Euro entgehen zu lassen.
»Gut, Herr Schubarth, ich werde mich dann hier noch ein bisschen umsehen. Ich melde mich bei Ihnen, wenn dann noch was ist, ja? Und die Story sehen Sie ja dann auch bei uns im Blatt.«
»Ja, ja«, log Schubarth. »Die seh ich ja dann.«
Er verabschiedete sich und ging die Treppe hoch, von wo aus er sich noch zwei-, dreimal nach Hasselmann umschaute.
Hasselmann befühlte in seiner Tasche dünn lächelnd den Rest der hundertfünfzig Euro, die ihm die Redaktionssekretärin als Infohonorar für Schubarth mitgegeben hatte.

* * *

»Wo waren Sie denn gestern Abend?«
Schneider hatte möglichst beiläufig gefragt. Die Leute schauten heutzutage so oft Krimis im Fernsehen an, da wurde das sofort als Frage nach einem Alibi aufgefasst – und ein Alibi brauchte ja nur ein Verdächtiger.
Susanne Ruppert sah ihn an, aber als sich etwas Fragendes in ihren Blick schlich, kam ihr Mann herein und setzte sich neben sie auf die Couch. Susanne Ruppert war kurz abgelenkt, und darüber hatte sie wohl vergessen, sich aufzuregen.
»Wir waren bei meinem Bruder. Wir haben dort in der Nähe auf einem Spielplatz gegrillt, war ja so schönes Wetter.«
»Na ja, gegrillt«, brummte ihr Mann. »Wir wollten grillen, sagen wir es mal so. Aber da war schon alles voll mit Schnauzbärten und Kopftüchern.«

Schneider verstand nicht gleich, und Ruppert wollte ihm auf die Sprünge helfen.

»Na, die ganzen Türken hatten sich alles unter den Nagel gerissen. Wir kamen gar nicht bis zu den Feuern durch, alles voll mit ...«

»Herr Ruppert!«

Schneider hatte begriffen, und es gefiel ihm so wenig wie vorhin.

»Ihre Schwiegermutter wurde erschlagen – und Sie ergehen sich hier in Hetztiraden gegen friedliche Mitbürger. Sie sollten sich schämen!«

»Ich ...«

»Sie sollten sich wirklich schämen!«

»Nehmen Sie es meinem Mann bitte nicht übel. Wissen die, diese Leute meinen es ja nicht böse – die kennen das wahrscheinlich von zuhause nicht anders: dauernd an der frischen Luft und so.«

Schneider schluckte und Ernst warf ihm einen warnenden Blick zu.

»Ist doch wahr«, wetterte Horst Ruppert weiter. »Steht auch alles da drin!«

Er deutete zu einem Buch mit knallrotem Umschlag, das auf einem niedrigen Schränkchen einen Stapel von Boulevardzeitungen beschwerte. Vorne drauf stand der Name eines sehr bekannten ehemaligen Politikers und der schlagwortartige Titel seines Bestsellers.

»Das haben Sie selbst gelesen?«, ätzte Schneider.

»Nein, das war ein Geschenk. Ich hab das Wichtigste daraus in der Zeitung gelesen, vielleicht gibt es ja mal ein Hörbuch.«

Ruppert hatte Schneiders Unterton wohl nicht bemerkt.

»Herr Ruppert, wir wollen Ihre fremdenfeindlichen Parolen nicht hören. Das ist übrigens strafbar, was Sie hier betreiben – und ich kann gerne den Kollegen vom Revier mal einen Tipp geben.«

»Typisch«, maulte Ruppert. »Immer auf die Deutschen.«

Dann verschränkte er seine Arme vor der Brust und schwieg.
»Frau Ruppert: Wie lange waren Sie mit Ihrem Bruder und dessen Familie auf dem Grillplatz?«
»Da hat keiner auf die Uhr gesehen. Irgendwann sind wir halt wieder zurück, weil auf dem Grillplatz die ganzen ...« Sie fing Schneiders warnenden Blick auf und unterbrach sich. »Dort war ja zu viel los, und dann haben wir das Fleisch bei meinem Bruder in den Backofen getan und haben bei ihm auf der Terrasse gegessen.«
»Und wann sind Sie dann wieder nach Hause gefahren?«
»Wann war das, Horst? Elf? Zwölf?«
Horst Ruppert brummte und nickte.
»Also so zwischen elf und zwölf, ungefähr«, sagte Susanne Ruppert. »Von dort draußen haben wir etwa eine halbe Stunde Fahrt, vielleicht etwas weniger – da dürften wir irgendwann um Mitternacht hier eingetrudelt sein. Genau weiß ich es nicht mehr. Wir haben gleich Maximilian ins Bett gebracht, und dann haben wir uns selbst hingelegt – wir hatten ja alle was getrunken ...«
»Sei still, Susanne!«, rief Ruppert dazwischen. »Spinnst du? Das ist die Polizei!«
Schneider tat so, als habe er das nicht gehört.
»Ich lasse Ihnen mal meine Visitenkarte da, Frau Ruppert. Rufen Sie mich bitte an, wenn Ihnen noch etwas einfällt, was uns weiterhelfen könnte, ja?«
»Ja, ja«, sagte Susanne Ruppert, sah Schneider aber forschend an, ob er ihr aus ihrer Bemerkung von eben wohl einen Strick drehen wollte.
Doch Schneider verabschiedete sich und ging ohne ein weiteres Wort mit Ernst aus der Wohnung. Als er den Motor seines Porsche aufheulen ließ und den Wagen mit leicht quietschenden Reifen wendete, sah Ernst fragend zu ihm hin.
»Ich hätte gute Lust, diese beiden Nazis wegen Trunkenheit am Steuer anzuschmieren!«, zischte er schließlich, als sie auf der Waiblinger Straße wieder stadtauswärts brausten.

»Ach, lassen Sie das lieber, Herr Schneider. So viel Ärger sind diese Leute doch gar nicht wert.«

»Mich wurmt das einfach, wenn einer ungestraft einen solchen Blödsinn von sich gibt«, sagte Schneider und gab Gas, um mit dem Sportwagen in eine enge Lücke auf der linken Spur zu wechseln und kurz darauf wieder zurück auf die weithin freie rechte Fahrbahn.

Dann flammte ein Blitzlicht auf.

* * *

Hasselmann hatte die beiden untersten Klingelknöpfe gedrückt, aber nirgendwo regte sich etwas. Niemand drückte den Türöffner, und es machte auch niemand ein Fenster auf.

Er arbeitete sich Klingel für Klingel im Haus nach oben, bis schließlich ein Knacken in der Gegensprechanlage zu hören war.

»Ja, bitte?«, fragte eine Frauenstimme. »Wer ist denn da?«

»Mein Name ist Hasselmann, ich wollte Sie gerne ein paar Dinge fragen – zu den jüngsten ... Ereignissen hier im Haus.«

Er lauschte, im Hintergrund rief wohl ein Mann, dann schienen sich am anderen Ende der Sprechanlage Schritte zu nähern.

»Geh mal weg da, Erika«, sagte ein Mann in sehr pampigem Ton. »Wer sind Sie?«

»Hasselmann ist mein Name, Ferry Hasselmann.«

»Sind Sie von der Polizei?«

»Ja, ich ...« Dann schreckte er doch zurück – im Moment konnte er sich keinen Ärger leisten. »Nein, ich bin Journalist und möchte in meinem Bericht gerne Bewohner dieses Hauses zitieren. Es wird ja immer so viel geschrieben, und ich finde, die Betroffenen sollten selbst zu Wort kommen.«

Es kam keine Antwort, aber es brummte ein wenig im Lautsprecher – der Hörer schien oben also noch nicht aufgelegt worden zu sein.

»Hallo? Sind Sie noch da?«

»Ja, aber Sie hoffentlich gleich nicht mehr. Ich gebe Ihnen eine Minute, dann rufe ich die Polizei. Verstanden?«

»Ja, verstanden. Ich geh ja schon.«

»Aber Claus«, meldete sich nun im Hintergrund die Frau wieder zu Wort, »lass mich doch mal mit dem jungen Mann reden.«

»Nein, Erika, der soll zusehen, dass er sich davonmacht.«

Dann wurde oben aufgelegt, und Hasselmann trat ein paar Schritte zurück.

Im ersten Stock links vom Treppenhaus stand eine Frau hinter dem geschlossenen Fenster und sah interessiert zu ihm herunter. Als er sie entdeckte, blieb sie einfach stehen und sah ihn weiterhin an. Im ersten Stock rechts war nichts zu sehen, vielleicht war wirklich niemand zuhause.

Im zweiten Stock war links niemand zu sehen, aber rechts standen zwei Frauen am geschlossenen Fenster. Die kleinere fing Hasselmanns Blick auf und ging dann erschrocken ein Stück ins Zimmer zurück. Die größere sah weiterhin ruhig auf Hasselmann hinunter; sie wirkte selbst durch das Glas des Fensters nicht so, als sei im Moment mit ihr gut Kirschen essen.

Im obersten Stock kam in diesem Moment links eine ältere Frau ans Fenster, gefolgt von ihrem Mann, der offenbar auf sie einschimpfte und schließlich zu Hasselmann hintersah. Wütend hob er den linken Arm und klopfte mit übertriebener Geste zwei-, dreimal auf seine Armbanduhr, dann gingen die beiden nach hinten ins Zimmer hinein.

Hasselmann wandte sich ab und ging zu der Treppe hin, über die er mit seinem Informanten von der Bahnhofstraße heruntergekommen war. Oben stand sein Auto, und er musste überlegen, wie er mit seiner Story an diesem Sonntag nun am besten vorankam.

In der rechten Wohnung im dritten Stock trat Bea Reimann an einem ihrer Fenster halb aus dem Schatten und sah dem fremden Mann hinterher, wie er sich vom Haus entfernte, wie er die Straße überquerte und auf dem gegenüberliegenden Gehweg auf die Treppe beim Kino zuhielt.

※ ※ ※

Django saß eine halbe Stunde an einer der Säulen, die das Alte Rathaus trugen, und betrachtete entspannt das Treiben auf dem Marktplatz. Ältere und jüngere Leute schlenderten umher, sahen in die Schaufenster oder strebten dem Café links von ihm zu, wo vor allem die draußen aufgestellten Stühle fast komplett besetzt waren.

Schließlich spazierte Lara vom Marktdreieck herunter, warf ihre Lederjacke neben ihm auf den Boden und ließ sich im Schneidersitz darauf nieder.

»Na? Spießergucken?«

Django grinste, nickte und gab ihr einen Kuss.

»Pfui Deibel!«, rief eine alte Frau, die einen Trolli mit kariertem Plastikaufsatz hinter sich herzog, sah wütend zu ihnen hin und spuckte auf den Boden, als sie an den beiden vorbeihumpelte.

Lara sprang auf, und für einen Moment sah es aus, als wolle sie der alten Frau direkt ins Gesicht springen. Die Frau erschrak und sah dann zu, dass sie schnell möglichst viel Kopfsteinpflaster zwischen sich und die beiden jungen Leute brachte.

Lara setzte sich wieder hin, und Django lachte leise.

»Lach nicht«, sagte sie. »Ich finde das so zum Kotzen! Diese Alte spuckt vor mir aus? Ich glaub, ich spinn. Die hält mich wahrscheinlich für den letzten Abschaum – und dabei rotzt sie auf den Boden, nicht ich!«

»Reg dich nicht auf, Lara, das ist die Alte nicht wert, glaub mir.«

Eine Zeitlang sahen die beiden noch auf dem Marktplatz hin und her, dann machten sie sich auf den Weg zum Hochwachtturm, wo sie die anderen treffen wollten.

* * *

So ganz ohne ein Zitat aus der Nachbarschaft wollte sich Hasselmann dann doch nicht auf den Weg machen. Er blieb kurz vor dem Betrunkenen stehen, der immer noch am Fuß der Treppe auf dem Gehweg kauerte. Es dauerte ein bisschen, dann bemerkte der Mann ihn und sah hoch. Erst musterte er Hasselmann, dann kam Misstrauen auf, die Augenbrauen wölbten sich – und schließlich wurde der Blick etwas flackernd, der Mann schien Angst zu bekommen.

»Sie brauchen keine Angst zu haben«, sagte Hasselmann.

»Hab ich nicht«, log der Mann am Boden trotzig. Seine Stimme war brüchig und rau, und der kurze Satz hatte den Blick auf verfärbte und schiefstehende Zähne freigegeben.

Hasselmann ging in die Hocke, um ihn etwas zu beruhigen.

»Was willst du?«, fragte der Mann auf dem Gehweg schließlich, und sein Mundgeruch war so heftig, dass Hasselmann sich sehr überwinden musste, nicht sofort aufzustehen und wegzugehen. Außerdem schwang ein säuerlicher Geruch nach Schweiß und Urin mit.

»Ich wollte Sie nur kurz etwas fragen.«

»Und was hab ich davon?«

Hasselmann grinste, stand kurz auf, zog einen Fünfziger aus der Hosentasche, knüllte ihn vor dem Mann in seiner Hand zusammen und ging wieder in die Hocke.

»Gut, was willste wissen?«

»Kennen Sie die Leute dort drüben in dem Mehrfamilienhaus?«

Der Mann sah zwischen dem Haus und Hasselmann hin und her.

»Warum?«

»Dort ist was passiert, und ich wollte Sie fragen, ob Sie mir dazu etwas erzählen können.«

»Hm. Und wenn ich kann, gibt's den Fuffi?«

»Klar.«

»Und was bist du für einer, dass du einfach Kohle verteilst?«

»Ich bin Reporter und will über das schreiben, was dort drüben passiert ist. Und für meine Informanten lohnt es sich immer, mir zu helfen.«

»Was ist dort passiert?«

Hasselmann stand auf.

»Na, wenn ich Ihnen erst noch erzählen muss, dass dort gestern ein Mord passierte, dann können Sie ja wohl schlecht ein Informant sein, oder?«

»Nein, doch, ich meine: klar, Mord, ich weiß Bescheid.«

Hasselmann verkniff sich ein Grinsen und ging wieder in die Hocke.

»Also: was haben Sie denn gesehen, gestern?«

»Alles.«

»Aha, und das wäre?«

»Da wurde gestern jemand ermordet. Ich hab's fast live mit angesehen.«

»Das ist natürlich prima. Wie heißen Sie denn?«

»Warum willste das denn nun wieder wissen?«

»Ich muss doch einen Namen in die Zeitung schreiben, wenn ich jemanden zitiere.«

»Das soll in die Zeitung? Aber nich mit Bild!«

»Nein, das Bild können wir weglassen, wenn es Ihnen lieber ist.«

»Iss es, ja, kein Bild.«

»Aber Ihren Namen brauche ich.«

»Ach, schreib einfach Wolle, das reicht.«

»Ich kann doch nicht Wolle schreiben, wie liest sich das denn! Nein, ich brauche einen ganzen Namen.«

»Alle nennen mich nur Wolle, ehrlich.«

»Ja, meinetwegen, aber wie ist Ihr Nachname?«

»Maier.«

»Also Wolfgang Maier.«

»Nein, Wolle.«

»Ja, ist gut, Herr Maier. Also: was haben Sie nun gesehen?«

»Polizei war da«, machte Wolle einen Versuch. Hasselmann nickte, und Wolle fabulierte weiter. »Die haben alles abgesperrt und alle möglichen Leute gefragt.« Hasselmann machte sich Notizen und nickte unablässig. »Dann sind sie rein ins Haus und haben auch dort alle befragt.«

»Das haben Sie alles von hier aus gesehen, ja?«

»Ja, klar.«

»Und wann war das genau?«

»Gestern halt, hab ich doch schon gesagt.«

Hasselmann nickte weiter. Dass Wolle gestern überall gewesen sein konnte, nur nicht hier, war klar – aber vielleicht ließ sich aus dem frei erfundenen Gestammel trotzdem etwas Brauchbares machen. Hinterher konnte er immer noch so tun, als hätte ihn dieser Penner mit seiner Falschaussage reingelegt.

»Und, was glauben Sie, wer's war?«

Wolle sah ihn verblüfft an, und Hasselmann grinste breit.

»Woher soll ich das wissen?«

»Genau, du Penner, woher sollst du das wissen?«

Hasselmann stand auf und spuckte neben Wolle auf den Gehweg.

»He, du Sau, lass das! Und wo ist meine Kohle?«

Er streckte die Hand aus. Hasselmann hielt ihm kurz den Fünfziger hin, dann zog er seine Hand wieder zurück und schob den Schein in seine Hosentasche.

»Armer Irrer«, sagte Hasselmann, schüttelte den Kopf und wandte sich ab.

»Arschloch!«, rief Wolle ihm noch hinterher, aber Hasselmann eilte schon lachend die Treppe hinauf, nahm ab und zu zwei Stufen auf einmal und legte sich in Gedanken schon die Fragen zurecht, die er der Polizei nun stellen wollte.

Bea Reimann wurde zwar nicht schlau daraus, was der fremde Mann mit dem Betrunkenen zu schaffen hatte – aber als sie sah, wie er neben ihm auf den Gehweg spuckte und dann lachend wegging, wusste sie: Etwas Gutes konnte es nicht gewesen sein.

Dann rief Finn nach ihr und sie ging zurück in die Küche.

* * *

»Herbst?«

Es klingelte fünfmal, bis Roland Herbst endlich ans Telefon konnte. Die Kinder waren inzwischen ins Haus gekommen, klatschnass natürlich, und hatten eine Spur aus kleinen Pfützen über die Terrasse und durchs Wohnzimmer, den Flur und bis ins Bad gelegt. Dort mühten sich beide Eltern damit ab, die Kleinen aus ihren Kleidern zu pellen, die sie im Pool der Nachbarskinder eingeweicht hatten.

»Roland, ich bin's, Susanne. Du, pass auf: Da wird wahrscheinlich bald Polizei bei dir auftauchen. Ich wollte es dir lieber selbst sagen: Mama ...«

»Ich weiß, die Polizei war schon hier.«

»Schlimm, gell?«

»Hm. Und sie war gerade erst aus dem Krankenhaus gekommen. Hat die Polizei dir irgendetwas gesagt, ob sie jemand Bestimmten verdächtigen?«

»Nein, ich hatte den Eindruck, dass die noch keine Ahnung haben und einfach nur mal rumfragen. Von mir und Horst wollten sie wissen, wo wir gestern Abend waren.«

»Ja, mich haben sie auch gefragt. Ich hab gesagt, du hättest keinen Alkohol getrunken, weil du ja noch heimfahren musstest.«

»Danke, Roland. Das hast du besser gemacht als ich. Aber egal ...«

Es entstand eine kurze Pause.

»Sag mal, Roland, haben die dich auch gefragt, wo wir vor dem Grillen waren?«

»Nein.«

»Oder wollten sie wissen, wann wir Mama zum letzten Mal gesehen haben?«

»Nein, auch nicht.

»Komisch eigentlich.«

»Aber eher gut, oder?«

»Ja, eher gut.«

* * *

Sein Handy hatte Hasselmann mal wieder auf dem Beifahrersitz liegen lassen. Seberings Sekretärin hatte eine Nachricht hinterlassen: Die Polizei hatte eine Pressemitteilung herausgegeben, in der Fronackerstraße war tatsächlich eine Frau erschlagen worden, um 14 Uhr sollte eine Pressekonferenz stattfinden.

Um die knappe Stunde bis dahin zu nutzen, rutschte er auf den Beifahrersitz, klappte den Laptop auf und tippte einen Artikel für die Online-Ausgabe. An den Zitaten seines »Augenzeugen« musste er länger feilen, dann hatte er endlich eine halbwegs brauchbare Version: »Nachbar Wolfgang M. wirkt noch am Tag nach der schrecklichen Tat sehr mitgenommen. ›Polizei war da, hat alles abgesperrt und alle möglichen Leute befragt‹, sagt er und sieht aufgewühlt zu dem Mehrfamilienhaus an der Fronackerstraße hinüber.«

* * *

Klaus Schneider saß zwischen Kurt Feulner und Frank Herrmann und wartete darauf, dass alle Journalisten Platz genommen hatten und sie beginnen konnten. Er sah ein paar bekannte Gesichter, leider auch das von Ferry Hasselmann, dem windigen Boulevard-Reporter.

»Hier schauen Sie mal«, flüsterte Herrmann ihm zu und hielt ihm seinen Laptop hin. Er hatte die Onlineseiten von Hasselmanns Revolverblatt aufgerufen. Schneider überflog den Artikel.

»Aha«, flüsterte er dann zurück, »und wer ist dieser Wolfgang M.? Mir sagt der Name nichts.«

»Er sagt ja auch nicht wirklich viel – das kann sich jeder aus den Fingern saugen. Vielleicht heißt der ›Nachbar‹ in Wirklichkeit ja auch eher ›Ferry H.‹ ... Würde zu unserem Freund passen.«

Schneider konnte sich gerade noch ein Grinsen verkneifen: Als Soko-Leiter in einem Mordfall sollte er sich in dieser Pressekonferenz nun wirklich nicht allzu gutgelaunt präsentieren.

* * *

Bea Reimann ging langsam die Treppe hinunter, und bevor sie die Plattform im ersten Stock vollends überquerte, linste sie vorsichtig zwischen den Stäben des Treppengeländers hindurch.

Sie würde direkt daran vorbeigehen müssen. Bea Reimann schauderte ein wenig, dann drückte sie ihren Rücken durch und machte sich auf den Weg hinunter ins Erdgeschoss. Es half ja nichts.

Frau Herbst lag nicht mehr vor ihrer Wohnungstür, aber der große, rote Fleck sprach Bände. Ein Polizist sah kurz zu ihr hin, grüßte sie dann mit einem Nicken und machte auch keine Anstalten, sie aufzuhalten.

»Kann ich rausgehen?«, fragte sie ihn trotzdem, für alle Fälle.

»Natürlich«, sagte der Beamte. »Die Kollegen von der Kripo haben ja schon mit Ihnen gesprochen, oder?«

»Ja, haben sie.«

»Gut, kommen Sie halt bitte auch wieder«, sagte der Beamte und versuchte ein schüchternes Lächeln.

»Klar, ich wohn ja hier«, lächelte sie unsicher zurück und ging hinaus.

Die frische Luft tat ihr gut. Vor dem Nachbarhaus standen zwei Frauen, die sie vom Sehen kannte. Sie ging in Richtung Innenstadt und sah kurz zu der Wohnung hinauf, in der Anneliese Kling und ihr Sohn Stefan wohnten.

»Wollen Sie zu Frau Kling?«, fragte eine der beiden Frauen, und sie klang sehr neugierig dabei.

»Ich ... wieso?«

»Na, weil Frau Kling nicht da ist.« Sie beugte sich ein wenig zu Bea Reimann und fuhr in sehr wichtigem Ton fort: »Sie ist im Krankenhaus.«

»Hier in Waiblingen?«

»Ja, sie hatte wohl einen Zusammenbruch, nachdem sie von Frau Herbsts Tod erfahren hat.«

* * *

Die Journalisten strebten dem Ausgang zu, ein Lokalredakteur stand noch bei Frank Herrmann und unterhielt sich leise mit dem Pressesprecher. Willy Russ kam den Flur entlang.

»Herr Schneider, Sie können jetzt mit Herrn Stromer reden«, meinete er grinsend. »So einigermaßen, jedenfalls.«

»Gut, Herr Russ.«

Schneider und Ernst folgten dem Kollegen durch die Flure, bis sie den Raum erreicht hatten, in dem der völlig verkaterte Nachbar von Roswitha Herbst saß. Schneider setzte sich Stromer gegenüber an den Tisch, stellte sich und den Kollegen kurz vor. Ernst blieb etwas im Hintergrund stehen und lehnte sich an die Wand.

»Na, geht's Ihnen wieder etwas besser, Herr Stromer?«

Die Frage hätte Schneider sich sparen können: Stromer war schon bei den ersten Worten zusammengezuckt und rieb sich nun die Schläfen.

»Brauchen Sie eine Kopfschmerztablette, Herr Stromer?«

Stromer brummte etwas, war aber nicht zu verstehen.

»Ich geh schon«, sagte Ernst, ging grinsend nach draußen und schloss leise die Tür hinter sich.

Schneider musterte Stromer. Der Mann saß vornübergebeugt und stützte den Oberkörper schwer auf beide Arme. Ab und zu ließ er seinen Kopf auf die Unterarme sinken, die er vor sich auf dem Tisch gekreuzt hatte. Und immer, wenn Schneider gerade glaubte, nun sei der Mann eingeschlafen, war ein dumpfes Stöhnen zu hören, und Stromer setzte sich wieder etwas aufrechter hin.

Ernst kam zurück und stellte vor Stromer ein Glas Wasser und eine kleine Espresso-Untertasse hin. Die Tablette darauf würdigte Stromer keines Blickes, aber das Wasser trank er in einem Zug aus. Ernst ging noch einmal hinaus, kam mit einer großen Wasserflasche zurück und füllte nach.

»Oh, Mann«, stöhnte Stromer, trank das Glas erneut leer und sah dann Schneider aus trüben und rot unterlaufenen Augen an.

»Was soll …« Er ließ eine kurze Pause, hustete unappetitlich und wischte sich die Nase am Ärmel. »Was soll das einglich?«

Ganz offensichtlich hatte Stromer noch einen Restpegel, der seine Zunge schwer machte.

»Ich … hab angerufn, weil'ch sie gfundn hab …« Er stöhnte. »Oh, Mann …« Dann ließ er seinen Kopf wieder auf die Arme sinken.

»Wir haben uns Sorgen um Sie gemacht, Herr Stromer«, sagte Schneider. Dabei versuchte er, leise zu sprechen und doch laut genug, damit ihn der schwer atmende Stromer noch verstehen konnte.

»Sorngn?« Stromer hob den Kopf ein wenig. »Wrum'n Sorngn?«

»Na, das mit Frau Herbst ist Ihnen offensichtlich sehr zu Herzen gegangen.«

»Klar! Liegt da rum, is tot, un die Saurei da …«

Ernst kam an den Tisch und schenkte Stromer etwas Wasser nach. Doch Stromer sah sich das Glas nur kurz an, hustete, schnappte nach Luft und konnte sich gerade noch zur Seite drehen, bevor er sich erbrach.

Das Platschen und kurz danach der säuerliche Geruch, der sich in dem kleinen Raum im Handumdrehen ausbreitete, vertrieben Schneider und Ernst aus dem Raum. Draußen stellten sie sich neben die schnell wieder zugedrückte Tür und atmeten ein paar Mal tief durch.

»Elende Sauferei«, schimpfte Ernst.

»Geht mal beiseite, Kollegen«, sagte Willy Russ, zog die Tür auf und huschte mit Eimer und Lappen zu Stromer ins Zimmer. Ernst drückte die Tür hinter ihm schnell wieder zu.

»Das müsste er als Polizeihauptmeister auch schon lange nicht mehr machen«, sagte Schneider.

»Ach, danach hat Russ schon nicht gefragt, als er noch blutiger Anfänger war. Zumindest hat man mir das so erzählt – er ist ja schon viel länger bei unserem Verein als ich.«

»Guter Mann«, sagte Schneider und wartete.

Nach einiger Zeit kam Russ wieder heraus.

»Danke, Herr Russ«, sagte Schneider und machte Anstalten, wieder zu Stromer hineinzugehen.

»Lassen Sie das lieber«, hielt ihn Russ grinsend auf. »Da drin riecht es trotz meiner Putzerei nicht gerade nach Veilchen. Gehen Sie mit Stromer lieber in einen anderen Raum.«

»Nachdem Sie so fix aufgewischt haben, sollten wir ja vielleicht auch etwas aushalten können, Herr Russ, meinen Sie nicht auch?«

»Das können Sie gerne machen«, lachte Russ. »Aber in dem Gestank kotzt Ihnen Stromer gleich noch einmal auf den Boden – das können wir ihm und uns, glaube ich, ersparen.«

Stromer kam zur Tür geschlichen.

»Un jetz?«

Er stand ein wenig wacklig, aber sein Mund war abgeputzt, und er schien wieder halbwegs auf dem Damm.

»Jetzt kommen Sie mal mit«, sagte Russ, stellte den Eimer ab und ging den anderen voraus in den nächsten Vernehmungsraum.

Bis Stromer und Schneider sich gesetzt und Ernst sich an der Wand aufgestellt hatte, war auch Russ schon wieder da, diesmal mit einem neuen, sauberen Eimer.

»So, Herr Stromer«, sagte er und stellte den Eimer direkt vor dem Mann auf den Tisch. »Das nächste Mal hier rein, ja?«

Stromer nickte langsam und nahm den Eimer in beide Hände.

»Können Sie uns jetzt erzählen, wie sich das aus Ihrer Sicht gestern abgespielt hat?«

Stromer reagierte nicht, sondern stierte ängstlich auf den Eimer.

»Oder sollen wir noch etwas warten?«

»Wartn«, brachte Stromer hervor und behielt den Eimer im Blick.

Schneider lehnte sich zurück, verschränkte die Arme und richtete sich auf eine längere Pause ein. Ernst ging hinaus und kam ein paar Minuten später mit zwei Bechern Kaffee zurück.

* * *

Maigerle und die Kollegen vom Innendienst-Team, die telefonisch Informationen einholen, hielten im Soko-Raum die Stellung. Rau kam herein und hielt einen Packen Papiere in der Hand.

»Wo ist Schneider?«, fragte er.

»Spricht gerade mit Stromer, diesem Nachbarn, der die Tote gefunden hat.«

»Ist der wieder nüchtern? Na gut: Das hier könnte euch interessieren.«

Rau legte die Papiere auf Maigerles Schreibtisch.

»Die Prospekte vom Seniorenheim sind Schneider und Ernst schon gestern aufgefallen, aber auf dem Schreibtisch haben wir auch noch zwei zerrissene Vollmachten und eine Visitenkarte gefunden.«

Maigerle zog ein mehrfach zerrissenes und entlang der Risse wieder mit transparentem Klebeband zusammengefügtes Blatt aus dem Stapel.

»Wir haben das für euch zusammengepuzzelt, lag zerrissen in der Ablage – und das zweite Blatt ebenfalls, identischer Text, genauso unterschrieben. Eine Vollmacht war auf die Tochter der Toten ausgestellt, eine auf den Sohn.«

Maigerle las kurz rein, dann nahm er die Visitenkarte in die Hand. Sie war aus edel wirkendem, grobem Papier. »Dr. Edmund Rosenberger, Notar«, stand darauf in geschwungener Schrift. Auf die Rückseite war eine Adresse in der Stuttgarter Innenstadt gedruckt.

»Mit dem hatte Frau Herbst vor knapp zwei Wochen einen Termin, stand in ihrem Kalender.«

»Aha«, machte Maigerle. »Ob sie wohl ihr Testament geändert hat? Und die lieben Kinder, die sie ins Altenheim abschieben wollten, sind sauer geworden?«

»Kann sein, muss aber nicht. Aber ihr könnt das ja immerhin mal checken.«

»Machen wir. Schneider wäre das ohnehin die liebste Variante: Die Tochter und der Schwiegersohn werden enterbt und erschlagen Mutti, wütend wie sie sind.«

Rau lachte. »Ja, hab schon gehört, die müssen ziemlich rechts außen unterwegs sein. Aber wann tut uns ein unsympathischer Verdächtiger schon mal den Gefallen, auch wirklich der Täter zu sein, hm?«

* * *

»Die lag da. Einf… einfach da.«

Schneider schreckte hoch, als Stromer ansatzlos zu reden begann. Es war ganz still gewesen im Raum, nur ab und zu hatten Ernst und er einen Schluck von ihrem Kaffee genommen, und Stromer hatte dagesessen und geschwiegen.

»Tot! Mann …«

Stromer schüttelte langsam den Kopf, dann schniefte er lautstark, räusperte sich und rückte den Eimer etwas näher an sich heran.

»Nicht schon wieder!«, ging es Schneider durch den Kopf.

Stromer atmete ein paar Mal tief ein und aus, dann hielt er den Eimer wieder etwas lockerer.

»Und warum sind Sie ins Treppenhaus herausgekommen?«, fragte Schneider schließlich.
»Wollt mir was aus'm Keller holn.«
»Etwas zu trinken?«
Stromer sah Schneider an, als habe er eine besonders blöde Frage gestellt.
»Nein, ich ... trag doch das Zeug nich'xtra runter.«
Stromer schüttelte den Kopf, sprach aber nicht weiter.
»Sie wollten also irgendwas aus dem Keller holen«, wiederholte Schneider. »Und dann?«
»Lag die da. Tot.« Er zog den Eimer wieder etwas zu sich heran. »Und überall ... das ... diesss Zeug ...«
»Es war Marmelade, Saft vor allem«, sagte Schneider schnell.
Stromer sah ihn fragend an.
»Echt?«
»Ja, echt.«
»Dann ... is gut.«
Er schob den Eimer etwas weiter weg.
»Haben Sie denn nicht gehört, wie Frau Herbst hingefallen ist? Ich meine, das muss doch mit dem Marmeladeglas, der Saftflasche und dem Gipsbein einen Mordsradau gegeben haben.«
»Mords...« Stromer grinste. »Der war gut! Mords... hihi ...«
»Und? Haben Sie etwas gehört?«
»Klar, bin ja nich taub.«
»Und?«
»Was, ›und‹?«
»Na, was haben Sie sich denn so gedacht, was da wohl gerade im Treppenhaus los war?«
»Dass was runrgf... was runtergfalln is, halt.«
»Und da sind Sie nicht raus und haben nachgesehen?«
»Nö, wso'dn?«
»Na, macht man sich da nicht Sorgen? Oder will wissen, was vor der Wohnungstür los ist?«
»Nö. Die Herbst hat ja ... immer nach allm geschaut. Un Kehrwoche hat'ch nich. Soll's doch run ... runterfalln.«

Stromer zuckte mit den Schultern und saß vor Schneider wie ein Häufchen Elend. Allzu lange sollte die Befragung nicht mehr dauern, das war Schneider klar.

»Und als Sie Frau Herbst dann da so liegen sahen, haben Sie uns gleich angerufen – ist das richtig, Herr Stromer?«

»Hab noch … hab noch kurz geguckt, ob die … wirklich … na, tot, okay?«

»Wie haben Sie das gemacht?«

»Geguckt halt.«

»Dazu haben Sie sich neben Frau Herbst gekniet?«

»Nö, hab nur geguckt. Bin … neben ihr … stand da.«

»Haben Sie sich wirklich nicht neben Frau Herbst hingekniet?«

Stromer dachte nach, was ihm offenbar Mühe bereitete. Er fuhr sich durch die Haare, rieb sich die Schläfen.

»'kee, bin ich halt gekniet. Is'ja egal.«

»Nicht ganz, Herr Stromer, aber erzählen Sie weiter.«

»Hab g'kniet, g'guckt.«

Dann schien ihm etwas einzufallen, er griff wieder nach dem Eimer und atmete ein paar Mal schnell ein und aus.

»Blut«, murmelte er schließlich und hob einen Zeigefinger. »Da … klebte … und …«

Er schluckte, räusperte sich, atmete wieder etwas ruhiger und starrte auf seinen Zeigefinger.

»Und dann kamen Sie zu dem Schluss, Frau Herbst müsse tot sein.«

»Klar. Hatte recht, oder?«

»Ja, hatten Sie. Und warum haben Sie nicht direkt die Nummer der Polizei gewählt oder die Notrufnummer? Wieso haben Sie im Krankenhaus angerufen?«

Stromer zuckte mit den Schultern.

»Da hing der Zettel … am Telfon … Hat die Herbst mir aufgeschriem … Hab ich halt gewählt.«

»Frau Herbst hat Ihnen die Nummer vom Krankenhaus aufgeschrieben? Warum das denn?«

Stromer sah ihn groß an, sagte aber nichts.

»War es, weil Frau Herbst wegen ihres Beins im Krankenhaus gewesen war? Haben Sie sie dort mal angerufen?«

»Nö. Der ... Zettel hing da sch ... schon längr. Hatte die Herbst da schon früher mal hingeschriem.«

»Ach? Warum das denn?«

»Hatte ... Machte sich Sorgen, dass ich ... mal zvie Allo ... Bier oder so erwisch. Damit ich da dann ... schnell anruf, im Notfall.«

Er sah Schneider an und versuchte ein schwaches Grinsen.

»War'türlich Quatsch.«

»Natürlich«, sagte Schneider und stand auf.

* * *

Als Bea Reimann wieder nach Hause kam, standen Sylvia Heinze, Erika Müller und Claudia Hummler mit den beiden Frauen von vorhin zusammen und tratschten. Sie verstummten, noch bevor Bea Reimann die Gruppe auf dem Gehweg erreicht hatte, und folgten ihr mit Blicken.

Dann ging das Getratsche wieder los, und ab und zu mischte sich ein hämisches Lachen in die Unterhaltung.

Bea Reimann beschleunigte ihren Schritt. Es wurde ihr klar, dass irgendeines dieser Waschweiber natürlich Wind von ihr und Stefan bekommen hatte.

* * *

Schneider hatte den Wagen noch gar nicht verlassen, als auch schon Hanna Wollner auf ihn zustürmte.

»Herr Schneider!«

»Was ist denn jetzt schon wieder, Frau Wollner?«

Er machte sich gar nicht erst die Mühe zu verbergen, wie sehr er schon jetzt von ihr genervt war.

»Ihre Frau ...«

Schneider hob nur kurz die Hand, tauchte noch einmal in seinen Wagen, holte seine Tasche hervor, dann stellte er sich ganz dicht vor seine Nachbarin hin und zischte sie an: »Frau Wollner, wenn ich etwas über meine Frau wissen will, dann werde ich sie direkt fragen. Und wenn Sie etwas über meine Frau loswerden müssen, dann sollten Sie ihr das direkt sagen. Und vielleicht sollten Sie das so auch mal mit Ihrem Mann versuchen. Und jetzt streiten Sie sich da drüben, so lange Sie mögen – und mich und meine Frau und meinen Sohn lassen Sie gefälligst in Ruhe!«

Hanna Wollner sah ihn perplex an.

»Haben Sie mich verstanden, Frau Wollner?«

»Äh … ja.«

»Gut.«

Damit drehte er sich um und ging auf seine Haustür zu. Kurz vorher drehte er sich noch einmal um, Hanna Wollner stand noch immer an derselben Stelle und sah zu ihm hin.

»Ach, und falls Sie hier wegziehen, geben Sie mir doch bitte rechtzeitig Bescheid. Dann kann ich noch Freunde einladen, wenn wir feiern.«

Dann schloss er die Tür auf und verschwand ohne ein weiteres Wort im Haus.

Sybille kam breit grinsend aus der Küche, umarmte ihn und drückte ihm einen langen Kuss auf den Mund.

»Das war klasse, mein Schatz!«

»Was war klasse?«

»Ich war gerade in der Küche und hab alles mit angehört. Erste Sahne, wirklich!«

»Danke, aber ich bin eigentlich nicht besonders stolz darauf, mich mit meinen Nachbarn zu streiten. Das versaut mir richtig die Laune, das kann ich dir sagen.«

»Ach, mit deiner Laune … da hätte ich zwei passende Ideen.«

Sie zog ihn ins Wohnzimmer und zeigte ihm das Amtsblatt. Eine Veranstaltung am morgigen Abend im Nachbardorf war markiert: »Lachyoga« im Landfrauen-Treff.

»Das ist nicht dein Ernst, oder?«, fragte Schneider.

»Doch, mein Lieber, da melde ich dich gleich morgen früh an. Die Telefonnummer steht ja hier.«

»Ach, nee, komm ...«

»Tja, und für deine heutige Laune hätte ich auch noch was.«

Sie ging zur Terrassentür, sah Rainald draußen friedlich auf der Liege im Schatten schlafen und drückte die Terrassentür leise zu. Dann kam sie tänzelnd auf Schneider zu und setzte ein ziemlich keckes Lächeln auf.

* * *

Montag, 5. September

Claus Müller blätterte um, dann fiel ihm fast die Zeitung aus der Hand. Er las kurz, faltete das Boulevardblatt danach zusammen und hielt sie seiner Frau hin, die ihm gegenüber saß und bis dahin die Rückseite gelesen hatte.

»Da, bitte, wir kommen in der Zeitung«, sagte er und verteilte mit dem Messer großzügig Margarine auf seiner Brotscheibe.

»Ach?«, sagte Erika Müller und faltete die Zeitung wieder auf. »Da schau her, unser Haus ist drin.«

Eine der Meldungen auf der Seite war mit einem Foto des Mehrfamilienhauses in der Fronackerstraße aufgemacht, ein kurzer, reißerischer Artikel behandelte den Mord an Frau Herbst, und neben dem Pressesprecher und diesem Kommissar Schneider, der sie am Samstag befragt hatte, wurde noch ein »Nachbar Wolfgang M.« zitiert.

»Wer ist denn dieser Wolfgang M.?«, fragte Erika Müller

»Keine Ahnung«, brummte ihr Mann mit vollem Mund. »Bei uns gibt es jedenfalls keinen Wolfgang.«

»Und wir haben ja auch nicht mit diesem Reporter gesprochen.« Dann nahm sie die Zeitung wieder herunter und sah ihren Mann vorwurfsvoll an. »Sonst wären wir jetzt hier zitiert, Claus.«

»Ja und?«

»Mir hätte das schon gefallen, Claus. Hier ist ja sonst nichts los. Und du hängst immer nur über deinen Briefmarken.«

»Wenn du wüsstest«, dachte Claus Müller und blickte finster auf seine Frau. Und dann frönte er seinem wirklichen, aber heimlichen Hobby: Er dachte sich Tötungsmöglichkeiten aus für Menschen, die ihm auf die Nerven gingen. Diesmal ging es seiner Frau an den Kragen. Heftig. Blutig. Endgültig.

Erika Müller aß fertig, trug ihren Teller in die Küche und ging ins Wohnzimmer, um fernzusehen.

* * *

Klaus Schneider hatte sich die ganze Strecke nach Stuttgart hinein penibel an alle Verkehrsvorschriften gehalten, vor allem die Geschwindigkeitsbegrenzungen beachtete er haarklein – Ernst hatte immer wieder zu seinem Kollegen hinübergegrinst, denn es war ihm anzusehen, wie gerne er das Gaspedal seines flotten Oldtimers durchgedrückt hätte.

Nun aber rollten sie im Schritttempo durch den Tunnel, der in den Innenhof des Robert-Bosch-Krankenhauses führte, und Schneider parkte den Porsche direkt an der Rampe.

Krüger stand schon da. Der Sektionsgehilfe sah auf die beiden Kommissare hinunter und zog genüsslich an seiner Zigarette.

»So, so«, sagte er, als die beiden auf ihn zukamen. »Das Remstal mal wieder.«

Unter seinem buschigen Schnauzbart verzog sich der Mund zu einem breiten Grinsen, und er ging den Männern voraus in das Gebäude.

»Thomann ist schon fleißig«, sagte Krüger über die Schulter und ging flott den Flur entlang. »So wie der sich ranhält, kann er euch vermutlich gleich auch alles sagen – da braucht ihr wahrscheinlich den Bericht gar nicht mehr abzuwarten.«

Schneider und Ernst nahmen sich Schuhschoner aus blauem Plastik aus dem Regal und zogen sie über. Krüger nickte Schneider anerkennend zu – auch ihm musste er längst nicht mehr erklären, dass sie die kleinen Tüten über ihre Straßenschuhe ziehen mussten, bevor sie den Sektionssaal betraten.

Thomann sah kurz auf, als die Männer an den Tisch traten, auf dem Roswitha Herbst lag. Die Tote war bereits geöffnet, und Thomann hatte sich gerade an ihrem Schädel zu schaffen gemacht. Auf dem zweiten Tisch nebenan lagen die Kleider der Leiche, damit sie später noch einmal gründlich nach Spuren untersucht werden konnten.

Staatsanwalt Feulner war noch nicht hier, auch Frieder Rau von der Kriminaltechnik hatte sich angekündigt, würde sich aber ebenfalls etwas verspäten.

»Feulner hat mich vorhin angerufen und gemeint, ich könne schon loslegen«, sagte Thomann und beugte sich wieder über die Tote. »Ich hoffe, das ist euch recht.«

Schneider nickte, und Ernst war alles recht – wenn er nur bald wieder aus diesem Raum raus konnte: Neben Thomann stand als zweite Rechtsmedizinerin Dr. Zora Wilde, und selbst in der grünen OP-Kleidung sah sie schlicht umwerfend aus.

»Hallo«, sagte sie kurz und sah etwas unsicher zu Rainer Ernst hin, der ihrem Blick aber auswich.

Thomann grinste leicht und war gespannt, ob sein Plan aufgehen würde. Schneider hatte ihm am Samstag nach der Soko-Besprechung erzählt, dass Zora Wilde und Rainer Ernst vor zwei Jahren eine heftige Affäre gehabt hatten – das hatte Ernst seinem Kollegen inzwischen anvertraut, der wiederum wusste, dass sich Thomann und Zora Wilde auch privat nahestanden. Gut möglich, dass Schneider hoffte, der

Rechtsmediziner würde irgendwie zwischen Zora Wilde und Rainer Ernst vermitteln.

Und von Zora hatte er erfahren, dass Ernsts Freundin Sabine die beiden in voller Aktion erwischt und dass sie Ernst deshalb für eine Weile verlassen hatte. Zora hatte sich von Ernst mehr als nur Sex erhofft – deswegen war sie eines Abends im vergangenen Jahr zu ihm gefahren, doch während sie sich draußen im Auto noch die Worte zurechtgelegt hatte, war Ernsts Freundin Sabine zurückgekommen. Da war Zora wieder weggefahren und Ernst seither erfolgreich aus dem Weg gegangen. Das hatte ihr Thomann bei einem Besuch gestern Nachmittag versucht auszureden und ihr geraten, sich ihren Gefühlen zu stellen, Ernst mal wieder zu treffen und ihm vor allem zu sagen, was sie – offenbar noch immer – wirklich für ihn empfand.

Der dritte Mediziner, der im weißen Kittel neben Thomann stand und darauf wartete, dass er die Organe der Toten präparieren konnte, sah zwischen seiner Kollegin und dem Kommissar hin und her, aber niemand machte Anstalten, ihm etwas zu erklären – also ging er an eines der Regale und suchte unterschiedlich große Gläser zusammen.

»So, die Herrschaften«, sagte Thomann schließlich und klappte einen Hautlappen, den er am Kopf der Toten gelöst hatte, wieder über die Schläfe. »Hier wurde sie getroffen, und es war wirklich die Spätzlespresse. Ein Schlag auf die linke Schläfe, der Täter hat vor Frau Herbst gestanden und hat mit der Spätzlespresse in der rechten Hand zugeschlagen. Von der Wucht des Schlages wurde der Kopf nach rechts gedreht, Frau Herbst fiel nach hinten, dabei sind ihr auch schon die Beine weggesackt. Sie muss fast augenblicklich tot gewesen sein. Vom Schlag und der harten Landung auf dem Steinboden im Treppenhaus abgesehen hat sie keine Verletzungen. Wir haben auch keine Hinweise darauf gefunden, dass sie sich noch gegen den Täter gewehrt oder dass sie versucht hätte, den Schlag abzuwehren. Sie stand nur da, hat den Täter gesehen und den Hieb eingesteckt.«

»Haben Sie sonst noch etwas für uns?«, fragte Schneider, der die tote Frau aufmerksam musterte.

»Ja. Es gibt natürlich das Gipsbein: sauberer Bruch, perfekt versorgt. Außerdem habe ich bisher einige Verletzungen gefunden, die meiner Ansicht in den Tagen vor dem Mord entstanden sind und nichts mit ihm zu tun haben: Hämatome, Stauchungen, solche Dinge.«

Thomann deutete auf einige Stellen an den Armen und Beinen der Frau sowie an ihrer Hüfte.

»Was könnte das bedeuten? Wurde sie eventuell geschlagen?«

»Nein, eher nicht: Das sieht alles eher ganz danach aus, als habe sich Frau Herbst immer wieder an irgendeiner Tischecke oder an einer Tür gestoßen. An der linken Hand sieht eine Hautstelle so aus, als habe sie sich verbrüht.«

»Und was können wir daraus schließen?«

»Frau Herbst kam wohl allein in ihrer Wohnung nicht mehr so gut zurecht, wie früher. Ich habe mit den Kollegen im Krankenhaus telefoniert: Ihr Bein, hatte sie dort angegeben, habe sie sich durch einen Sturz in der Küche gebrochen – das würde ja passen: Sie will noch alles selbst machen, kann es aber nicht mehr so ganz, überschätzt sich – und dann passiert halt mal dies und mal jenes.«

»Aber so alt war Frau Herbst doch noch gar nicht. Ich meine, mit 66 Jahren ist man heute doch noch jung, oder?«

»Ich würde an eurer Stelle mal mit ihrem Hausarzt reden – da ist sicher was im Busch.«

»Du meinst: Parkinson, Alzheimer oder so etwas?«

»Keine Ahnung, was – da müssen wir wirklich noch die Untersuchungsergebnisse abwarten. Aber irgendetwas sorgte meiner Ansicht nach dafür, dass Frau Herbst in schlechterer Verfassung war, als man das heutzutage mit 66 Jahren üblicherweise ist. Die Leber sieht aus, als wäre sie zuletzt recht fleißig gewesen – aber ob es das allein war, müssen wir abwarten.«

* * *

Nach dem fünften Telefonat hatte Arno Stratmans keine Lust mehr. Alle hatten sie ihn abgewimmelt, sogar die dicke Trude, die sich das eigentlich gar nicht leisten konnte. Die eine konnte gerade nicht reden, weil sie angeblich in einer Besprechung saß. Die nächste hatte heute Abend schon etwas vor ... und so weiter und so fort.

Stratmans wusste schon jetzt mit seinem freien Tag nichts anzufangen, aber ein freier Abend ohne Verabredung? Er schüttelte sich, ging zum Kühlschrank, schenkte sich einen Eistee ein.

Dann stand er eine Weile unschlüssig im Wohnzimmer herum. Schließlich setzte er sich auf die Couch und drückte die Fernbedienung. Auf dem Bildschirm war eine Talkshow zu sehen, in der Leute ohne Manieren sich stritten und ohne Sinn und Verstand diskutierten.

Stratmans seufzte. Weit war es mit ihm gekommen.

* * *

»Rainer, wart doch mal einen Moment!«

Schneider und Ernst warfen gerade die Schuhschoner in den Mülleimer, als Zora Wilde vom Sektionstisch herbeieilte. Thomann sah ihr nach, konzentrierte sich aber gleich wieder auf die Leiche. Der andere Kollege nahm einen weißen Plastikbehälter aus dem Regal, der wie ein Ein-Liter-Joghurt-Eimer aussah und für Roswitha Herbsts Gehirn gedacht war.

Ernst schrak zusammen, als er Zoras Stimme hörte. Schneider nickte ihm nur knapp zu und ging nach draußen. Krüger folgte ihm, und kurz darauf standen die beiden auf der Laderampe im Innenhof, der Sektionsgehilfe natürlich schon wieder mit der unvermeidlichen Zigarette im Mund.

Wilde und Ernst gingen auf den Flur hinaus.

»Rainer, ich ...«
Zora wusste offensichtlich nicht, wie sie beginnen sollte.
»Wir haben ...«
Sie druckste herum, und Ernst machte keine Anstalten, ihr irgendwie entgegenzukommen.
»Ich fand das sehr ... schön mit dir, Rainer«, brachte sie schließlich hervor. »Und ich finde es schade, dass es ... dass wir nicht mehr ... du weißt schon.«
Die sonst so selbstbewusst auftretende schöne Frau stammelte ihre Sätze zusammen wie ein schüchterner Backfisch. Ihre großen grünen Augen sahen Ernst durch ihre randlose Brille fast flehend an, aber Ernst wich ihrem Blick immer wieder aus, und schließlich sah er auf seine Schuhe hinunter.
»Mensch, Rainer, sag doch auch mal was!«
»Ja, mir auch.«
»Was?«
»Mir tut's auch leid.«
So lahm Ernst den Satz auch gesagt hatte, Zora durchflutete ein warmes Gefühl.
»Ehrlich?«
»Klar. War schön.«
Ernst stand da wie ein Schuljunge bei seinem ersten Date, aber auf Zoras Gesicht breitete sich ein Lächeln aus. Dann trat sie einen Schritt nach vorn, und ehe Ernst wusste, wie ihm geschah, spürte er ihre Lippen auf seinen. Es schmeckte etwas salzig, und als er zurückzuckte und Zora ansah, bemerkte er, dass ihr ein paar Tränen über das Gesicht gelaufen waren.
»Das geht nicht, Zora.«
Sie sah ihn fragend an.
»Nicht hier, meinst du?«
»Nein, überhaupt nicht.«
»Und warum nicht?«
Ernst sah zu Boden.
»Warum nicht?«
»Sabine wohnt wieder bei mir.«

»Ich weiß. Und?«

»Na ja, ich bin wieder mit ihr zusammen. Und da sollten wir nicht …«

Eine Pause entstand. Als Zora nichts sagte, hob Ernst langsam den Blick: Sie stand vor ihm, und gerade wechselte ihre Miene von Traurigkeit zu Wut. Ihre Augen begannen zu funkeln, ihre Kiefer mahlten, und ihre Finger verkrampften sich zu Fäusten.

»Scheißkerl!«, zischte sie noch, dann wandte sie sich abrupt ab und stapfte durch den Vorraum in den Sektionssaal.

Ernst sah ihr kurz nach, dann ging er auch zum Innenhof. Auf seinen Lippen hatte er noch den salzigen Geschmack von Zoras Tränen, und alle Erinnerungen an die kurze gemeinsame Zeit waren wieder präsent.

* * *

Sylvia Heinze blätterte in ihrem Fotoalbum. Babybilder. Kindergarten. Erster Schultag. Konfirmation. Hochzeit – es waren nicht viele Fotos, aber sie deckten die Eckpunkte ihres bisherigen Lebens ab. Es gab ein paar Aufnahmen von den Urlaubsreisen mit ihrem Mann Robert: Norditalien, Österreich, einmal auch Mallorca. Dann runde Geburtstage mit ihren Eltern.

Die Fotos der Schwiegereltern hatte sie gleich nach deren Tod aus dem Album entfernt. Ständig hatte ihr die Schwiegermutter sagen wollen, wie sie dies oder jenes kochen oder nähen oder putzen solle – das konnte Sylvia Heinze noch nie leiden. Als Roberts Eltern eines Tages mit ihrem Auto im Schwäbischen Wald von der Straße abkamen, war endlich Ruhe.

Im Album waren dann noch Fotos von Robert und ihr zu sehen, wie sie sich vor dem neuen Wagen aufstellten – sie hatten mit dem Selbstauslöser fast ein Dutzend Anläufe gebraucht, bis sie beide und das Auto auch wirklich im Bild waren. Dann noch je eine Aufnahme von Roberts Grab und dem Grab von Sylvia Heinzes Mutter – danach nur noch leere Seiten.

Kinder wollte sie nie, und Robert schien das Thema irgendwann nicht mehr wichtig genug zu sein, um seinetwillen hitzige Diskussionen mit ihr zu riskieren. Kinder – das hätte ihr gerade noch gefehlt: Ständig nach der Pfeife der Kleinen tanzen, darauf hatte sie nun wirklich keine Lust. Und wenn sie sich überlegte, mit wie viel Mühe sich die Reimann mit ihren drei Zwergen über Wasser hielt ...

Sylvia Heinze schüttelte sich bei dem Gedanken daran, dass die Strobel-Frauen mit Händen und Füßen versuchten, ein Kind zu adoptieren.

Sie stand auf, stellte das Fotoalbum zurück ins Regal und ging in die Küche, um sich etwas Schönes zu kochen. War es nicht herrlich, immer nur das zu tun, worauf man selbst gerade Lust hatte?

**

Schneider hatte überraschend nah an der Kanzlei einen Parkplatz gefunden. Die zwei Etagen hinauf in die Räume von Notar Rosenberger waren etwas mühsam. Schneider hatte seinen Vertrag mit dem Fitnessstudio wieder gekündigt, eine andere Form von Training hatte er nicht angefangen, entsprechend schlecht war er in Form. Ernst kam ihm bedächtig hinterher. Seit der Abfahrt vom Robert-Bosch-Krankenhaus war er in Gedanken versunken und offenbar nicht in der Lage, eine Treppe in einem vernünftigen Tempo hinaufzugehen. Dreimal musste Schneider auf ihn warten. Zweimal war er froh, auf diese Weise wieder Atem schöpfen zu können – aber das dritte Mal nervte nur noch.

Im Vorzimmer der Kanzlei saß eine aufgedonnerte Brünette, die mit schwarz umrandeter Brille, eng sitzendem Kostüm und aufgetürmter Steckfrisur einen sehr strengen

Eindruck machte und obendrein mehr als eine Spur von einem sehr süßlichen Parfüm verströmte. Sie meldete die beiden an und begleitete sie durch eine dicke, innen gepolsterte Tür ins Büro des Notars.

Hinter einem ausladenden Schreibtisch erhob sich ein korpulenter Mann im maßgeschneiderten Dreiteiler, mit einer perfekt gebundenen Krawatte in gedeckten Farben, allerdings mit geöffnetem oberen Hemdknopf hinter dem Knoten.

Dr. Rosenberger kam mit ausgreifenden Schritten auf sie zu, drückte ihnen die Hände mit seinen mächtigen Pranken platt und wies zu einer Sitzgruppe in einem Erker. Fünf modern wirkende Ledersessel standen um einen Glastisch herum, der Blick ging durch die hohen Fenster hinaus auf die Stadtmitte.

»Brigitte«, sagte Rosenberger mit voll tönendem Bass, »bringen Sie uns doch bitte ein wenig Tee.« Er sah seine Gäste fragend an. »Sie trinken doch Tee? Ist Ihnen Earl Grey recht?«

Schneider und Ernst nickten, und die Assistentin verschwand nach draußen und zog die Tür leise hinter sich zu.

»Herr Feulner hat mir schon Bescheid gegeben«, begann Rosenberger, als er sich im Sessel zurechtgewuchtet hatte. »Er hat mir auch den richterlichen Beschluss gefaxt, ohne den ich Ihnen ja nichts zu meinem Gespräch mit Frau Herbst erzählen dürfte. Kann ich noch kurz Ihre Dienstausweise sehen?«

Schneider und Ernst zeigten sie ihm.

»Danke, Formalien halt, Sie verstehen. Wie kann ich Ihnen helfen?«

»Ihre Klientin wurde direkt vor ihrer Wohnungstür ermordet, das hat Ihnen Staatsanwalt Feulner ja sicher schon gesagt.«

»Ja, schlimme Sache.«

Rosenberger schüttelte den Kopf.

»Wer macht so was nur ...«

»Das wollen wir herausfinden. Und dazu sollten wir wissen, worum es ging, als Frau Herbst vor knapp zwei Wochen bei Ihnen war.«

Rosenberger seufzte.

»Tja, die Frau Herbst ...«

Er sah plötzlich ziemlich traurig aus.

»Wissen Sie, man kann mit seinen Kindern viel Glück haben – oder halt auch viel Pech. Und im Fall vom Frau Herbst war es eher Pech. Und obendrein hatte sie es auch sonst nicht leicht – vor allem die Gesundheit machte ihr in letzter Zeit zu schaffen.«

»Was hatte sie denn?«

»Da müssten Sie ihren Hausarzt fragen, irgendein Internist in Waiblingen. Aber auf mich machte sie den Eindruck, als würde sie ... nun ja ... manchmal nicht mehr mit allem zurechtkommen, was der Alltag so mit sich bringt.«

»Sie meinen, Sie hatte Alzheimer oder Parkinson oder etwas in dieser Art?«

»Nein, das glaube ich nicht – aber ich bin ja auch kein Mediziner. Ich hatte eher den Eindruck, sie sei sehr bedrückt, vielleicht depressiv oder ... ich kann es nicht genau benennen. Bitte fragen Sie da wirklich ihren Arzt, ja?«

»Sie hatten gerade erwähnt, dass Frau Herbst Pech mit ihren Kindern hatte. Wie meinten Sie das?«

Die Tür ging auf und die Assistentin kam herein. Vor sich her schob sie einen Servierwagen, auf dem eine dampfende Teekanne, drei teuer aussehende Tassen, vier Porzellanschälchen mit verschiedenen Zuckersorten, ein kleines Milchkännchen und eine bis an den Rand gefüllte Schüssel mit Keksen standen.

»Ah, sehr schön, Brigitte, haben Sie vielen Dank!«

Die Assistentin verteilte alles auf dem Tisch und zog sich dann mit dem Servierwagen wieder aus dem Büro zurück. Rosenberger schenkte seinen Gästen ein, löffelte sich ausgiebig braunen Zucker in die Tasse, kippte einen Schuss Milch hinterher und nahm sich drei Kekse aus der Schüssel.

»Frau Herbst hat ihr Testament geändert, als sie vor etwa zwei Wochen bei mir war. Ich wollte es ihr noch ausreden, weil man solche Änderungen oft im ersten Ärger über irgendetwas vornimmt und sie dann später wieder bereut – aber sie war nicht umzustimmen, und dann habe ich halt alles so aufgesetzt, wie sie es wünschte. Das ist ja auch meine Aufgabe als Notar.«

»Und was hat sie geändert?«

»Vor allem hat sie bestimmt, dass ihre Tochter und ihr Sohn nicht mehr als den Pflichtteil erhalten würden.«

»Sie hat die Kinder enterbt?«

»Na ja, so drastisch lassen es unsere Gesetze gar nicht zu. Da Frau Herbst außer ihren beiden Kindern keine gesetzlichen Erben hat, beläuft sich deren gesetzliches Erbteil jeweils auf den Wert der Hälfte von Frau Herbsts Vermögen. Davon bleibt den Kindern nun noch der Pflichtteil – das ist die Hälfte des gesetzlichen Erbteils, also je Kind ein Viertel des Vermögens. Aber die übrige Hälfte sollte nicht mehr an die Kinder gehen.«

»Hatte sie denn so viel zu vererben?«

»Ach, das läppert sich. Die Eigentumswohnung in Waiblingen, in der sie wohnte, an die fünfzehn Ar Bauland in Geradstetten, wo ihr Mann herstammte. Dort auch ein altes Häuschen in der Ortsmitte, das Elternhaus ihres Mannes, das vermietet ist. Dazu Aktien, Pfandbriefe, Festgeld – ein Sparvermögen, das ihr Bankberater über die Jahre solide und erfolgreich vermehrt hat.«

»Und wissen Sie zufällig auch, warum Frau Herbst ihren Kindern nicht alles hinterlassen wollte?«

»Ja, das weiß ich allerdings – wenn wir mal annehmen, dass mir Frau Herbst die Wahrheit gesagt hat. Frau Herbst hat mir dann einige Unterlagen als Belege ihrer Geschichte gezeigt – das musste sie ja nicht, aber ich glaube, sie wollte sich das endlich mal von der Seele reden.«

»Und was war nun der Grund?«

Dr. Edmund Rosenberger trank geräuschvoll aus seiner Tasse und räusperte sich.

»Am besten erzähle ich Ihnen die ganze Geschichte, wie Frau Herbst sie mir geschildert hat.«

* * *

Hasselmann saß in der großen Runde, und allein der Umstand, dass er an der Redaktionskonferenz teilnehmen durfte, tat ihm ungemein gut.

Es ging lange um den VfB Stuttgart, etwas weniger lang um einen Stadtrat, der im Umfeld des Bahnhofs mal wieder für Aufregung gesorgt hatte – und dann ging es ganz kurz um die tote Frau in Waiblingen.

»Geile Story«, sagte Haberl, ein älterer Redakteur, der meistens in den Polizeimeldungen nach neuen Themen fahndete. »Eine Spätzlespresse als Tatwaffe – da muss man auch erst einmal drauf kommen!«

Er lachte, einige Kollegen schmunzelten mit, und Hasselmann hatte das Gefühl, auf seinem Stuhl allmählich emporgehoben zu werden.

»Kriegt euch wieder ein, Leute«, schnarrte Chefredakteur Sebering. »Und, Hasselmann, wie geht's da nun weiter?«

»Das koch ich noch ein bisschen«, sagte Hasselmann und fühlte sich sehr gut dabei. »Neben dem Tatort wohnt ein Polizist, der Teil der ermittelnden Soko ist. Übrigens hat unser Informant genau dessen Mutter nach Hause gebracht, als er den Mord mehr oder weniger beobachtet hatte.«

»Zufälle gibt's«, brummte Sebering. »Und? Was noch?«

»Mit den Hausbewohnern komme ich nicht richtig weiter – da will keiner was sagen. Obwohl die Besetzung durchaus spannend ist, nach dem, was ich in den Häusern in der Nachbarschaft gehört habe, vor allem das lesbische Pärchen im zweiten Stock. Und die alleinerziehende Mutter mit drei Kindern unterm Dach – die soll ... nun ja ... nachts nicht immer allein sein ...«

»Das klingt doch sehr vielversprechend«, sagte Haberl und grinste unverschämt. »Da lässt sich doch was Schönes draus machen.«

»Ach, Blödsinn«, bürstete Sebering ihn ab. »Mensch, Leute, lesbisch oder schwul sind heute schon die Schlagersänger – damit locken wir keinen Hund mehr hinter dem Ofen hervor. Und wenn die Mutti unterm Dach ab und zu Spaß hat – meine Güte, den sollten wir ihr gönnen. Wobei ...«

Sebering dachte kurz nach.

»Checken Sie mal die Männerbekanntschaften dieser ... wie heißt die Frau?«

»Bea Reimann.«

»Der Name klingt ja wenigstens nach was. Also: finden Sie raus, mit wem diese Reimann ihren Spaß hatte – vielleicht ergibt sich irgendeine Verbindung, aus der wir Honig saugen können. Was weiß ich, vielleicht hat sie ja mal was mit diesem Polizisten aus dem Nebenhaus angefangen, der in der Soko mitmischt. Oder mit einem Geschäftsmann, den man in der Stadt kennt. Irgendetwas in der Art vielleicht. Ansonsten scheint das alles eher wenig zu bringen.«

Sebering blätterte in einem kleinen Notizblock, den er vor sich liegen hatte.

»Ach ja, hier: Die Tote hat zwei erwachsene Kinder, richtig? Denen fühlen Sie mal auf den Zahn, vielleicht ergibt sich da was Brauchbares. Und wenn Sie bis heute Nachmittag nichts haben, dann bieten wir der Polizei an, dass wir einen Zeugenaufruf oder so etwas starten – dann haben wir das Thema im Blatt, und Sie, Hasselmann, brauchen nichts zu schreiben und können in Ruhe für die nächste Ausgabe recherchieren.«

Damit stand Sebering auf und ging zurück in sein Büro. Ein paar der Anwesenden diskutierten noch ein wenig, die anderen gingen zurück in ihre Büros. Und Hasselmann eilte, schier berstend vor Tatendrang, zu seinem Wagen.

* * *

Susanne Ruppert stand in ihrer Wohnungstür und sah Schneider und Ernst die Treppe heraufkommen. Schon als sie den gelben Porsche vor dem Haus hatte halten sehen, hatte sie ein mulmiges Gefühl, und Schneiders finstere Miene machte ihre Nervosität nicht kleiner.

»Guten Tag, Frau Ruppert«, sagte Schneider knapp und blieb abwartend vor ihr stehen.

»Kommen Sie rein«, sagte sie nach einer kurzen Pause und deutete aufs Wohnzimmer. »Gehen Sie bitte durch, Sie kennen ja den Weg.«

Susanne Ruppert schloss die Tür, zog dann noch die Kinderzimmertür zu und kam zu den Kommissaren.

»Nehmen Sie doch Platz!«

Schneider und Ernst setzten sich, und Schneider nahm sich Ernsts Rat zu Herzen, er solle sachlich bleiben und sich nicht durch die Ansichten der Rupperts provozieren lassen.

»Ihr Mann ist bei der Arbeit?«, begann er.

»Schön wär's«, schnaufte Susanne Ruppert. »Er ist zum Arbeitsamt, auch wenn's nichts bringt.«

»Das tut mir leid. Ist er denn schon lange arbeitslos?«

»Ja.«

»Und Sie arbeiten nicht?«

»Hab ich, als Putzfrau, immer abends, wenn Horst nach dem Kleinen sehen konnte. Aber dann waren andere billiger, da war ich draußen.«

»Aber Sie haben ein Auto, wohnen in Cannstatt ...«

»Die alte Karre gibt vermutlich bald ihren Geist auf, und wie lange wir uns die Miete für diese Bruchbude hier noch leisten können, weiß ich auch nicht.«

Sie sah auf die Uhr.

»Eigentlich müsste mein Mann schon wieder da sein – na ja, wahrscheinlich hat ihn der Frust gepackt. Da geht er dann gern noch beim Kiosk vorbei, einen kleinen Absacker nehmen.«

Dann kniff sie die Augen zusammen und sah Schneider streng an.

»Wer unsere Arbeitsplätze inzwischen hat, wissen Sie ja selbst.«

»Geht das schon wieder los, Frau Ruppert?«

»Ich bin ja schon ruhig.«

»Und wenn Sie der Müll unten neben der Tür so sehr stört, müssen Sie halt dem Vermieter Bescheid sagen – der wird Ihre Nachbarn dann schon zur Ordnung rufen.«

»Der Müll?« Sie sah ihn verblüfft an. »Der ist von uns, wieso sollte der uns stören?«

Schneider schaute irritiert, Ernst verkniff sich ein Grinsen.

»Na, egal«, sagte Schneider schließlich. »Wir haben neue Erkenntnisse – und die haben mit Ihnen zu tun.«

»Ach?«

Susanne Ruppert versuchte gelassen zu klingen, aber in ihr arbeitete es.

»Wir waren beim Notar Ihrer Mutter.«

»Oh«, entfuhr es ihr, dann biss sie sich auf die Lippen.

»Er hat uns gesagt, dass Ihre Mutter Sie und Ihren Bruder auf den Pflichtteil gesetzt hat.«

»Darf der das denn? Ich meine: Gibt es da nicht eine Verschwiegenheitspflicht oder so?«

»Wir ermitteln in einem Mordfall, Frau Herbst.«

»Hm.«

»Wussten Sie, dass Ihre Mutter ihr Testament geändert hat?«

»Ja.«

»Und auch, dass Sie nun nur noch den Pflichtteil bekommen?«

»Verdammt noch mal: ja, das wussten wir – und wir haben unsere Mutter deswegen auch zur Rede gestellt. Ich meine, die spinnt doch, oder?«

Sie schluckte, unterbrach sich und fuhr dann leiser fort.

»Das kann sie doch nicht machen, oder? Wo es uns doch so dreckig geht ...«

»Wir wissen auch, warum Ihre Mutter ihr Testament geändert hat. Aber ich würde vorschlagen, Sie erzählen es uns auch noch einmal – dann können Sie gleich Ihre Version der Geschichte loswerden.«

Susanne Ruppert sah ihn lange an, dann räusperte sie sich und begann.

»Roland hatte die Idee.«

Sie machte eine Pause, als müsse sie sich erst sammeln.

»Und das klang auch alles ganz vernünftig.«

Schneider hob eine Augenbraue, sagte aber nichts.

»Mein Vater ist vor acht Jahren gestorben. Danach hat sich meine Mutter verändert, das ging recht schnell. Wir haben sie nach Vaters Tod abwechselnd besucht, in der einen Woche mein Bruder Roland, in der anderen Woche ich. Und immer wieder mal hatte sie einen blauen Fleck am Bein, oder sie rieb sich den Arm, weil sie irgendwo dagegengelaufen war. Sie versäumte Termine, vergaß einzukaufen ... Und das passte alles eigentlich gar nicht zu ihr: Sie war immer sehr auf einen funktionierenden Haushalt aus gewesen – und sie kontrollierte ja immer noch, ob auch wirklich alle im Haus ihre Kehrwoche ordentlich erledigten.«

Sie lachte freudlos auf.

»Irgendwann, das war etwa drei, vier Jahre nach Vaters Tod, habe ich dann die Flaschen gefunden. Ich war früher als sonst nach Waiblingen rausgefahren, und Mutter hatte sich ein bisschen hingelegt. Ich fragte sie noch, ob es ihr nicht gut gehe – aber dann fiel mir auf, dass sie etwas getrunken hatte. Am Vormittag! Ich habe mich dann ein wenig umgesehen, und in der Besenkammer stand eine Plastiktüte voll mit leeren Flaschen. Korn, Wodka, lauter billiges Zeug. Es ist mir bis heute schleierhaft, dass ich das vorher nie bemerkt hatte – aber vielleicht ist es ja auch erst damals so schlimm geworden.«

Susanne Ruppert machte eine kleine Pause.

»Roland und ich haben uns dann zusammengesetzt, und wir haben einen Plan gemacht: Wir wollten meine Mutter nun häufiger besuchen, wollten ihr allerhand abnehmen und wollten auch mit ihr zusammen den ganzen Papier- und Bankenkram regeln, den sie hatte schleifen lassen. Aber sie war so dickköpfig! Nein, meinte sie, sie könnte das alles noch allein machen. Und sie bräuchte unsere Hilfe nicht, und sie wäre ja noch keine alte Frau – diese ganze Leier eben.«

Sie holte sich ein halb volles Glas Sprudel vom Esstisch herüber, nahm einen Schluck und stellte das Glas auf den Couchtisch.

»Es war mühsam, aber nach ein paar Monaten hatten wir sie so weit: Sie ließ sich von uns bei dem Schreibkram helfen. Das hat meistens Roland gemacht, und ich bin bei ihr in der Wohnung vorbeigefahren. Eine Weile war Roland dann häufiger mal im Haus bei ihr, aber irgendwann ging das wohl nicht mehr – jedenfalls bat er mich dann, die Besuche unter der Woche komplett zu übernehmen. Ich hatte ja Zeit, den Putzjob war ich gerade losgeworden. Irgendwann hat Roland mir mal eine Liste gezeigt – da stand die Wohnung drauf, das Elternhaus meines Vaters, das Bauland und so weiter. Ich wusste davon, aber dass sie außerdem noch so viel gespart hatte, überraschte mich. Roland zeigte mir ihren Steuerbescheid – und ganz ehrlich: Von dem, was meine Mutter jährlich an Steuern zahlte, hätten wir einige unserer dringendsten Probleme locker lösen können.«

Susanne Ruppert trank das Glas aus.

»Also haben wir ihr vorgeschlagen, dass sie uns doch einen Teil ihres Vermögens schenken könnte. Das war ja nicht nur ihr Vermögen, sondern auch das Erbe von unserem Vater, der ihr alles hinterlassen hatte – da war es doch eigentlich nur gerecht, was wir ihr vorgeschlagen haben. Aber sie wollte davon nichts hören, beschimpfte uns, warf uns vor, dass wir wie die Geier schon darauf lauern würden, dass sie stirbt – wir hatten viel Mühe, sie wieder zur Vernunft zu bringen. Aber Geld gab sie uns keines, obwohl sie wusste, wie es bei uns aussah: Horst und ich ohne Job, Roland im neugebauten Haus und als Außendienstler in einer Firma, die von der Krise voll getroffen wurde – das kann einen schon mürbe machen.«

»Und was haben Sie dann gemacht?«

»Erst einmal nichts, alles lief wie zuvor. Anfangs war das Verhältnis zu Mutter etwas abgekühlt, aber das hat sich dann wieder gegeben. Irgendwann bekam sie nachts Angst und rief bei uns an. Ich habe sofort Roland alarmiert und bin losgefahren – ich wusste ja nicht, was genau passiert war. Wir kamen kurz nacheinander in Waiblingen an, und da lag sie auf dem Sofa, schnarchte und roch nach Fusel. Ich bin über Nacht geblieben, Roland ist wieder zum Kirschenhardthof rausgefahren, er hatte am nächsten Tag eine besonders lange Tour – tja, und als Mutter am nächsten Morgen aufwachte, wusste sie nichts mehr von der Nacht zuvor.«

Susanne Ruppert massierte sich die Schläfen.

»Ich habe dann den ganzen Tag auf sie eingeredet, spät am Abend kam auch noch Roland dazu. Ich glaube, wir haben sie alles in allem fast eine Woche lang bearbeitet – dann war sie endlich einverstanden und stellte uns eine Vollmacht aus. Erst wollte sie nur eine Vorsorgevollmacht ausstellen oder wie das heißt, damit wir, wenn sie mal ins Koma fällt, alles für sie regeln können. Aber dann hat sie endlich eingesehen, dass sie sich auch so schon nicht mehr richtig um ihren ganzen Kram kümmern konnte, und hat uns eine umfassende Vollmacht ausgestellt.«

»Da hat sie ja wohl den Bock zum Gärtner gemacht«, dachte Schneider.

»Danach schien es ihr wieder besser zu gehen, vielleicht war sie ganz froh, dass sie nun nicht mehr zwingend alles selbst regeln musste. Sie überließ uns beiden immer mehr, und bald war es ganz normal, dass wir für sie mit den Mietern des Geradstettener Hauses zu tun hatten, dass wir den Briefverkehr wegen des Baulands erledigten, dass wir Makler abwimmelten oder mit dem Banker neue Anlagemöglichkeiten besprachen.«

»Und dann?«

»Dann wurde es für Roland und mich finanziell noch etwas enger. Unsere Waschmaschine ging kaputt, das Auto machte Zicken – und Rolands Firma taumelte nach allem, was man so mitbekam, auf eine Insolvenz zu.«

Schneider wartete.

»Mutter ging es plötzlich auch wieder etwas schlechter, sie schien auch wieder mehr zu trinken, und wahrscheinlich hing beides miteinander zusammen. Ihr Hausarzt untersuchte sie, konnte aber keinen organischen Grund finden – rein körperlich schien sie ganz gesund zu sein. Aber nun saß sie manchmal stundenlang auf der Couch, starrte auf den Fernseher und vergaß ganz, ihn überhaupt einzuschalten. Sie setzte Nudelwasser auf und ging dann ins Wohnzimmer, um sich auf die Couch zu legen. Irgendwann fiel ihr auf, dass es in der Küche klapperte und zischte. Dann ging sie hin, sah, dass das Nudelwasser überkochte und schüttete es so ungeschickt in die Spüle ab, dass sie sich dabei verbrühte. Es war ein Elend, nichts klappte mehr. Die einzigen beiden Gewohnheiten, an die sie sich eisern hielt, waren die Besuche am Grab meines Vaters – und die Kontrollgänge durchs Haus, ob auch wirklich jeder sauber gekehrt und gewischt hatte.«

Schneider wartete.

»Eines Abends saß ich mit Roland in Mutters Wohnung. Sie war schon schlafen gegangen, und ich hatte uns beiden noch einen Kaffee gemacht. Wir erzählten uns, wie knapp es finanziell bei uns zuging und welche Sorgen uns gerade drückten – und schließlich schlug Roland vor, dass wir doch ein paar Tausend Euro abzweigen könnten, ohne dass es Mutter bemerken würde. Ihr würde es nicht fehlen, und uns würde es sehr helfen.«

»Und das haben Sie dann gemacht.«

»Erst war ich dagegen – irgendwie fühlte sich das für mich falsch an.«

»War es ja auch.«

»Finden Sie? Irgendwann hätten wir das Geld doch sowieso bekommen. Und zu der Zeit hatten wir es einfach nötig.«

Schneider behielt die Antwort, die ihm auf der Zunge lag, für sich.

»Es war auch wirklich nur so viel, wie wir damals unbedingt brauchten. Wir kauften uns eine neue Waschmaschine, ließen am Auto den Auspuff richten, und Roland legte seinen Anteil auf die hohe Kante, weil er ja wegen seines Jobs das Schlimmste befürchten musste.«

»Damit war es aber nicht genug.«

»Wie Sie das sagen ... Das klingt ja schlimm!«

Sie sah Schneider vorwurfsvoll an.

»Ein- oder zweimal haben wir uns noch etwas genommen, nichts, was meiner Mutter wirklich weh getan hätte. Dann brachte uns der Banker auf eine Idee. Wir hatten mal wieder einen Termin, weil ein Sparvertrag auslief – und als wir uns über die Laufzeiten der verschiedenen Anlagearten unterhielten, kamen wir halt auch darauf zu sprechen, dass Mutters Gesundheit nicht mehr die beste war. Und schließlich schlug uns der Banker vor, dass wir einen stattlichen Geldbetrag, der frei wurde, in einen Bausparvertrag einzahlen sollten. Uns kam das erst nicht besonders clever vor, weil ja weder unsere Mutter noch wir selbst bauen wollten – aber er hat uns das alles erklärt: Wir sollten den ganzen Betrag auf einmal einzahlen, dann wäre der Bausparvertrag nach etwa zwei Jahren zuteilungsreif, das eingezahlte Geld wäre wieder verfügbar und wir könnten obendrein ein Bauspardarlehen zu günstigen Konditionen bekommen. Das klang prima, damit hätten wir einiges abbezahlen und den Rest umschulden können. Wir haben zwei Bausparverträge abgeschlossen und wollten außerdem noch das vermietete Haus in Geradstetten beleihen, um noch mehr Geld in die Versicherung einzuzahlen – dort hatte die Bank ohnehin noch eine Grundschuld eingetragen, die nicht mehr genutzt wurde. Wir mussten dafür also noch nicht einmal zum Notar. Und der Vorschlag des Bankberaters hat uns auch gleich eingeleuchtet: Wir nahmen Mutter das Geld ja nicht weg, sondern legten es für sie an. Außerdem haben wir für den einen Vertrag meinen Bruder und für den anderen mich als Begünstigte eintragen lassen – falls unserer Mutter vor der Zuteilung des Vertrags etwas zustoßen sollte.«

So hatte das auch Notar Rosenberger geschildert.

»Und eines Morgens, als ich wieder nach meiner Mutter sah, stand sie vor mir und war stinksauer. In der Besenkammer standen volle Schnapsflaschen, und es sah so aus, als hätte Mutter seit ein paar Tagen keinen Fusel mehr angerührt. Irgendwann hatte sie wohl gemerkt, dass es so nicht weitergehen konnte. Und als sie klar genug war, sichtete sie ihre Post – und fand das Schreiben, in dem der Banker die ganze Aktion als abgeschlossen bestätigte.«

»Dann gab's Streit?«

»Ja, klar. Sie jagte mich fort, wollte auch nicht mit Roland reden. Wir haben uns ein paar Tage lang bemüht, und irgendwann klang sie am Telefon wie ausgewechselt – und hat uns beide zu Kaffee und Kuchen eingeladen.«

»Und?«

»Sie empfing uns strahlend, hatte sogar selbst gebacken, wie früher. Und als wir alle unser Stück Kuchen gegessen hatten und uns Nachschlag geben ließen, erzählte sie uns breit grinsend, dass sie soeben ihr Testament geändert und uns enterbt habe.«

»Gut gemacht«, dachte Schneider.

»Wir wollten sie noch umstimmen, aber da ging gar nichts mehr. Sie sagte, dass sie uns notgedrungen den Pflichtteil lassen müsse – aber noch wäre sie ja nicht tot, und bis dahin bräuchten wir sie auch gar nicht mehr anpumpen. Die Vollmacht widerrief sie, und für den Fall, dass wir unsere unterschriebenen Exemplare nicht in den nächsten Tagen bei ihr in den Briefkasten werfen würden, drohte sie uns mit der Polizei.«

»Und die Vollmachten haben Sie beide dann auch zurückgegeben.«

»Ja. Ich bin noch am selben Tag wieder nach Waiblingen und habe ihr den blöden Wisch in den Briefkasten gesteckt, und Roland hat den Schrieb auch am nächsten oder übernächsten Tag eingeworfen. Als wir später wieder mal in Mutters Wohnung waren, sahen wir beide Schreiben zerrissen in ihrer Ablage liegen – ich glaube, sie hat es richtiggehend darauf angelegt, dass wir die zerrissenen Vollmachten auch sehen.«

»Die haben wir gefunden. Und was ist dann passiert?«

»Meine Güte, ›passiert‹ – wie das klingt!«

Schneider wartete.

»Wir waren sauer«, sagte Susanne Ruppert schließlich. »Kein Wunder, finde ich. Und wir haben uns überlegt, wie wir ihr das zurückzahlen könnten. Wegen des Pflichtteils hatte ich mich gleich am nächsten Tag erkundigt: Roland und mir standen trotzdem jedem ein Viertel von Mutters Vermögen zu, nur den Rest konnte sie uns wegnehmen. Aber diese Erniedrigung, wo wir doch vor allem ihr Wohl im Sinn gehabt haben!«

»Mir kommen gleich die Tränen«, dachte Schneider. »Diese Heuchler!«

»Also haben wir ein paar Prospekte von Seniorenheimen besorgt und haben sie ihr gezeigt. Da ist sie gleich an die Decke, wie wir uns das gedacht hatten – dabei wäre es letztendlich die beste Lösung gewesen. Wer wusste schon, wie lange sie sich wieder im Griff haben würde. Und wenn sie dann wieder angefangen hätte mit dem Trinken ... Vollmacht hatten wir ja nun keine mehr.«

»Und?«

»Sie wollte uns rauswerfen, sie ist richtig handgreiflich geworden. Und sie konnte schon noch ordentlich zupacken – ich hatte noch Tage später blaue Flecke. Aber Roland wollte sich das nicht gefallen lassen. Und da ist sie dann gestürzt, ganz blöd, und hat sich das Bein gebrochen. Roland hat sie noch ins Krankenhaus gefahren, und ich bin nach Hause. Als sie verarztet und untergebracht war, ist dann auch Roland heim.«

»Ach, Ihnen hatte sie das Gipsbein zu verdanken?«
»Ja, das ist blöd gelaufen.«
»Und haben Sie sie auch erschlagen?«

Ernst, der das ganze Gespräch über nur nebenbei zugehört und stattdessen trübe Gedanken an Sabine und Zora gewälzt hatte, schreckte auf – war Schneider nun zu weit gegangen?

Susanne Ruppert saß einen Moment lang ganz still da, dann mischte sich Empörung und schließlich Zorn in ihren Blick. Sie stand auf und deutete mit dem ausgestreckten rechten Arm in Richtung Wohnungstür.

»Raus«, sagte sie mit kalter Stimme.

Schneider und Ernst standen auf. Schneider wollte noch etwas sagen.

»Raus!«, brüllte sie, und Schneider und Ernst verließen die Wohnung.

Als sie unten aus dem Haus traten, kam ihnen Horst Ruppert entgegen. Er sah sie überrascht an, und für einen Moment machte er den Eindruck, als wollte er etwas sagen. Doch dann ging er wortlos an ihnen vorbei und ließ die beiden Kommissare in einer Wolke aus Bier und Kräuterlikör stehen.

* * *

Die Soko traf sich in etwas kleinerer Besetzung. Feulner ließ sich entschuldigen, von der Pressestelle saß nur Frank Herrmann in der Runde, und Thomann schrieb noch an seinem Bericht.

Schneider und Ernst erzählten, was ihre Gespräche mit Notar Rosenberger und der Tochter der Toten ergeben hatten.

»Da haben wir doch schon ein Motiv«, sagte Maigerle. »Geld: Wenn die Kinder des Opfers Geld brauchen, käme ihnen mindestens der Pflichtteil gerade recht – und Wut, weil die Mutter sie so rüde abgebürstet hat.«

»Kann sein«, sagte Schneider. »Aber die Ehepaare Ruppert und Herbst geben sich gegenseitig ein Alibi, außerdem rennen die uns nicht weg – ich habe nicht den Eindruck, dass die Ruppperts genug Mumm haben, ihre Sachen zu packen und einfach so zu verschwinden.«

»Apropos Alibi«, fragte Maigerle nach. »Ab wann waren die denn zusammen grillen? Ich habe ganz vergessen, den Sohn danach zu fragen – hat die Tochter etwas dazu gesagt?«

»Nein, nicht genau. Stimmt, da müssen wir nachfassen.«

»Und sonst?«, fragte Herrmann. »Das ist bisher nicht viel, würde ich sagen. Wo könnten wir noch weiterbohren?«

»Die Mitbewohner müssten wir noch einmal durchgehen. Herr Kling, könnten Sie uns nachher noch ein paar Details geben, die Sie als Nachbar wissen?«

»Klar, mach ich.«

»Und dann frage ich mich natürlich, wer dieser Wolfgang M. ist, den Hasselmann in seinem Online-Bericht zitiert hat. Haben wir einen Nachbarn, auf den der Name passt?«

»Nein«, sagte Ernst.

»Herr Russ, könnten Sie sich da mal kümmern?«

»Ja, gleich nach der Besprechung geh ich los. Ich frage am besten die anderen in Frau Herbsts Haus – vielleicht kennen die den Mann ja.«

»Gute Idee.«

»Ich hab noch etwas«, schaltete sich Heydrun Miller ein. Sie unterstützte die Kollegen durch Telefonate und Internet-Recherchen. »Im geänderten Testament steht ja, wer statt der Kinder erben wird.«

»Ja, ein Kaninchenzüchterverein in Geradstetten, und was war's noch?«

»Das Haus in Geradstetten sollte an die Kaninchenzüchter gehen, da war wohl Frau Herbsts verstorbener Ehemann ein sehr engagiertes Mitglied. Das Bauland im selben Ort und die Eigentumswohnung in Waiblingen sollten verkauft werden und der Erlös – nach Abzug des Pflichtteils für die beiden Kinder – sollte an die Stadtverwaltung gehen, für eine Aktion, Sauberes Waiblingen, die Patenschaften für Müllcontainer, Grünflächen und Parkplätze vergeben und sich auch sonst für eine besser gereinigte Stadt engagieren sollte.«

»Sauberes Waiblingen?«, lachte Maigerle. »Das passt ja ...«

»Die Aktien, Pfandbriefe und das angesparte Geld sollten schließlich an einen Verein gehen mit dem schönen Namen ›liebenswert e. V.‹, der ebenfalls in Waiblingen ansässig ist.«

»Gut, danke.« Schneider musterte die Kollegin. »Hat es mit diesem Verein irgendetwas Besonderes auf sich? Sie sehen so aus, als hätten Sie noch ein Ass im Ärmel.«

»Ja, hab ich.« Heydrun Miller grinste kurz in die Runde. »Der Verein ›liebenswert e. V.‹ hat seinen Sitz in der Fronackerstraße. Als Vorsitzenden nennt die Homepage einen gewissen Arno Stratmans.«

* * *

Stefan Kling und Alexander Maigerle saßen in der Kantine, aßen Apfelkuchen zum Kaffee, und Maigerle befragte den Kollegen zu den Nachbarn von Roswitha Herbst. Kling ging alle Bewohner des Hauses nacheinander durch. Zu allen hatte er Anekdoten zu erzählen oder wusste von irgendwelchen Schrullen zu berichten.

»Schneider war offenbar sehr von Freya Strobel beeindruckt«, sagte Maigerle. »Hat mir jedenfalls Ernst erzählt.«

Kling grinste. »Ja, die sieht schon ... bemerkenswert aus.«

»War das ein Thema bei euch in der Nachbarschaft, dass da ein lesbisches Paar lebte?«

»Nein, eher nicht. Meine Mutter findet die beiden supernett, und sie hat mir mal erzählt, dass die Strobels ein Kind adoptieren möchten – das scheint aber nicht so einfach zu sein. Die beiden taten ihr richtig leid, als sie das hörte. Und auch sonst kann sie, glaube ich, fast jeder leiden, der sie kennt.«

»Roswitha Herbst auch?«
»Nein, die Herbst sah das nicht so gerne. Für die ist der Kalender irgendwann in den Fünfzigern stehen geblieben, da musste alles seine althergebrachte Ordnung haben – wobei ich glaube, dass das immer die Schlimmsten sind. Schneider und Ernst haben ja vorhin auch erzählt, dass sich Frau Herbst nach dem Tod ihres Mannes eine Zeitlang vor allem um Schnaps gekümmert hat.«
»Und Stratmans?«
»Na ja, der ... Den nennen sie im Haus nur ›den Bock‹, weil er ständig nach den Frauen schielt. Attraktive Frauen wie Susanne und Freya Strobel, die nichts von Kerlen halten, sind so einem natürlich ein Dorn im Auge, klar. Aber Stratmans würde bei Freya Strobel vermutlich auch keinen Fuß in die Tür bekommen, wenn sie absolut mannstoll wäre. Er will es noch nicht wahrhaben, aber seine ›heißen‹ Zeiten sind längst vorbei – und den beiden Strobels ist er, glaube ich, auch einfach zu doof.«

Maigerle ging in Gedanken alles durch, was Schneider und Ernst von ihren Gesprächen mit den Hausbewohnern erzählt hatten.

»Ob Stratmans mal was mit Bea Reimann hatte? Die soll da ja ... na ja ... etwas lockerer drauf sein.«

»Niemals!«, empörte sich Kling, hatte sich aber gleich wieder unter Kontrolle. »Nein, mit diesem Typen hat sich Bea sicher nicht eingelassen.«

Maigerle musterte den Kollegen nachdenklich. Warum nur hatte er gerade so heftig reagiert?

* * *

Frank Herrmann kam in den Soko-Raum und wirkte bestens gelaunt.

»Was hat Ihnen denn die Stimmung so aufpoliert?«, fragte Ernst.

»Ich hatte gerade Haberl am Telefon, den von der Boulevardzeitung, der ab und zu Polizeithemen aufgreift. Er hat nachgefragt, worüber unsere Soko Treppenhaus denn noch dringend Infos bräuchte – es soll wohl morgen ein Platz für einen Zeugenaufruf freigeräumt werden.«

»Ach, du meine Güte«, stöhnte Schneider. »Unseren Job kriegen wir schon auch noch ohne dieses Revolverblatt hin.«

»Natürlich, aber eigentlich ist doch dieser Hasselmann an der Geschichte von Frau Herbst dran, richtig?«

»Ja, leider.«

»Gut. Wenn die nun morgen einen Zeugenaufruf bringen wollen, hat Hasselmann wohl nichts Neues herausgefunden, mit dem sie die Geschichte ausreichend am Kochen halten können. Und damit pfuscht Ihnen Hasselmann zumindest bis morgen offenbar nicht ins Handwerk.«

Schneider grinste.

»So gesehen ist das auf jeden Fall eine gute Nachricht.«

»Eben«, lachte Herrmann und sprach dann mit Schneider und Ernst einige Punkte durch, die für den Zeugenaufruf geeignet sein könnten, ohne zu viel über den Stand der Ermittlungen zu verraten.

* * *

Maigerle und Ernst trafen sich im Flur. Schneider war schon nach Hause gegangen, er hatte wohl einen privaten Termin, wollte aber nicht damit rausrücken, worum es sich handelte – er tat recht geheimnisvoll und beeilte sich sehr, nach Hause zu kommen.

Ernst sagte Maigerle, dass die Herbsts noch befragt werden mussten, wann genau sie mit ihrem misslungenen Grillfest begonnen hatten.

»Hm«, machte Maigerle. »Könntet nicht ihr da hinfahren?«

Kurz stutzte Ernst, dann erzählte ihm Maigerle die Geschichte mit dem Longdrink-Glas und den auf dem Boden herumkrabbelnd zusammengesuchten Scherben und dem offensichtlich eifersüchtigen Ehemann.

Ernst lachte lauthals und befreite den Kollegen gerne von dem peinlichen Wiedersehen.

»Dafür fahrt ihr zu den Strobels«, sagte er dann. »Die beiden wollen seit einiger Zeit ein Kind adoptieren. Da wurde doch sicherlich von der zuständigen Behörde vorher auch ein wenig in der Nachbarschaft herumgefragt – und Frau Herbst könnte diese Gelegenheit genutzt und ordentlich über die beiden gelästert haben. Das wiederum könnten die beiden Frauen spitzgekriegt haben, was weiß ich. Und den Besuch bei den Strobels würde ich dem Kollegen Schneider ein zweites Mal lieber ersparen.«

»Warum das denn?«

»Erzähl ich euch, wenn ihr dort wart.«

Lachend ging Ernst weg. Er telefonierte zweimal. Dann schrieb er Schneider eine kurze Notiz und legte sie ihm auf den Schreibtisch. Er hatte mit Roland Herbst für morgen Nachmittag einen Besuch vereinbart, und auf dem Weg dorthin würden sie Arno Stratmans in dessen Wohnung treffen und ihm wegen seiner Stiftung auf den Zahn fühlen.

* * *

»Klaus, du musst jetzt!«

»Ja«, maulte Schneider und erhob sich vom Gartenstuhl. Gerade jetzt war es schön ruhig gewesen. Die Nachbarn hatten sich seit Schneiders Feierabend noch nicht gestritten, und auch sonst hatte ihm nichts die Laune verdorben. Die Sonne schien, ein leichter Wind vertrieb die Schwüle, und im Kühlschrank lag ein schön gekühltes Weizenbier. Das hätte er nun am liebsten getrunken und sich dabei noch einige Gedanken über den Mord an Frau Herbst gemacht. Und ausgerechnet jetzt musste er los, weil seine Frau ihn beim ›Lachyoga‹ angemeldet hatte.

Zum Glück war es kein längeres Seminar oder ein Paket aus sechs, sieben Abenden in der Volkshochschule: nur ein Termin im Treff der Landfrauen im Nachbardorf Vorderweißbuch. Also hatte er sich halt breitschlagen lassen – diesen einen Abend würde er schon irgendwie überstehen.

Als er ins Wohnzimmer kam, saß Sybille auf der Couch und blätterte in einer Zeitschrift. Sie sah zu ihm hoch und lächelte.

»Das wird dir gut tun, Klaus, ganz sicher! Du hast dich so sehr über die Wollners geärgert, du brauchst was zu lachen.«

»Wenn du meinst«, sagte Schneider lahm und ging in den Flur, um in seine Schuhe zu schlüpfen.

Als er nur wenige Minuten später sein Auto wieder abstellte, fiel ihm ein, dass er diesen kurzen Weg gut auch mit dem Rad hätte fahren können – na ja, zu spät, und Lachen, hatte er irgendwo mal gelesen, sollte ja auch Kalorien verbrauchen.

Kurz nach ihm kamen weitere Autos, und bald waren alle Parkplätze voll und die übrigen Wagen wurden entlang eines kleinen Wegs abgestellt. Schneider stand noch unschlüssig auf der Straße, während die anderen Besucher schwatzend und offenbar voller Vorfreude an ihm vorbeiströmten.

Schließlich gab er sich einen Ruck und ging die letzten Meter zum Eingang hin. Das Gebäude war nicht besonders groß, hinter der Tür gab es einen kleinen Eingangsbereich, und am Durchlass zum Foyer saß eine junge Frau, ließ sich vorbestellte Eintrittskarten zeigen oder verkaufte welche.

Die kleine Schlange reichte bis vor die Tür, aber alle schienen entspannt, niemand drängelte oder beschwerte sich, dass es zu lange dauere.

»Klaus Schneider, für mich ist eine Karte hinterlegt.«

Die Kassiererin blätterte in einer Liste und nickte ihm danach so fröhlich zu, dass ihr schwarzer Pferdeschwanz nur so wippte vor guter Laune. Dabei erklärte sie ihm den Verlauf des Abends: Vortrag, Übungen, und hinterher gemütliches Beisammenstehen bei Wein, Sprudel und Salzkuchen – alles im Preis inbegriffen.

»Immerhin«, dachte Schneider und ging in den Hauptraum hinüber. An drei Wänden waren Stühle aufgestellt, insgesamt etwa zwischen fünfundzwanzig und dreißig. An der vierten Wand standen ein Stuhl und ein Tisch, darauf ein Glas Wasser, einige Blätter mit handschriftlichen Notizen und ein Stapel Flyer.

Fast alle Stühle waren schon besetzt, an den Rückenlehnen zweier Stühle beim Eingang hingen Handtaschen. Schneider fand nur noch einen unbesetzten Platz ganz vorne. Er sah sich um: Das Publikum war sehr gemischt, zwei Mädchen von etwa 15, 16 Jahren waren die Jüngsten, ein grauhaariger Herr mit Anzugweste, dicker Brille und schlohweißem Haarschopf markierte das obere Ende der Altersskala.

Drei Frauen kamen herein, die Tür wurde geschlossen, und das Trio marschierte, links und rechts grüßend, nach vorne.

»Guten Abend, meine Damen und Herren«, begann eine der drei. »Nachdem wir Landfrauen im Mai hier unsere ausverkaufte Krimilesung veranstaltet haben, geht es heute um Lachyoga – und es ist durchaus Absicht, dass wir heute in einem etwas kleineren Rahmen beisammen sind. Frau Oehmichen« – sie deutete auf die kleinste – »wird uns heute nicht nur einiges darüber erzählen, warum Lachen so gesund ist, sondern sie wird mit uns allen auch einige Übungen zum Thema machen.«

Das hatte Schneider befürchtet. Er sah sich um: An den Fenstern hingen zwar Gardinen, aber die waren aufgezogen. Falls er sich hier zum Affen machen würde, konnte man das von draußen sehen. Immerhin hatte Vorderweißbuch nicht allzu viele Einwohner, und Schneider, der Reingeschmeckte, musste nicht befürchten, von allzu vielen Leuten erkannt zu werden.

Die Frau war inzwischen mit ihrer kurzen Ansprache fertig und setzte sich mit der anderen auf die Stühle direkt beim Eingang. Frau Oehmichen blieb vorne stehen, sagte erst einmal nichts, grinste knitz in die Runde und wartete.

Vereinzelt kam leises Tuscheln auf, eines der beiden jungen Mädchen kicherte, schlug aber sofort die Hand vor den Mund, weil das Kichern etwas laut ausgefallen war.
Die Lachtherapeutin nickte dem Mädchen kurz zu.
»Sehen Sie? Es geht schon los«, lächelte sie. »Aber dafür müssen Sie sich nicht genieren: Wir sind ja heute da, um miteinander zu lachen – und wenn Sie schon so weit sind, ist es umso besser.«
Schneider entspannte sich ein wenig, und das Murmeln um ihn herum verebbte. Er musterte die Lachtherapeutin: Sie war nicht groß und hatte auch sonst nichts wirklich Auffälliges an sich – wenn man einmal von den unzähligen Lachfältchen um die munter umherblickenden Augen absah. Sie tat eigentlich nichts, stand nur da – und doch spürte Schneider, wie sie die Besucher und die Stimmung im Raum schon jetzt fest in der Hand hatte.
Und dann erzählte sie von Lachtherapien, von Lachyoga, von Lachstammtischen – und davon, wie sie sich selbst mit verschiedenen Lachtechniken aus einer persönlichen Situation befreit hatte, in der sie nicht viel zu lachen hatte.
Schneider hörte zu, wurde ein wenig schläfrig, auch, weil durch die gekippten Fenster milde Abendluft hereingeweht kam, die einen Hauch von frisch gemähtem Gras mit sich brachte. Gerade wollte er verstohlen auf die Uhr sehen, als er das Wort »praktische Übungen« aufschnappte.
Plötzlich standen alle um ihn herum auf, und Schneider erhob sich ebenfalls, wenn auch mit weit weniger Elan als die meisten anderen.
»Jetzt gehen wir mal im Kreis«, schlug Frau Oehmichen vor, und alle reihten sich ein und tappten im Gegenuhrzeigersinn los.
»Atmen Sie tief ein und aus.«
Lautes Schnaufen war zu hören, das schnell einen gemeinsamen Rhythmus fand. Schneider schnaufte mit.
»Nun wechseln mal ein paar von Ihnen die Richtung und laufen im Uhrzeigersinn im Kreis.«

Zwei, drei Männer wendeten sofort, dann machten es ihnen noch ein paar Frauen nach, und schon herrschte im Raum das schönste Durcheinander. Das Mädchen von vorhin kicherte wieder, aber diesmal unterbrach sie sich nicht dabei.

»Gehen Sie doch jetzt bitte mal alle kreuz und quer durch den Raum. Und wann immer Sie jemandem begegnen, grüßen Sie freundlich mit einem Nicken und einem Lächeln.«

Schneider begegnete in dem relativ kleinen Raum alle zwei Schritte jemandem, und brav nickten sich jeweils beide lächelnd zu.

»Das klappt ja schon sehr gut. Geben Sie sich jetzt bitte beim Begrüßen auch noch jedes Mal die Hand, ja?«

Hand geben, lächeln, nicken, zwei, drei Schritte, Hand geben, lächeln, nicken. Schneider fand das Procedere zwar albern, aber bisher hatte er zum Glück noch nichts Peinliches tun müssen.

»So, dann bleiben Sie doch mal bitte alle stehen.«

Die Gruppe stand verteilt auf den ganzen Raum und sah zu Frau Oehmichen hin, die sich nun in der Mitte aufstellte.

»Jetzt machen Sie mal bitte Folgendes: Wir gehen langsam wie bisher im Raum herum, dazu klatschen Sie zweimal unten in die Hände, und dreimal oben – so.«

Sie demonstrierte es, und in Schneider keimte die Ahnung, dass er sich zu früh gefreut hatte.

»Und nun sagen Sie im Rhythmus Ihres Klatschens ›Ho ho, ha ha ha!‹ – und bitte alle, ja?«

Schon ging's los: Erwachsene Menschen irrten durch den Raum, versuchten mit unterschiedlichem Erfolg im Rhythmus in die Hände zu klatschen und dazu »Ho ho, ha ha ha!« zu rufen. Einige Besucher versahen die Übung mit heiligem Ernst und hochkonzentriert, andere scheiterten und begannen zu lachen, wieder andere machten es ganz gut und kicherten dazu.

Schneider hielt sich in der Mitte des Raums, klatschte und »ho-ho«-te halbherzig und achtete darauf, dass er immer ein, zwei andere Besucher zwischen sich und die Fenster brachte.

So ging es immer weiter, man klatschte sich lachend ab, wenn man aneinander vorüberging, man fand sich zu kleinen Lachspielen im Trio zusammen, man klatschte wieder, ging umher – irgendwann dachte Schneider gar nicht mehr daran, wie seltsam er sich zu Beginn des Abends vorgekommen war. Und vor allem: Er lachte, immer wieder, immer lauter und immer länger.

Da erhellte ein Blitzlicht den Raum, und Schneider fuhr erschrocken herum.

Es blitzte noch zweimal schnell hintereinander, und die Vorsitzende der Landfrauen senkte ihren Fotoapparat wieder und winkte fröhlich in die Runde.

»Ist nur für unser Blättle«, rief sie. »Lasst euch bloß nicht beim Lachen stören.«

Eine etwas ältere Dame fuhr sich erschrocken durchs sorgfältig toupierte Haar.

»Wollen Sie das etwa veröffentlichen?«, fragte sie mit bangem Tonfall.

»Ach, Frau Pfleiderer, Sie sehen doch reizend aus! Und das Bild kommt sowieso bloß in unserm Berglen-Blättle. Ich schick's zwar auch noch an die Tageszeitung, aber die haben noch nie was über uns gebracht, zumindest noch nie mit Bild. Da können Sie ganz beruhigt sein!«

»Jetzt send Se doch net so, Frau Pfleiderer!«, sagte eine Frau neben ihr.

Und dann war Frau Pfleiderer halt auch nicht so. Und Schneider traute sich gar nicht erst zu protestieren.

* * *

Rainer Ernst musste noch an die frische Luft, und er hatte den aktuellen Mordfall vorgeschoben, um Sabine davon abzubringen, ihn zu begleiten. Ein, zwei Stunden am See würden ihn hoffentlich wieder in die Spur bringen, aber dazu musste er nachdenken können – und allein sein.

Auf der Hauptstraße war ordentlich Verkehr. Erst vor ein paar Monaten war die Ortsdurchfahrt von Ebni renoviert worden, aber längst war die Straße wieder freigegeben und so gut befahren wie eh und je. Er folgte der Hauptstraße bis zum Gasthaus und bückte sich, als er noch ein, zwei Autos durchlassen musste, um sich die Schnürsenkel fester zu binden. Dann huschte er zwischen einem Kombi und einem kleinen Lastwagen hindurch über die Fahrbahn und machte sich quer über die Wiese auf den Weg hinunter zum Ebnisee.

Die in ein grellfarbenes Radlerkostüm gezwängte Frau, die ihm schon ein paar Minuten lang gefolgt war, bemerkte er nicht. Und die Frau schwang sich wieder auf ihr Rennrad und brauste die Hauptstraße hinunter, die über enge Kurven ebenfall zum See führte.

Rainer Ernst atmete tief ein, die Luft war am frühen Abend etwas frischer als tagsüber, sie roch würzig und so, als würde sich ein Spätsommerregen ankündigen. Er streifte durch das Waldstück und kam schließlich auf den Weg, der vom Wiesensteighof herunter zum Seeufer führte.

Kurz darauf stand er an einem Platz, den er nur allzu gut in Erinnerung hatte. Er sah wie durch einen kurzen Tunnel aus Büschen und Bäumen hinaus auf den See, und auch am gegenüberliegenden Ufer war nur Natur zu sehen. Kein Haus, kein Weg. Die pure Idylle. Und für Rainer Ernst noch immer ein ganz besonderer Platz.

»Schön, dass du es noch weißt.«

Rainer Ernst erschrak, als er die Stimme hinter sich hörte, und er drehte sich langsam zu Zora Wilde um, die keine drei Meter von ihm entfernt stand und gerade aus dem Sattel stieg.

»Klar weiß ich das noch«, sagte Ernst und schluckte.

Hier hatten sie sich vor zwei Jahren zum ersten Mal geküsst. Von hier aus waren sie dann so schnell es ging in seine Wohnung gefahren, und dort hatte Sabine sie beide miteinander erwischt.

Zora Wilde ließ ihr Rennrad los und achtete nicht darauf, dass es neben ihr auf den weichen Boden kippte. Langsam kam sie auf Ernst zu, sah ihn ohne ein Lächeln an und blieb schließlich dicht vor ihm stehen. Sie schob sich die Sonnenbrille nach oben ins Haar und zog den Reißverschluss gut eine Handbreit auf.

Ernst sah ihr in die Augen und fühlte, wie seine Knie weich wurden.

»Was machst du hier?«, fragte er und kam sich dabei ziemlich blöd vor. »Ich meine: Woher weißt du ...?«

»Ich bin mit dem Rad unterwegs, und ich habe dich vorhin gesehen, wie du über die Hauptstraße gegangen bist. Es sah aus, als wolltest du zum See runter, da bin ich halt mal auf gut Glück hierhergekommen.«

Das war nur die halbe Wahrheit, aber sie würde sich lieber die Zunge abbeißen, als ihm zu gestehen, dass sie fast eine Stunde lang in der Nähe seines Elternhauses mit sich gerungen hatte, ob sie an seiner Tür klingeln und ein letztes, entscheidendes Gespräch mit ihm und – falls sie da war – notfalls auch gleich noch mit seiner Freundin Sabine führen sollte.

»Aha«, machte Ernst und stand wie gelähmt.

Zora Wilde rückte noch ein paar Zentimeter näher an ihn heran.

»Das kannst du alles haben, Rainer«, flüsterte sie, und es lief ihm heiß und kalt den Rücken herunter.

»Alles«, wiederholte sie und sah ihn lange an. Dann trat sie einen halben Schritt zurück: »Aber du musst dich entscheiden. Mich gibt's nicht nebenher, Rainer. Dafür bin ich mir zu schade.«

Ernst nickte, aber er brachte kein Wort hervor. Zora sah ihn noch einmal an, lange und intensiv, dann schob sie die Brille wieder auf die Nase zurück und zog den Reißverschluss bis zum Anschlag nach oben.

»Entscheide dich«, sagte sie ein letztes Mal, drehte sich um und war wenige Augenblicke später auf ihrem Rad zwischen den Bäumen verschwunden.

Rainer Ernst sah ihr noch nach, als sie schon längst den See umrundet hatte und wieder Kurs aufs Wieslauftal nahm, wo sie wohnte. Dann ließ er sich gegen den Baumstamm hinter sich sinken und rutschte langsam auf den mit Laub bedeckten Boden hinunter.

* * *

Nach dem Lachyoga-Abend saß ein guter Teil des Publikums in der Vorderweißbucher »Rose«. Frau Oehmichen hatte sich mit an die zu einer langen Reihe zusammengeschobenen Tische gesetzt, direkt an Schneiders Seite auf der dunklen Holzbank an der Wand.

Bier, Wein und Schorle hoben die Stimmung weiter, und Schneider gönnte sich einen Zwiebelrostbraten, der außen schön kross und innen noch wunderbar rosa war.

»Ist Ihnen nicht leicht gefallen, oder?«

Schneider sah von seiner Gabel mit Spätzle und Soße auf. Frau Oehmichen hatte sich ein wenig zu ihm hergebeugt.

»War das so offensichtlich?«

Er schob die Gabel in den Mund und kaute genüsslich.

»Ja, schon. Ich nehme an, Sie haben irgendeinen Beruf, in dem Sie eine gewisse Autorität vermitteln müssen. Lehrer vielleicht, oder Abteilungsleiter irgendwo im Büro.«

»Kripo«, brachte Schneider zwischen zwei Bissen hervor.

»Oh, Kripo – das ist interessant.«

Sie sah ihn forschend an.

»Und was hat Sie dazu gebracht, heute Abend zu den Landfrauen zu kommen?«

»Nicht ›was‹, sondern ›wer‹ – meine Frau hat mich angemeldet.«

»Oh.« Sie kicherte. »Sagen Sie ihr: Das hat sie gut gemacht!«

»Ja, ja«, brummte Schneider, aber eigentlich war er gar nicht schlecht gelaunt. Das Essen schmeckte, das Weizenbier war mindestens so kühl wie das zu Hause – und der durchgelachte Abend hatte schon auch Spaß gemacht.

»Und warum hat sie Sie geschickt? So muffig wirken Sie gar nicht auf mich – ich hatte nur den Eindruck, dass Sie sich etwas geniert haben, vorhin.«

»Wir haben Streit mit unseren Nachbarn. Das verhagelt mir schon seit einer Weile die Laune, und da meinte meine Frau, dass mir das heute Abend gut tun würde.«

»Und: hat es?«

Schneider sah sich um, dann beugte er sich zu Frau Oehmichen und sagte leise zu ihr: »Ja – aber wehe, Sie verraten das jemandem!«

Sie grinste ihn an, dann mussten beide lachen.

* * *

Dienstag, 6. September

Hasselmann passte Erika Müller ab, als sie gerade zum Einkaufen aus dem Haus kam. Er stand ein gutes Stück entfernt und hielt auf sie zu.

»Haben Sie einen Moment, Frau …?«, rief er.

Erika Müller erkannte Hasselmann sofort. Sie hatten ihn am Sonntag durchs Fenster gesehen, wenn auch nur kurz. Sie sah schnell nach oben, dann ging sie mit eiligen Schritten zum Gehweg und machte sich auf den Weg in die Innenstadt.

Hasselmann ließ sie stehen. Sie hätte schon gerne mit ihm gesprochen, aber wenn Claus sie dabei beobachtete …

»Frau …«

Hasselmann kam ihr nach, und zwei Häuser weiter, als sie ein großer Busch vor den Blicken ihres Mannes schützte, blieb sie stehen und drehte sich zu dem Mann um, der nun etwas außer Atem bei ihr ankam.

»Müller«, sagte sie, »Erika Müller. Und Sie sind …?«
Ordnung musste sein, und sie wollte auch nicht ohne Weiteres verraten, dass sie oben durchs Fenster spioniert hatte.
»Ferry Hasselmann ist mein Name.«
Er wusste, dass sie ihn vom Sehen her kennen musste, aber er machte das Spiel einfach mit – wenn er dadurch das Gespräch mit einer wirklichen Nachbarin in Gang bringen konnte, sollte ihm alles recht sein.
»Ich bin Reporter und schreibe über den Mord an Ihrer Nachbarin.«
Er zeigte ihr die heutige Ausgabe des Boulevardblatts, so gefaltet, dass sie den Bericht gleich sehen konnte.
»Ja, das hab ich gelesen«, nickte Erika Müller. »Wer ist denn dieser Nachbar, von dem Sie schreiben? Dieser Wolfgang M.?«
»Ach, nicht so wichtig«, überspielte Hasselmann die unangenehme Frage. »Viel lieber hätte ich Sie zitiert, aber Ihr Mann war ja nicht zu überzeugen.«
»Ja, mein Mann … Wissen Sie, der hat es lieber ruhig.«
»Aber Sie haben doch etwas übrig für … Überraschungen?« Hasselmann beugte sich ein wenig zu ihr hin und raunte: »Für Spannung?«
Erika Müller kicherte ein wenig und sah sich nach allen Seiten um.
»Können Sie mir denn gar nichts erzählen?«, drängte Hasselmann. »Irgendein Detail, das nur Sie wissen, als direkte Nachbarin des Opfers?«
»Es hat einen fürchterlichen Schlag getan, als sie starb«, sagte Erika Müller schließlich, und sie sprach in einem sehr verschwörerischen Tonfall. »Sie ist hingefallen, überall Blut und Saft und Marmelade.«
»Ach was?«
»Ja, ja, muss schlimm ausgesehen haben, da unten.«
»Haben Sie es denn nicht mit eigenen Augen gesehen?«
»Nein«, sagte Erika Müller, schlug sich dann aber erschrocken die Hand vor den Mund. »Oh … ist das, was ich

Ihnen jetzt erzähle, dann womöglich gar nicht so interessant für Sie?«

»Doch, doch, sehr interessant, auch sehr spannend. Sie erzählen das auch so plastisch, Frau Müller. Falls Sie mal einen Job brauchen, empfehle ich Sie meinem Chef gerne mal als Reporter.«

Die beiden lachten, und Erika Müller entfuhr ein geschmeicheltes »Sie sind mir ja einer ...«

Da kam ein Polizeiauto die Fronackerstraße heruntergefahren und verlangsamte neben ihr und dem Reporter seine Fahrt. Hasselmann sah den Wagen erst, als der schon fast neben ihm zum Stehen kam. Schnell steckte er Stift und Notizblock weg, verabschiedete sich von Erika Müller, eilte in die Gegenrichtung davon und verschwand, so schnell er konnte, die Treppe hinauf zur Bahnhofstraße.

»Alles in Ordnung, Frau Müller?«, fragte der Beamte am Steuer durchs heruntergelassene Fenster. Der Kollege auf dem Beifahrersitz beobachtete Hasselmanns Abgang misstrauisch.

»Ja, ja, alles in Ordnung«, sagte sie und ging zügig weiter in Richtung Stadtmitte.

Willy Russ sah ihr noch kurz nach.

* * *

»Na, waren die Strobels zuhause?«, fragte Ernst und ging mit den beiden Kollegen die Stufen zur Kantine hinunter.

»Ja, beide waren da«, sagte Maigerle.

»Hat aber nicht viel gebracht«, fügte Jutta Kerzlinger hinzu. »Die Unterlagen waren ziemlich umfangreich, und es ist schon deprimierend zu sehen, was die da alles angeben müssen – und wie sie dann doch ein ums andere Mal scheitern mit ihrem Adoptionsplan. Aber es gibt nirgendwo Hinweise auf Frau Herbst – die hat sie also auch nicht angeschwärzt oder so.«

»Gut, danke. Und sonst?«

»Wie: und sonst?«

»Na, wie findest du die beiden? Kollege Schneider war ...« Jutta Kerzlinger sah Ernst fragend an.

»Na ja, er war ... sagen wir mal: durchaus beeindruckt.«

»Okay«, grinste sie. »Die Strobels sind ein schönes Paar, finde ich. Vor allem die Kleinere ist auch eine richtig Hübsche. Schöne Augen, tolle Haare.«

»Nein, nicht Susanne Strobel – Freya.«

»Na, das hätte ich mir ja denken können!«, lachte Jutta Kerzlinger. »Ihr Männer seid dermaßen primitiv! Da kann eine nur Grütze im Kopf haben – aber Hauptsache, die Bluse ist voll, oder?«

»Hat Freya Strobel denn nur Grütze im Kopf?«

»Nein, hat sie nicht, die scheint mir ziemlich clever zu sein, ist sehr nett – aber das war auch nur ein Beispiel. Ganz ehrlich: Ich bin froh, dass ich mit euch in dieser Hinsicht nichts am Hut habe. Mir geht keiner mehr an die Wäsche, das kann ich dir auch schriftlich geben.« In der Kantine, die sie jetzt erreicht hatten, drehten sich ein, zwei Köpfe zu ihnen hin. »Oops, war ich etwas laut?«

»Scheint so.« Maigerle grinste und nahm sich ein Tablett.

»Und weißt du, Rainer«, sagte Jutta Kerzlinger und stellte sich hinter Maigerle an, »du hast mir mit deiner Sabine-Zora-Geschichte dermaßen die Schultern nass geheult – ich glaube, du brauchst mich vor allem als Kumpel. Das hat also schon alles seine Ordnung, gell?«

»Auf jeden Fall«, sagte Ernst und zwinkerte ihr verschwörerisch zu.

* * *

Die Soko Treppenhaus hatte sich wieder versammelt, aber mit den neuen Ergebnissen waren sie schnell durch.

Der Artikel mit dem Zeugenaufruf, der in der Boulevardzeitung und in den seriöseren Blättern erschienen war, hatte ihnen eine Flut von Anrufen beschert, aber bisher hatte sich von all den Infos nichts als wirklich hilfreich herausgestellt.

Willy Russ und einige Kollegen hatten am Vortag bis in den Abend hinein und an diesem Morgen auch schon wieder überall herumgefragt, aber ein Nachbar namens »Wolfgang M.« war nirgendwo zu finden.

Der Bericht von Thomann lag vor, aber die Untersuchungen hatten über die erste Vermutung des Rechtsmediziners hinaus nichts Konkretes erbracht: Offenbar hatte Roswitha Herbst tatsächlich vor allem viel getrunken und sich deswegen überall angestoßen oder auch mal verbrüht.

Schneider seufzte. Diese Phase der Ermittlungen mochte er am wenigsten: Kleinkram, der aufgearbeitet werden musste, der die Soko aber letztendlich nicht wirklich voranbrachte.

Er rang sich noch ein paar aufmunternde Worte ab, dann schwärmten die Kollegen wieder aus.

* * *

Tobias Schubarth saß auf einem Stuhl und sah unsicher zu Anneliese Kling hinüber. Sie war etwas blass, lag müde in ihrem Krankenbett, aber insgesamt schien es ihr schon wieder ganz passabel zu gehen.

»Und, was willst du mir denn nun unbedingt erzählen?«, fragte sie, als nach dem üblichen Geplänkel das Gespräch ins Stocken kam und schließlich ganz versiegte.

»Nichts, ich wollte Sie nur besuchen«, widersprach Tobias Schubarth lahm, aber Anneliese Kling lächelte nur und schüttelte den Kopf.

»Du siehst aus, als hättest du was auf dem Herzen.«

Er nickte und sah vor sich auf den Boden.

»Hast du Mist gebaut?«

Er nickte wieder, dann erzählte er ihr die Geschichte von seinem Anruf bei der Zeitung, von seinem Gespräch mit dem Reporter – und dass er sich deswegen inzwischen Vorwürfe machte.

»Lass mal, du hast ja nichts Schlimmes gemacht. Dieser Reporter hätte seine Geschichte auch ohne deine Hilfe geschrieben. Vielleicht ein, zwei Tage später – aber das macht eigentlich keinen Unterschied, oder?«

Tobias Schubarth zuckte mit den Schultern.

»Hast du wenigstens Geld für deinen Tipp bekommen?«

Er zog den Schein aus der Hosentasche, und so zerknittert wie der Fünfziger war, trug er ihn wohl schon die ganze Zeit mit sich herum.

»Kannst du das Geld nicht brauchen?«, fragte sie.

»Doch, schon.«

»Ach, Junge, dann kauf dir was Schönes davon oder leg's auf die hohe Kante – egal. Aber mach dir keinen Kopf mehr. Wir haben doch letztendlich gar nicht wirklich etwas gesehen von dem Mord an Frau Herbst.«

Tobias Schubarth brummte etwas Unverständliches.

»Oder?«, fragte Anneliese Kling.

Er sah sie lange stumm an, dann stand er auf.

»Danke«, sagte Schubarth, drückte ihr die Hand, steckte den Geldschein wieder ein und ging aus dem Zimmer.

Anneliese Kling blieb zurück, und die Gedanken an den Mord in der Nachbarschaft purzelten wieder durch ihren Kopf wie vor ihrem Zusammenbruch. Sie nahm das Glas Wasser und trank es aus, dann legte sie sich zurück in ihr Kissen und hoffte, dass es ihr gleich wieder besser gehen würde.

* * *

»Fahren wir?«

Ernst streckte den Kopf zur Tür herein. Schneider schnappte sich noch schnell Block und Stift und Sommerjacke, und kurz darauf kletterten sie in der Fronackerstraße aus dem Porsche. Stratmans hatte sie wohl schon kommen sehen, denn noch bevor Ernst klingeln konnte, summte schon der Türöffner.

Stratmans hatte Kaffee gekocht. Schneider und Ernst ließen sich einschenken, aber es war eine grauenvolle Plörre, und nach dem ersten Nippen ließen sie ihre Tassen deshalb lieber unberührt auf dem Tisch stehen.

»Erzählen Sie uns doch mal etwas über Ihre Stiftung.«

»Worüber?«

Stratmans sah sie kurz überrascht an, dann grinste er breit.

»Ach so, ›liebenswert e. V.‹ – warum interessiert Sie das?«

»Wir fragen, Sie antworten, Herr Stratmans. Und wenn es sich machen lässt, erkläre ich Ihnen hinterher gern, warum wir Sie fragen, okay?«

»Okay, okay«, sagte Stratmans, hob abwehrend beide Hände und grinste immer noch.

»Also: Was dürfen wir uns unter ›liebenswert e. V.‹ vorstellen?«

»Einen Gag«, sagte Stratmans. »Das war nur als Scherz gedacht.«

»Aha?«

»Ja, ich war drüben im Gewerbegebiet in dieser Disko, und da habe ich Frida kennengelernt. Wir haben Apfelkorn getrunken, haben getanzt … na ja, die Frida war ein richtig heißer Feger. Groß, blond, tolle Figur. Na, okay, nicht mehr die Jüngste, aber trotzdem. Ich hab mich schwer ins Zeug gelegt für sie, aber sie erzählte nur ständig von dieser Stiftung, für die sie arbeitete, und wie toll das alles wäre, wenn man sein Vermögen nicht für sich arbeiten lässt, sondern damit anderen hilft.«

»Und?«

»Als es dann später am Abend ganz so aussah, als würden mir endgültig die Felle wegschwimmen, weil sich auf der anderen Seite so ein junger Muskelprotz neben Frida setzte, habe ich halt behauptet, ich hätte einen Verein gegründet, der es sich ebenfalls zur Aufgabe gemacht hätte, anderen Menschen zu helfen.«

»Einfach so?«

»Ja, klar, wie gesagt: Frida war's mir wert. Ich hab erzählt und erzählt, hab mir einen Namen für den Verein einfallen lassen und so weiter. Dann ist der Muskelprotz wieder abgedampft, weil Frida ganz Ohr war und immer mehr von meinem Verein wissen wollte. Na ja, und ich hatte schon immer viel Fantasie.«

»Aber den Verein gibt's doch tatsächlich, oder?«

»Inzwischen schon.« Er grinste. »In dieser Nacht ging Frida dann noch mit mir raus ins Auto – und ich sage Ihnen: Sie war die ganze Geschichte wert!«

»Das muss ich, glaube ich, nicht wissen. Aber wieso gibt es den Verein jetzt tatsächlich?«

»Frida meldete sich ein paar Tage später wieder bei mir. Ich hatte ihr wohl im Überschwang meine Nummer gegeben – tja, und sie wollte wieder mit mir ausgehen und noch mehr über meinen Verein hören. Kein Problem, sagte ich. Wir gingen essen, ich ließ mir allerhand Neues einfallen und hinterher ... War schön, wirklich. Aber dann ...«

Stratmans machte eine Pause, die Erinnerung schien ihm Spaß zu machen.

»Was dann?«

»Frida ließ nicht locker. Die wollte mir helfen, wollte mir mit ihren Kontakten aus der Arbeit für die Stiftung neue Geldquellen erschließen und so. Und ich ... na ja, Geld konnte ich schon immer gut gebrauchen, und ich war zu dem Zeitpunkt auch wirklich etwas klamm. Also ...«

»Also?«

»Also habe ich ›liebenswert e. V.‹ als Verein registrieren lassen, ein paar Kumpels haben sich mit mir als Mitglieder eintragen lassen, und ich wurde Vorsitzender, logisch.«

»Und dann?«

»Frida hat sich alles zeigen lassen, aber dann ist sie mir wohl doch auf die Schliche gekommen. Schade, wirklich schade – und dann war ich sie los.«

»Und der Verein?«

»Den habe ich eingetragen gelassen, schadet ja nichts.«
»Und wer wusste von diesem Verein?«
»Meine Kumpels, einer hat mir sogar eine Webseite gebastelt. Und Frida, natürlich. Aber sonst ... Nein, warten Sie: Frau Herbst habe ich mal davon erzählt. Sie hat sich sehr interessiert, und irgendwann fragte sie, ob ich irgendwelche Unterlagen zu meinem Verein hätte – vielleicht würde sie ja mal einen kleinen Betrag spenden.«
»Und?«
»Nichts. Das war vor etwa zwei Wochen, ich hab ihr extra was ausgedruckt, das sah sogar recht offiziell aus – aber bisher hat sie nichts gespendet, und jetzt, wo sie tot ist, hat sich das ohnehin erledigt.«
»Nein, hat es nicht.«
»Wie meinen Sie das?«
»Frau Herbst hat ihr Testament ändern lassen, und unter anderem wurde Ihr Verein ›liebenswert e. V.‹ als Erbe eingesetzt.«
»Cool!«, grinste Stratmans, dann fielen ihm die weiterhin ernsten Mienen der beiden Kommissare auf. »Oh, Mist ... bekomm ich nun Ärger?«

※ ※ ※

Stefan Kling nahm sich den Rest des Nachmittags frei und spazierte auf dem Weg ins Krankenhaus noch durch die Innenstadt. Er holte sich beim Metzger ein Paar Saitenwürstle und ein Brötchen, und auf der Suche nach einer ruhigen Ecke, wo er eine Vesperpause einlegen konnte, sah er Django und zwei seiner Kumpel über den Marktplatz kommen.

Kling winkte dem jungen Mann kurz zu und ging weiter.
»Herr Kling?«
Django löste sich aus der kleinen Gruppe und lief zu ihm hin.
»Herr Kling, ich hab vielleicht was für Sie.«

»Ach? Und was?«

»In einem der Zeitungsartikel wurde mal ein Zeuge genannt, ein angeblicher Nachbar der toten Frau in der Fronackerstraße. Dort wohnen Sie doch auch, oder?«

»Ja, direkt daneben. Und ich arbeite an dem Fall auch mit. Warum fragst du?«

Djangos Kumpels waren stehen geblieben und beäugten ihren Freund und Kling argwöhnisch. Kling hatte seine Uniform in seinem Spind gelassen – ob sie ihn trotz Jeans und T-Shirt als Polizisten erkannten?

»Dieser Zeuge ... Wissen Sie denn, wer das war?«

Kling musterte Django.

»Weißt du es denn?«

»Ja, klar«, lachte der Junge. »Aber ein Nachbar ist das nicht, das kann ich Ihnen sagen!«

»Und wer ist dieser ›Wolfgang M.‹ dann?«

Django grinste. »Wolfgang klingt komisch, wir sagen alle nur Wolle.«

»Welcher Wolle?«

»So ein Typ, der sich immer irgendwo in der Stadt hinsetzt oder hinlegt und sich dann volllaufen lässt. Hat ein altes Häuschen an der Neustädter Straße, das ihm seine Eltern hinterlassen haben, ziemlich heruntergekommen. Und wenn er wieder Geld hat oder irgendwo was schnorren konnte, kauft er sich billigen Fusel und besäuft sich. Hat mal studiert, ist ein paar Jahre her, und da ist ihm die Freundin abgehauen. Er hat sich betrunken, hat ein Kind über den Haufen gefahren, und dann hat er alles hingeschmissen. Na ja, und jetzt säuft er halt, wenn er sich was leisten kann.«

»Und wie kommt der als Zeuge in dieses Revolverblatt?«

»Keine Ahnung. Aber meine Kumpels haben ihn gestern am Hochwachtturm aufgescheucht. Und als er sich getrollt hat, schimpfte er ständig vor sich hin und brabbelte von einem Reporter, der ihm noch Geld schuldet. Da hab ich ihn gefragt, was er damit meint. Und er hat mir die Zeitung gezeigt, den Artikel über den Mord an dieser Witwe. Dann tippte er auf die Stelle mit dem ›Zeugen Wolfgang M.‹ und tönte: ›Das bin ich, Leute, ich bin Wolfgang M. – und ich werde mir mein Geld noch holen!‹ Na ja, dann ist er weitergestolpert mit seiner Zeitung.«

»Hm«, machte Kling.

»Ehrlich, das stimmt«, sagte Django.

»Ja, ich glaub's dir ja«, sagte Kling und sah zu den beiden anderen hinüber, die inzwischen ziemlich ungeduldig wirkten. »Aber ich glaube, du musst wieder – deine Freunde scharren schon mit den Hufen.«

Django gab ihnen ein Zeichen, dass er gleich kommen werde.

»Hat Ihnen das geholfen?«, fragte er dann.

»Ja, ich glaube schon, vielen Dank. Aber ... falls du eine Belohnung willst, da muss ich passen.«

»Ach, Quatsch«, lachte Django und wandte sich zum Gehen. »Sie hatten noch was gut bei mir, schon vergessen?«

»Nein«, dachte Kling und sah den drei Jungs noch kurz nach, bis sie hinter dem Café am Eck verschwunden waren.

* * *

»Haben Sie sich extra für uns freigenommen?«

Schneider rührte in seinem Kaffee. Ernst hatte schon einen Schluck genommen, und seine Miene zeigte, dass Roland Herbsts Kaffee viel besser schmeckte als der bei Stratmans. Seine Frau war mit den Kindern unterwegs, und er hatte auf der Terrasse ein Buch gelesen, als die Kommissare an seiner Tür klingelten.

»Nein, das ist zur Zeit nicht nötig – leider.«

Herbst lachte leise und zuckte dabei mit den Schultern. Schneider sah ihn fragend an.

»Ich bin Außendienstler, und meine Firma hat Probleme. Denen fehlt das Geld, Ware einzukaufen – und damit können sie auch nichts von dem liefern, was ich draußen verkaufe. Also habe ich meine Runden ein bisschen zusammengestrichen und fahre nur das Nötigste. Ist ja auch blöd, den Leuten erst was aufzudrängen und ihnen beim nächsten Mal irgendetwas vorzuflunkern, warum die Lieferung noch nicht eingetroffen ist.«

Er trank etwas Kaffee.

»Außerdem habe ich keine Ahnung, ob ich überhaupt noch mein Geld bekomme. Diesen Monat hat's noch geklappt, aber ... na ja ...«

»Und deshalb wollten Sie Geld von Ihrer Mutter«, sagte Schneider nach einer Pause.

Herbst wurde ernst, dann nickte er langsam.

»Und jetzt? Mit dem Pflichtteil erben Sie ja noch ein Viertel des Vermögens Ihrer Mutter. Reicht das oder werden Sie Ihr neues Haus trotzdem verlieren?«

»Kann sein, vielleicht geht's auch gut – mal sehen.«

Dann sah er Schneider direkt an, und seine Augen schimmerten feucht.

»Aber dass ich meine Mutter verloren habe, steht auf jeden Fall fest.«

Schneider schluckte.

»Wissen Sie, wir waren nicht mehr so eng miteinander, und sehr oft hat mich an meiner Mutter alles Mögliche gestört. Aber ... die Mutter ist halt die Mutter, und wenn sie nicht mehr da ist ...«

Ernst und Schneider schwiegen, Herbst rang um Fassung. Schließlich hatte er sich wieder im Griff.

»Was wollen Sie denn noch wissen?«

»Etwas ganz Banales, Herr Herbst«, sagte Schneider und versuchte, nicht schon wieder in einen Fettnapf zu treten. »Die Kollegen, die Sie das erste Mal befragten, hatten ein Detail zu Ihrem Grillfest am Samstag vergessen.«

Herbst sah ihn aufmerksam an.

»Wann genau sind Sie denn los zu diesem Platz im Wald?«

»Im Brandwald waren wir ... warten Sie mal ... das müsste so gegen ... Moment.«

Er stand auf, ging in den Flur hinaus und kam mit einem als Buch gebundenen Jahreskalender zurück. Er blätterte kurz darin herum.

»Ah ja, hier: Um elf waren wir mit den Kids in Backnang – da hatte die Musikschule ein kleines Fest, da wollten sie unbedingt dabei sein. Um halb eins wollten wir wieder hier sein, um meine Schwester zu treffen. Wir haben uns aber etwas verspätet, und als wir um kurz vor eins hier ankamen, standen Susanne, Horst und Maximilian schon vor unserem Haus.«

»Und dann?«

»Dann sind wir gleich los, rüber zum Brandwald.«

»Mit dem Wagen?«

»Nein«, lachte Herbst. »Das ist direkt hinter der Hauptstraße. Bis ich da den Wagen aus der Garage hole, bin ich zu Fuß schon fast da. Mit dem Auto dürfen Sie ohnehin nur ein kleines Stück in den Wald hineinfahren, da ist ein Parkplatz. Den Rest müssen Sie sowieso laufen.«

»Und die Getränke?«

»Rucksäcke«, sagte Herbst. »Wenn Sie Kinder haben, haben Sie auch Rucksäcke – da passt alles rein.«

Schneider nickte. Er musste mit Sybille reden: Ein Kind hatten sie, aber Rucksäcke fehlten ihnen noch.

»Gut. Dann sind Sie also zu Fuß zu dem Grillplatz. Hat Sie dort jemand gesehen?«

Herbst sah ihn lange an.

»Es geht um unser Alibi, was?«

Schneider schluckte, dann nickte er langsam.

»Eigentlich nicht zu fassen«, brummte Herbst und schüttelte den Kopf. »Wenn ich Ihnen einfach sage, dass ich meine Mutter nicht umgebracht habe, wird das vermutlich nicht genug sein, richtig?«

Er wartete die Antwort erst gar nicht ab.

»Natürlich wurden wir dort gesehen. Der Grillplatz war ja schon komplett überlaufen, das hatte ich Ihren Kollegen auch schon erzählt. Die haben uns alle gesehen.«

»Haben Sie einige der Leute gekannt?«

»Nur einen: Herrn Özgun. Den können Sie gerne fragen, der wohnt vier Häuser weiter in Richtung Ortsmitte. Aber der ist jetzt noch nicht zu Hause, arbeitet immer bis spät abends. Ich schreibe Ihnen mal die Adresse auf, vielleicht ist seine Frau da.«

»Und der hat Sie gesehen?«

»Ja, klar. Als wir kamen, haben wir uns begrüßt. Wir sind ja Nachbarn. Er war mit Freunden da – das war eine von drei größeren Gruppen, die sich über die Wiese dort verteilt hatten und fleißig grillten und Salate anrichteten und so. Sah lecker aus und roch gut, aber dadurch waren halt die Feuerstellen schon besetzt. Das hat meinem Schwager nicht so gut gefallen, und er hat dann ein wenig ... na ja ... herumgepoltert. Irgendwann, nachdem wir ein paar Stunden im Gras saßen und die Kinder spielen ließen, haben wir unsere Rucksäcke wieder genommen und sind gegangen.«

»Und wird er sich an Sie erinnern?«

»Darauf würde ich wetten«, lachte Roland Herbst. »Mein Schwager und meine Schwester haben ... wie soll ich sagen? Sie haben auf die Özguns einen durchaus nachhaltigen Eindruck gemacht. Ich hoffe, er nimmt es mir nicht übel, wie sich die beiden aufgeführt haben.«

* * *

Kemal Özgun war wirklich nicht zu Hause, aber Frau Özgun gab Schneider und Ernst seine Visitenkarte.

»Dort müsste er« – sie sah kurz auf ihre Armbanduhr – »in einer halben Stunde wieder erreichbar sein. Er hat mir heute früh erzählt, dass er dann ein Projektgespräch im Büro hat.«

Schneider und Ernst bedankten sich. Schneider wendete den Porsche, fuhr langsam los, passierte Herbsts Haus, überquerte die Landstraße und ließ den Wagen auf einem Parkplatz kurz hinter dem Waldrand ausrollen.

»Und jetzt?«, fragte Ernst. »Wollen Sie sich den Grillplatz ansehen?«

»Warum nicht?«, sagte Schneider, griff hinter den Beifahrersitz, zog eine kleine Stofftasche hervor und wuchtete sich aus dem Wagen.

Ernst stieg ebenfalls aus.

»Und was versprechen Sie sich davon?«

»Läbrkäs«, sagte Schneider und versuchte dabei besonders schwäbisch zu klingen. Er hob die Stofftasche hoch. »Zwei LKWs, einen für Sie, einen für mich. Ich dachte mir, wir nutzen das schöne Wetter aus und rufen Herrn Özgun dann in einer halben Stunde an. Das können wir genauso gut von hier aus machen. Und eine Pause tut uns auch mal gut.«

Ernst lachte und ging mit Schneider den Kiesweg entlang, der weiter in den Wald hineinführte. Nach einer Weile kamen sie auf eine Wiese, die sich wie eine Bucht in den Wald hinein erstreckte. Eine Holzhütte stand da, zwei Feuerstellen waren mit Steinen umrandet, und teils im Wald, teils daneben standen einige rustikal aussehende Spielgeräte.

»Schön hier, oder?«

Schneider sah sich um, atmete tief ein und setzte sich dann auf einen liegenden Baumstamm. Zwanzig Minuten später rief er im Architekturbüro Özgun & Partner in Fellbach an, ließ sich zum Chef durchstellen und fragte Kemal Özgun, ob er sich daran erinnere, wen er am vergangenen Samstag auf dem Grillplatz im Brandwald beim Kirschenhardthof gesehen hatte.

Özgun erinnerte sich noch gut, er bestätigte auch die zeitlichen Angaben von Roland Herbst – und Schneider gab ihm für jedes Schimpfwort, das dem Mann am anderen Ende der Leitung zu Horst und Susanne Ruppert einfiel, von Herzen Recht.

»Herr Herbst macht sich übrigens Sorgen, dass Sie ihm das Benehmen seiner Schwester und seines Schwagers übelnehmen.«

»Muss er nicht, Herr Schneider, muss er wirklich nicht. Herbst ist ganz okay – aber ich muss jetzt Schluss machen: Mein Kunde kommt gerade herein.«

* * *

Mittwoch, 7. September

Die Soko tagte wieder. Hasselmann hatte einen neuen Artikel zum Mord an Frau Herbst geschrieben, und er hatte einige Details sehr farbenfroh ausgemalt – vor allem in Blutrot.

»Ich habe ihn gestern mit Frau Müller reden sehen«, sagte Russ. »Wahrscheinlich hat er diesen ganzen Kram von ihr.«

»Scheiße«, schimpfte Schneider. »Liest sich eklig. Jetzt wissen wir wenigstens, dass es gut war, die Marmelade und den Saft in der Pressekonferenz wegzulassen …«

»Ich hatte gestern auch gleich noch hier angerufen und gefragt, ob womöglich Frau Müllers Ehemann der ominöse Zeuge ›Wolfgang M.‹ sein könne.«

»Ist er aber nicht«, wandte Stefan Kling ein. »Ein Jugendlicher hat mir gestern gesteckt, dass mit diesem ›Wolfgang M.‹ ein Typ gemeint ist, der ständig betrunken in der Stadt rumhängt und den alle nur Wolle nennen. Außerdem hat Herr Müller ganz sicher nicht mit dem Reporter geredet. Der redet eigentlich am liebsten mit gar niemandem. Ein komischer Typ irgendwie. Sehr still, meistens schlecht drauf, fast schon gruselig. Was dem so im Kopf herumgeht, will ich gar nicht wissen.«

* * *

»Hasselmann?«

Der Reporter hatte das Gespräch ganz in Gedanken angenommen und war gerade dabei, sich einen Block und einen Stift heranzuziehen, als ihn der Wortschwall auch schon voll erwischte.

»Was fällt Ihnen ein«, bellte es aus dem Hörer, »meine Frau für Ihre Schmierereien zu benutzen!«

Die Tiraden gingen zwei, drei Minuten lang ohne Atempause weiter, dann schnappte der Mann nach Luft. Hasselmann war hart im Nehmen und nutzte die Chance.

»Mit wem spreche ich denn?«, fragte er ruhig.

»Müller«, kam es etwas atemlos. »Claus Müller. Claus mit C. Sie haben mit meiner Frau geredet und haben sie in Ihrem Blatt zitiert.«

»Ja, natürlich. Es war sehr interessant, mit Ihrer Frau zu reden. Sie hat eine sehr gute Beobachtungsgabe, und sie kann spannend erzählen. Sie –«

»Papperlapapp!«, schnitt ihm Claus Müller das Wort ab. »Lassen Sie meine Frau in Ruhe und kümmern Sie sich lieber mal um diese Schlampe gegenüber!«

»Ich verstehe nicht ganz?«

»Diese Bea Reimann treibt's doch mit allen möglichen Männern. Lebt allein mit ihren drei Kindern und wechselt die Liebhaber wie andere hoffentlich die Hemden!«

»Davon habe ich schon gehört«, sagte Hasselmann, wusste aber noch nicht recht, wie er seinem Gesprächspartner die Zunge lockern konnte, falls es nötig wurde. Er brauchte Namen, keine Gerüchte.

»Na, also, dann ran an die Story, junger Mann!«

»Entschuldigen Sie bitte, wenn ich das so sage, aber: Wechselnde Männerbekanntschaften sind heute für sich allein genommen keine Geschichte mehr, die den Leser interessiert.«

»Schlimm genug!«

»Wissen Sie denn, mit wem Frau Reimann ... ? Nun ja, Sie wissen schon.«

»Meinen Sie, ich schreib mir das auf?«

Am anderen Ende der Leitung schnaubte es, aber Hasselmann hatte das Gefühl, dass Müller sehr wohl Namen kannte oder zumindest einige der Männer beschreiben konnte.

»Aber Sie haben doch sicher ...«

Im Hintergrund schlug eine Tür zu.

»Herr Müller? Sind Sie noch dran?«

»Ja«, sagte Müller, nun aber leiser als zuvor. »Aber ich muss jetzt auflegen, meine Frau ist gerade nach Hause gekommen.«

»Einen Namen, bitte, Herr Müller. Sonst kann ich da nichts unternehmen, wirklich. Und das täte uns doch beiden leid.«

Hasselmann hörte im Hintergrund Schritte näherkommen, eine Frauenstimme rief: »Claus?«

Claus Müller sagte nur einen einzigen Namen. Er flüsterte ihn fast, dann legte er schnell auf.

* * *

Herbst kam gerade zwischen Wohnhaus und Garage nach vorn, als Ferry Hasselmann aus seinem Wagen stieg. Er hatte sich in ein etwas zu enges Radlertrikot mit knallbunten Werbeaufdrucken gezwängt und setzte gerade den linken Fuß auf ein Pedal, um sich in den Sattel zu schwingen.

»Herr Herbst?«, fragte Hasselmann. »Sind Sie Herr Herbst?«

»Ja, wieso?«

»Hasselmann ist mein Name, ich bin Reporter und ...«

»Scheren Sie sich zum Teufel«, fauchte ihn Herbst an, schwang sein rechtes Bein über die Mittelstange und fuhr los.

»Ich wollte«, rief Hasselmann ihm hinterher, »mit Ihnen über Bea Reimann reden.«

Herbst fuhr zunächst weiter, als habe er nicht zugehört. Doch dann wurde er nach etwa zwanzig, dreißig Metern langsamer, wendete sein Rad, kam zurück und bremste so knapp vor Hasselmann, dass der Vorderreifen fast das Knie des Reporters berührte.

»Was soll das?«, fragte Herbst und sah Hasselmann wütend an.

»Sie kennen Frau Reimann?«

»Natürlich kenne ich sie. Sie wohnt mit meiner Mutter im selben Haus. Ich meine ...«

»Und von wann bis wann dauerte Ihr Verhältnis mit Bea Reimann?«

»Mein – was?«

Herbst wollte empört abstreiten, aber Hasselmann sah ihn so ruhig an und wirkte so sicher in seinem Wissen, dass Herbst sofort alle Hoffnung fahren ließ. Er sah Hasselmann noch kurz an, dann rollte er mit dem Rad einen Meter zurück, kurvte um den Reporter herum, stieg ab und lehnte es an die Hauswand. Dann ging er zu Hasselmann hin, der ihm mit dem Blick gefolgt war, und baute sich direkt vor ihm auf.

»Was wollen Sie von mir?«

»Ich schreibe über den Mord an Ihrer Mutter. Und da finde ich es interessant, dass der Sohn der Toten ein Verhältnis mit einer direkten Nachbarin hat. Vielleicht sieht das die Polizei ja ganz ähnlich. Und bisher geht die Tendenz in meiner Geschichte dahin, dass das doch sehr verdächtig ist – und womöglich eine Rolle in dem Mordfall spielen könnte.«

»Sind Sie irre?«

»Nein, bin ich nicht. Aber bis Sie mich von etwas anderem überzeugt haben, muss ich im Interesse meiner Leser vom Schlimmsten ausgehen, das verstehen Sie sicher?«

»Sie wollen darüber schreiben?«

Roland Herbst sah richtig wütend aus, und Hasselmann musste sich sehr zusammenreißen, um nicht ein paar Schritte vor diesem immer stärker dunkelrot anlaufenden Mann zurückzuweichen.

»Regen Sie sich nicht auf, Herr Herbst. Ich bin ja extra hier herausgefahren in Ihre dörfliche Idylle, damit Sie Gelegenheit haben, Ihre Sichtweise ausführlich darzulegen. Mir geht es nur darum, die Wahrheit aufzudecken – und wenn Sie mir diese Wahrheit mitteilen können – um so besser.«

Herbst dampfte vor Zorn, er sah Hasselmann weiterhin wütend an, aber der Reporter begann sich ein wenig zu entspannen. Verprügelt würde er fürs Erste wohl nicht.

»Erzählen Sie's mir einfach, Herr Herbst. Das wird Sie erleichtern, glauben Sie mir.«

»Ihnen soll ich das erzählen? Ausgerechnet! Und dann treten Sie das in Ihrem Revolverblatt breit – na, danke.«

»Breitgetreten wird das sowieso, denn die Info habe ich ja. Und bisher habe ich nichts von Ihnen gehört, womit Sie die Affäre abstreiten.«

Herbst dachte nach.

»Ich meine: Diese Bea sieht ja auch ganz knusprig aus«, fabulierte Hasselmann drauflos. Er hatte die Frau bisher noch nicht zu Gesicht bekommen. »Und vielleicht lief es damals ja nicht so toll hier ...«

Hasselmann nickte zum Haus hinüber, um auf Herbsts Ehefrau anzuspielen. Kurz dachte der Reporter, er sei zu weit gegangen, aber Roland Herbst ging nicht auf ihn los, sondern er senkte den Blick und schwieg.

»Soll ich das so notieren, Herr Herbst?«

Herbst sagte nichts, sondern stierte weiter auf den Boden.

»Also ... Bea und Sie ... Wie lange ging das denn?«

Herbst hob den Blick und sah Hasselmann fragend an.

»Na, die Affäre mit Bea.«

»Das war doch keine Affäre«, murmelte Herbst und schien für einen Moment ganz abwesend. »Wir haben drei-, viermal ... tagsüber, als ich nach meiner Mutter gesehen habe. Aber ...«

Er unterbrach sich, dann funkelte es wieder wütend in seinen Augen.

»Scheren Sie sich zum Teufel! Und wenn Sie auch nur ein Wort darüber in Ihrer Zeitung bringen, erschlage ich Sie eigenhändig!«

»So wie Ihre Mutter?«, rief Hasselmann im Wegrennen dem Mann noch zu, bevor er ins Auto sprang und mit breitem Grinsen und durchdrehenden Rädern den Kirschenhardthof wieder verließ.

Im Rückspiegel sah Hasselmann, dass ihm Herbst nicht nachrannte, und kurz darauf war der Mann auch außer Sicht.

Was er nicht sah, war, dass Roland Herbst in sich zusammensank, als habe er mit seinem wütenden Ausruf seine letzte Kraft verbraucht. Er ging in die Knie, hockte vornübergebeugt in der Garageneinfahrt, und ab und zu ließ er ein Schluchzen hören.

In das Schluchzen mischten sich Schritte von Damenschuhen: Heidi Herbst, die das Gespräch von der Terrasse aus teilweise mitbekommen hatte, kam langsam auf ihren Mann zu und sah entsetzt auf ihn hinunter.

* * *

Donnerstag, 8. September

Klaus Schneider parkte seinen gelben Porsche in der Tiefgarage, dann lief er mit großen Schritten die Treppe hinauf und nahm voller Tatendrang immer zwei Stufen auf einmal. Zuerst wollte er sich einen Kaffee holen, dann würde er sich im Soko-Raum auf den neuesten Stand bringen lassen.

Im Flur zum Aufenthaltsraum traf er einen Kollegen von der Sitte, dessen Name ihm gerade nicht einfiel. Er nickte ihm grüßend zu, doch der andere eilte an ihm vorbei und hatte offenbar Mühe, nicht loszuprusten. Schneider blieb stehen und sah dem Kollegen noch kurz nach, doch der lief eilig weiter, klatschte dabei leise rhythmisch in die Hände und begann laut zu lachen.

Schneider schüttelte verwundert den Kopf und ging weiter. Am Kaffeeautomat standen zwei Kollegen vor ihm, er grüßte kurz, die beiden grüßten zurück, ohne sich umzudrehen. Als der eine seine Latte Macchiato in der Hand hielt und auf seinen Kollegen wartete, der noch an den Knöpfen der Maschine hantierte, erkannte er Schneider, flüsterte kurz etwas zu seinem Kollegen und grinste dann breit.

»Guten Morgen«, sagte Schneider, leicht genervt.

»Morgen«, antwortete der andere, so gut er das Wort durch sein breites Grinsen hindurchbrachte.

Die beiden machten, dass sie fortkamen, drehten sich aber nach ein paar Metern noch einmal zu Schneider um, stießen sich an und lachten.

Ganz in Gedanken drückte Schneider den falschen Knopf, und schon lief die berüchtigte Standardbrühe in den Pappbecher. »Plörre to go« hieß die dünne Mischung aus schwachem Kaffee und Kondensmilch – und so schmeckte sie auch. Schneider nahm einen Schluck und schüttelte sich, aber der Kaffee war ihm dann doch zu teuer, um ihn einfach wegzuschütten.

Im Soko-Raum saßen schon Alexander Maigerle, Rainer Ernst und Jutta Kerzlinger beisammen. Sie sahen zu ihm, als er hereinkam, und sofort begannen alle drei zu grinsen.

»Was ist denn heute eigentlich los?«, fragte Schneider. »Habe ich Marmelade im Gesicht oder was?«

»Heute schon gelacht?«, fragte Jutta Kerzlinger und klatschte rhythmisch in die Hände. Vor den drei Kollegen lag eine aufgeschlagene Lokalzeitung auf dem Tisch, und Schneider wurde bleich.

»Schauen Sie sich das mal an«, sagte Ernst und schob ihm die Zeitung hin.

Der größte Artikel auf der Seite war fett mit »Das wäre doch gelacht!« überschrieben, und ganz oben prangte ein großes Foto, das Menschen verschiedenen Alters lachend und klatschend in einem hellen Raum zeigte. Und mittendrin: Klaus Schneider, wie er mitten in der Bewegung, die Hände noch ein paar Zentimeter auseinander, erschrocken, mit aufgerissenen Augen, offenem Mund und eingefrorenem Lachen in die Kamera blickte.

»Das darf doch wohl nicht wahr sein!«, stöhnte er und ließ sich auf einen Stuhl sinken. »Das darf doch wirklich nicht wahr sein!«

Er überflog den Vorspann, las kurz in den Bericht rein – immerhin schien nirgendwo sein Name zu stehen.

»Ist ganz gut geschrieben, der Artikel«, sagte Jutta Kerzlinger. »Und so anschaulich.«

Schneider sah sie strafend an, aber ihr gutmütiges Lächeln besänftigte ihn schnell wieder.

»Ja, ja, machen Sie sich nur lustig über mich. Lachen ist ja so gesund!«

»Wenn man über andere lachen kann, schon«, grinste Maigerle. »Aber Sie wissen ja: Morgen wird damit der Fisch eingewickelt, und dann treiben sie auch schon die nächste Sau durchs Dorf.«

»Na, danke für den schönen Vergleich.«

»Oops«, machte Maigerle und blickte zerknirscht drein. »So war das nicht gemeint, Herr Schneider, tut mir leid.«

»Das will ich hoffen.«

Brummend sah er sich um, blickte zur Pinnwand hinüber.

»Hatte denn irgendjemand auch noch etwas Zeit, sich trotz dieses wunderbaren Artikels um unseren Fall zu kümmern?«

»Ja«, sagte Maigerle und zog die Boulevardzeitung hervor, die unter dem Lokalblatt gelegen hatte. »Hier.«

Schneider überflog auch hier einen Artikel, in dem er als Soko-Leiter vorkam und der sich ansonsten vor allem darum drehte, dass Bea Reimann – alle Namen waren natürlich wie üblich nach dem Muster »Bea R.« abgekürzt – angeblich ein Verhältnis mit dem Sohn des Mordopfers gehabt hatte. Herbst wurde als Vertreter vorgestellt, der offenbar nicht allzu großen beruflichen Erfolg hatte, weil er häufig tagsüber daheim war. Außerdem stehe seine Firma praktisch kurz vor der Insolvenz. Die Geschichte ließ durchblicken, dass ein Sohn in finanziellen Schwierigkeiten durchaus ein Motiv habe, seine wohlhabende Mutter aus Geldgier umzubringen. Und um Herbst vollends als gefühlvolles Monster abzustempeln, gipfelte der Artikel darin, dass Roland Herbst persönlich unter Tränen dem Reporter anvertraute: »Ich bin immer zu Bea rauf, wenn ich nach meiner kranken Mutter gesehen hatte, immer tagsüber. Wir hatten dann Sex, und danach bin ich wieder heim zu meiner Familie.«

Schneider schüttelte den Kopf.

»Kann Herbst so blöd sein, dass er Hasselmann so etwas erzählt? Und dann noch mit diesen Worten?«

»Wir sollten ihn selbst fragen«, schlug Ernst vor.

* * *

Bea Reimann hatte lange mit sich gerungen, bis sie sich zum ersten Mal getraut hatte, Anneliese Kling im Krankenhaus zu besuchen. Aber inzwischen war sie froh, dass sie sich dafür entschieden hatte – denn nach ein paar etwas zähen Gesprächen verstand sie sich nun ganz gut mit der älteren Frau. Und sie hatte es auch überraschend gut aufgenommen, was sie ihr von ihrem Sohn Stefan zu erzählen hatte.

»Das ist ein guter Junge«, sagte sie, »glauben Sie mir.«

Auch heute machte sie sich wieder auf den Weg ins Krankenhaus. Unterwegs traf sie Bekannte, Nachbarn – erstaunlich, wie viele Waiblinger an einem normalen Donnerstag zu Fuß in der Innenstadt unterwegs waren.

Sie machte einen kleinen Umweg, weil sie bei dem schönen Wetter plötzlich Lust auf einen Abstecher ins Grüne hatte. An der Michaelskirche vorbei überquerte sie die Rems und sah zu dem Spielplatz hinüber. Hier war sie sonst immer vollauf damit beschäftigt, ihre Kinder zu bändigen, die über das Holzschiff tobten oder sich weiter hinten auf dem Reifen schlenkernd im Kreis herumschleuderten – nun hatte sie die drei für den Nachmittag der Tagesmutter übergeben und genoss die Ruhe und die Tatsache, dass sie mal nur nach sich selbst schauen musste.

Schließlich ging sie weiter und tauchte beim Bürgerzentrum wieder in den Trubel des Straßenverkehrs ein. Auf den letzten Stufen hinauf zum Krankenhaus war es ihr, als folge ihr jemand. Sie blieb stehen und horchte, dann drehte sie sich um, konnte aber nur noch sehen, wie jemand in einem der Zugänge zur Tiefgarage verschwand.

Dann ging sie weiter, um Anneliese Kling wieder ein wenig Gesellschaft zu leisten.

Hinter ihr schlüpfte eine Gestalt aus dem Zugang zur Tiefgarage und folgte ihr in einigem Abstand bis hinauf in den Flur, wo Bea Reimann nach kurzem Klopfen das Krankenzimmer von Anneliese Kling betrat.

* * *

Schneider und Ernst hatten sich nicht angemeldet, und tatsächlich sah es ganz danach aus, als sei niemand zu Hause: Roland Herbsts Garage stand offen, und sie war leer.

Schneider klingelte, und Ernst ging zwischen Garage und Wohnhaus hindurch in den Garten.

»Herr Schneider!«, rief Ernst, und Schneider ging zügig hinters Haus.

Vor ihnen saß Roland Herbst. Er heulte, hatte verquollene Augen, und seine Wangen glühten wie Feuer.

»Sind das die Abdrücke von der Hand Ihrer Frau?«, fragte Schneider, als er sich die roten Flecken in dessen Gesicht aus der Nähe angesehen hatte.

Herbst nickte, schniefte und heulte weiter.

»Sie hat den Artikel gelesen?«

Herbst nickte wieder.

»Und jetzt ist sie fort?«

»Ja«, brachte Herbst schließlich mit erstickter Stimme hervor. »Die Kinder hat sie mitgenommen.«

»Das sollte Sie aber nicht überraschen, Herr Herbst.«

Schneider zog sich einen Gartenstuhl heran und setzte sich.

»Herr Herbst, wie konnten Sie nur mit diesem Reporter reden? Der gilt als nicht besonders zimperlich – das wissen Sie ja jetzt auch selbst.«

»Ich hab das so niemals gesagt«, beteuerte Herbst. »Der hat mir alles in den Mund gelegt!« Dann schniefte er noch einmal. »Na ja, fast alles ...«

»Stimmt es denn, was er geschrieben hat? Ich meine, die Details Ihrer ... Affäre.«

»Ja. Das ging aber nicht lange. Ich hatte vor etwa zwei Jahren häufiger im Haus meiner Mutter zu tun. Es ging ihr schlechter, und meine Schwester und ich haben uns abgewechselt und regelmäßig nach ihr geschaut.«

»Das hat uns Ihre Schwester erzählt.«

»Und einmal bin ich Bea begegnet, sie war gerade auf dem Weg aus dem Keller hoch, und ich kam aus der Wohnung meiner Mutter. Na ja, ich sah wohl ziemlich geschafft aus. Wir haben uns kurz unterhalten, und sie hat mich gefragt, ob ich auf einen Kaffee mit nach oben kommen möchte.«

Schneider rollte mit den Augen. Auf einen Kaffee nach oben kommen ...

»Ich bin mit ihr hoch, wir haben Kaffee getrunken, haben uns nett unterhalten, und ich bin wieder raus. So ging das ein paar Mal.«

Schneider sah ihn verblüfft an: »Sie haben Kaffee getrunken? Aber das ist doch keine Affäre!«

»Beim dritten Mal wollte ich gerade raus, da sind wir im Flur auf dem Weg zur Tür kurz aneinandergestoßen ... Für mich war das wie ein Blitzschlag. Sie roch so gut, sah klasse aus ... Wir standen eine Weile nur so da und haben uns angestarrt, dann ... Wissen Sie, meine Frau ... die hatte damals Stress mit den Kindern, und in meiner Firma gab es die ersten Gerüchte, wir machten uns Sorgen wegen des Hauses ... Bei Bea war das alles kein Thema. Da war alles leicht und ohne Probleme, nur wir beide ... Danach bin ich dann noch auf einen zweiten Kaffee geblieben – und von da an habe ich mich jedes Mal zunächst um meine Mutter gekümmert, dann bin ich hoch zu Bea.«

Schneider und Ernst sahen sich an, sagten aber nichts.

»Dann hat sie hinterher manchmal von ihrem Mann erzählt, und dass sie es satt habe, allein zu leben mit den Kindern und so ... Dabei hat sie mich immer so komisch angesehen, als wolle sie prüfen, wie ich reagiere. Na ja ... ich hab reagiert: Ich bin gegangen und hab meine Schwester gebeten, die Hausbesuche künftig für mich zu übernehmen. Ich erzählte ihr etwas von ungünstigen Touren und viel Arbeit – und weil ich ihr dafür Mutters Papierkram komplett abgenommen habe, war sie auch schnell einverstanden.«

»Und dann?«

»Nichts. Ich bin nicht mehr hin, und Bea habe ich seither nicht mehr gesehen.«

* * *

Ernst verabschiedete sich gleich nach der Ankunft in Waiblingen. Für heute stand nichts mehr an, und er hatte sich mit Sabine verabredet, um endlich mal wieder einen ruhigen Abend mit ihr zu verbringen.

Daheim in Ebni hatten sie die Handwerker. Rainer Ernsts Eltern ließen ihre Wohnung im Erdgeschoss aufwendig renovieren, und zum Wald hin wurde ein großzügiger Wintergarten angebaut. Bei dieser Gelegenheit bekam Ernsts Wohnzimmer direkt darüber einen großen Balkon mit wunderschönem Ausblick auf den Schwäbischen Wald. Das Ergebnis würde sicher atemberaubend werden – aber im Moment nervten Krach und Staub einfach nur.

Anfangs hatte sich Ernst noch gesträubt, dass seine Wohnung jetzt ganz offensichtlich für zwei Personen ausgelegt wurde – doch dann war er vor allem nur froh gewesen, dass Sabine ihm die kurze, aber sehr leidenschaftliche Affäre mit Zora Wilde verzieh, und er war mit allem einverstanden.

Ein reguläres Doppelbett ersetzte nun sein altes King-Size-Einzelbett. Die neue Badewanne hatte Zu- und Abfluss in der Mitte, damit sich zwei Personen in der Wanne gegenübersitzen konnten, ohne dass einer den Wasserhahn im Rücken hatte oder auf dem Stöpsel saß. Schaufensterfigur Natascha, wie er seine erstaunlich lebensecht wirkende Kleiderpuppe insgeheim getauft hatte, stand im Keller neben den Tonröhren mit den Weinflaschen – es war ihm zu peinlich gewesen, die Figur nach dem neuerlichen Einzug von Sabine ein zweites Mal ins Revier nach Schorndorf zu bringen.

Dafür stand Humphrey Bogart wieder im Wohnzimmer, in Pappe, lebensgroß und mit dem Trenchcoat aus »Casablanca«. Sabine hatte ihr Meißener Porzellan im Schrank gestapelt, und Ernsts Sammlung von Kaffeetassen mit Werbemotiven aus Action-Filmen hatte sie in die Küche verbannt. Es gab Duftschälchen auf der Toilette und grünen Tee im Vorratsschrank, im Kühlschrank hatten Aperol und Piccolos Vorfahrt vor Weizenbier und Riesling – aber Ernst störte sich daran weniger, als er befürchtet hatte.

Arm in Arm schlenderten Sabine und Ernst durch die Grünanlagen. Es war noch schön warm, und im Schatten der großen Bäume frischte ab und zu ein angenehm kühler Windhauch die Luft etwas auf. Schließlich überquerten sie den Mühlkanal auf einer kleinen Brücke, und rechter Hand sahen sie die bootsförmige Terrasse vor sich, auf der er den Abend mit Sabine verbringen wollte.

»Schön«, sagte Sabine und strahlte.

Sie ließen die Brücke hinter sich, gingen kurz vor dem Bädertörle nach rechts in die Tapas-Bar, an der Theke vorbei hinaus in den Außenbereich und von dort auf die hölzerne Terrasse.

In der Nähe des »Bugs« waren noch zwei Plätze frei. Sabine bestellte sich einen Vinho Verde, und Ernst unter Sabines leisem Protest ein Hefeweizen. Sie ließen sich Garnelenspieß und Fischkroketten, gemischtes Grillgemüse und Oliven schmecken. Gegen später kam die Bedienung und brachte Brot, Sardellen und eine ziemlich scharf aussehende Wurst.

»Paprikawurst aus Galicien«, sagte sie, als sie Ernsts fragenden Blick bemerkte, und kam gleich darauf noch einmal mit Wein und Bier an den Tisch.

»Weißt du, Rainer«, plauderte Sabine unterdessen fröhlich drauflos, »die Wohnung ist jetzt schon viel schöner als früher. Findest du nicht auch?«

Ernst nickte mechanisch – was sollte er ihr auch von seinen Motivtassen vorschwärmen, wenn sie es doch nicht verstand. So hatte er wenigstens seinen Frieden. Er hatte sein ausgeglichenes Privatleben, und Sabine war ja auch eine ganz Nette.

»Und ich finde, dass die Wohnung für uns beide auf jeden Fall groß genug ist«, plauderte sie weiter.

Ernst griff nach der scharf aussehenden Wurst und schnitt sich ein Stückchen ab.

»Eigentlich ist sie sogar etwas zu groß, nur für uns beide«, sagte Sabine und strahlte Ernst so lange an, bis der endlich den Blick hob.

Weil er die Bewegung schon begonnen hatte, steckte Ernst das Wurststück noch vollends in den Mund und begann zu kauen.

»Magst du mal fühlen?«, fragte Sabine lächelnd und legte sich die Hände sanft auf den Bauch.

Ernst kaute noch kurz, dann verschluckte er sich, ihm schoss das Wasser in die Augen, er trank Bier nach, hustete noch mehr und kam erst wieder halbwegs zu Atem, als Sabine erschrocken aufgesprungen war und ihm ein paar Mal mit der flachen Hand auf den Rücken geklopft hatte.

»Geht's wieder, Rainer?«

»Ja, ja, geht wieder«, brachte er mühsam hervor.

Sabine setzte sich, sah ihn besorgt an und nippte an ihrem Wein.

»Dass diese Wurst auch so scharf sein muss«, sagte sie dann.

Ernst sagte nichts. So scharf war die Wurst nicht gewesen. Aber mit dem, was Sabine ihm eben zu verstehen gegeben hatte, musste er erst noch zurechtkommen.

* * *

Schneider saß an seinem Schreibtisch, rührte ab und zu in seinem kalt gewordenen Kaffee, sah zum Fenster hinaus und ging in Gedanken immer wieder die Nachbarn von Frau Herbst durch.

Mit Stromer, dem alten Säufer, hatte sie wohl eher Mitleid als Probleme – der schied als Verdächtiger eigentlich aus. Und so mitgenommen, wie der nach dem Auffinden der Leiche gewirkt hatte, konnte sich Schneider auch nicht vorstellen, dass er die Nerven dazu hatte, Frau Herbst erst zu erschlagen, zurück in seine Wohnung zu gehen, etwa eine halbe Stunde lang zu warten, sie dann tot »aufzufinden« und die Polizei beziehungsweise in diesem Fall das Krankenhaus anzurufen.

Die Strobels waren unbeliebt bei Frau Herbst, aber sie machten auch den Eindruck, dass sie sich nicht viel um die Meinung anderer scherten – keine schlechte Einstellung, fand Schneider, und im Grunde genommen der beste Weg, wirklichem Ärger aus dem Weg zu gehen.

Und Sylvia Heinze? Ihr hatte Roswitha Herbst das Kehrwochenschild neben die Tür gehängt, weil sie nicht sauber genug gekehrt und gewischt hatte. War das ein Motiv für einen Mord? Eher nicht, auch wenn vieles darauf hindeutete, dass die beiden Frauen in den vergangenen Jahren immer wieder mal wegen irgendetwas aneinandergeraten waren.

Die Müllers waren Spießer. Sie war neugierig und geschwätzig, aber vor allem er war ein ziemlich unangenehmer Zeitgenosse – doch ob er wütend oder verschroben oder was auch immer genug war, um eine Nachbarin zu erschlagen? Und welches Motiv hätte er haben können?

Stratmans könnte man wegen der testamentarischen Begünstigung seines skurrilen Vereins ein Motiv unterstellen – aber offensichtlich hatte er nicht gewusst, dass ihn Frau Herbst bedacht hatte.

Das Ehepaar Hummler: ruhig und unauffällig. Natürlich verbargen sich oft hinter den beschaulichsten Kulissen die übelsten Winkel – aber die beiden oder einer von ihnen Mörder? Schneider hatte Schwierigkeiten, sich das vorzustellen.

Bea Reimann hatte sich von der Affäre mit Roland Herbst erhofft, einen neuen Lebensgefährten zu finden, und dann hatte Herbst mit ihr Schluss gemacht. Nein, nicht einmal das: Er kam einfach nicht mehr zu ihr, der feige Kerl. Vielleicht hatte sie deshalb seine Mutter zur Rede gestellt, vielleicht war es zum Streit gekommen, vielleicht ... aber hatte Bea Reimann ein Motiv, Frau Herbst auf eine Weise zu erschlagen, die zumindest in den Minuten vor der Tat auf ruhiges, planvolles Vorgehen schließen ließ?

Schneider blätterte in den Unterlagen über die Nachbarn, die er aus dem Soko-Raum mitgenommen hatte, um einmal allein und ungestört über alles nachzudenken.

Es war erstaunlich, wie viel die Kollegen über die Bewohner des Hauses zusammengetragen hatten. Die Notizen über Freya und Susanne Strobel gaben ihm kurz einen Stich, aber er hatte sich schnell wieder im Griff. Stratmans, Stromer, Bea Reimann, Sylvia Heinze, die Hummlers, das Ehepaar Müller. Es waren kurz zusammengefasste Lebensgeschichten, natürlich lückenhaft, aber doch oft auch etwas deprimierend. Was sie alle sich wohl eigentlich vom Leben erhofft hatten?

Besonders hart hatte es Sylvia Heinze getroffen. Die Schwiegereltern waren 1993 durch einen Verkehrsunfall ums Leben gekommen. Ihr Mann Robert starb 1999, als er in seinem Elternhaus in Schwaikheim die Kellertreppe hinunterstürzte. Ihre Mutter kam ums Leben, weil sie trotz einer ausgeprägten Allergie gegen Nüsse Weihnachtsplätzchen mit geriebenen Nüssen gegessen hatte – ein schreckliches Versehen mit schnellen, tödlichen Folgen.

Schneider schob die Unterlagen zur Seite und sah wieder eine Weile zum Fenster hinaus. Früher hatte ihm das manchmal bei schwierigen Ermittlungen geholfen: sich einfach zurücklehnen, die Gedanken von der Leine lassen, den Blick in unbestimmte Ferne richten – in Karlsruhe war das fast schon eine Marotte von ihm geworden, die ihn, davon war er überzeugt, in manchem Fall auf die richtige Fährte gebracht hatte.

Später, als er die Leitung der damaligen Kripo-Außenstelle in Schorndorf übernahm, hatte er sich so sehr darauf konzentrieren müssen, sich als neuer Chef und obendrein als »Reig'schmeckter« im Schwäbischen zu behaupten, dass er nur noch selten die Gedanken lange genug treiben ließ.

Meine Güte: Knapp vier Jahre war das jetzt erst her; nächsten Monat, im Oktober, hatte er Rems-Murr-Jubiläum, sozusagen.

Ob er es mal wieder versuchen sollte? Schneider dachte ein bisschen nach. Er sah auf die Uhr, öffnete kurz den Kalender auf seinem Handy – keine Termine mehr für heute. Er tippte sich im Menü zu seiner privaten Telefonnummer und sprach seiner Frau auf den Anrufbeantworter, dass es heute etwas später werden würde. Dann schaltete er das Handy ab, fuhr den PC herunter, zog den Stecker seines Telefons, schloss die Tür und stellte sich vor das Glasregal, das sonst von der offenstehenden Zimmertür vor den Blicken seiner Kollegen und Besucher verborgen war.

Säuberlich aufgereiht standen hier Modellautos in verschiedenen Größen und Farben, aber alle von derselben Marke wie sein Oldtimer. Er nahm sich eines der kleinen Autos heraus, fuhr mit der Fingerkuppe einige der liebevoll gearbeiteten Details nach und ließ seinen Gedanken freien Lauf.

Es machte Spaß, mal wieder so zu arbeiten. Und es fiel ihm ein, dass er das auch in Schorndorf schon einmal probiert hatte. Und über einen kleinen Umweg hatte das auch damals zum Erfolg geführt.

Schneider lächelte und wartete seelenruhig darauf, welche Gedanken oder Ahnungen in ihm aufsteigen würden.

* * *

Bea Reimann stand wieder am Fenster und sah zu Stefan Klings Wohnung hinunter. Er war noch nicht nach Hause gekommen, aber sie konnte warten. Der Artikel in der Zeitung hatte ihr schwer zugesetzt, auch Stefan dürfte er wehgetan haben – aber sie mussten unbedingt miteinander reden. Vielleicht würde sie sich heute am Abend doch noch trauen, zu ihm hinüberzugehen und mit ihm zu reden.
»Mama?«
Sie drehte sich um. Finn stand vor ihr und hielt ihr einen blutverschmierten Zeigefinger hin.
»Na, Schatz, hast du wieder Nasenbluten?«
Bea Reimann ging in die Hocke, nahm ihr Kind kurz in den Arm, dann gingen beide hinüber ins Badezimmer.

* * *

Irgendwann durchfuhr es Schneider wie ein Stromstoß.
Die Spätzlespresse war nicht zufällig zum Tatwerkzeug geworden. Sie passte zur Situation: Eine Hausfrau kommt mit Saft und Marmelade zu ihrer Wohnungstür und wird mit einem Küchenwerkzeug erschlagen. Und auch wenn diesmal die Möglichkeit eines Unfalls ganz klar ausschied, ergab sich doch möglicherweise eine Verbindung zu anderen Todesfällen, die vielleicht bisher nur nicht als Morde erkannt worden waren.
Er stellte das Modellauto ins Regal zurück, wo es schweißnass auf seinem alten Platz zum Stehen kam. Dann ging er zurück zum Schreibtisch, blätterte schnell durch einige der Unterlagen. Er fand die gesuchten Daten und nickte. Schließlich hob er das Telefon ab – aber die Leitung war tot.
Erst war er irritiert, dann fiel ihm wieder ein, dass er für seine Denkpause alle Verbindungen zur Außenwelt gekappt hatte. Er steckte die Telefonschnur wieder ein, schaltete das Handy wieder an, fuhr den Rechner hoch. Dann sah er auf

die Uhr – und wusste, dass ihm heute keiner mehr die gewünschten Informationen beschaffen konnte.

Also ging Schneider in den Soko-Raum hinüber, der im Halbdunkel der Nachtbeleuchtung lag und in dem nur noch zwei PCs im Ruhezustand vor sich hin summten. Er nahm einen Zettel, schrieb eine etwas längere Anweisung auf und legte den Zettel in das Körbchen, dass für die schnell zu erledigenden Aufgaben reserviert war.

Dann ließ er noch kurz seinen Blick über die leeren Arbeitsplätze schweifen, über die Pinnwand und die Flipcharts, auf der sie alle möglichen Verbindungen und Ansätze für weitere Ermittlungen aufgemalt, markiert oder angeheftet hatten.

Fast alle.

Langsam und nachdenklich ging Schneider hinunter in die Tiefgarage, und langsam ließ er seinen Porsche aus dem Parkdeck, durch den Innenhof und schließlich auf die alte B14 rollen.

Als er nur noch knapp einen Kilometer von zu Hause entfernt war, fuhr er rechts ran und machte den Motor aus. Er schloss den Wagen ab und ging ein Stück in den Wald hinein. Dahinter, unten im Tal, lag Schornbach und dahinter die Stadt Schorndorf selbst, seine erste Station im Rems-Murr-Kreis. Aber hier oben, auf einem der Plateaus der Berglen, rauschte der Wind mit Kraft durch die Blätter und bog die Äste hin und her.

Klaus Schneider blieb stehen und wartete darauf, dass sich seine Augen an die Dunkelheit gewöhnten, die ihn auf seinem Weg in den Wald schon nach fünfzig, hundert Metern verschluckt hatte.

Ganz allmählich schälten sich Konturen aus der Nacht. Irgendwo trat etwas auf einen Ast, und dann war es Schneider, als würden mehrere Lebewesen mit schnellen Schritten zwischen den Bäumen davonrennen. Ein Baum rechts von ihm trug unterhalb einer Astgabel einen Nistkasten, und ein paar Meter weiter waren entrindete Holzstämme aufgestapelt.

Dahinter stand ein Baum mit besonders mächtigem Stamm, der sich in etwa drei Metern Höhe verzweigte und dann im Dunkel verschwamm.

Schneider stand noch zwei, drei Minuten stumm auf dem Weg und schnupperte. Die Waldluft war frisch und würzig, der Wind hatte sich fast ganz gelegt. Dann hörte er aus Richtung des großen Baums ein paar leise, kratzende Geräusche, direkt danach Flügelschlagen, und es war wieder still um ihn herum. Angestrengt starrte er nach oben, aber außer einer Lücke zwischen den Laub- und Nadelbäumen über ihm, durch die er den etwas helleren Nachthimmel sehen konnte, war nichts zu erkennen.

Schließlich drehte er wieder um und ging zurück zu seinem Wagen. Er hatte morgen einen anstrengenden Tag vor sich. Aber möglicherweise auch einen sehr erfolgreichen.

Der Marder saß noch immer enttäuscht auf der Astgabel des mächtigen Baumes und blickte frustriert und hungrig um sich. Der Habicht saß ein Stück höher auf einem der nächsten Bäume. Er hörte die sich entfernenden Schritte Schneiders, die ihn aber nicht sonderlich interessierten. Eine Weile lauschte er noch, ob womöglich das kratzende Geräusch des kletternden Marders wieder zu hören war, dann entspannte er sich.

***

Stefan Kling hatte sich im Soko-Raum noch in einige Akten vergraben, aber er konnte sich kaum auf das konzentrieren, was da vor ihm auf dem Papier stand. Der Artikel über Roland Herbst und Bea Reimann wollte nicht aus seinem Kopf – immer wieder lächelte Bea ihn in seinen Gedanken an, gleich darauf zogen Herbsts Worte vor seinem geistigen Auge vorüber, und Beas Gesicht zerplatzte wie eine Seifenblase.

Als er daheim auf der Couch saß und ein Bier nach dem anderen trank, wartete er darauf, dass er endlich diese Bilder aus dem Kopf bekam. Die tote Frau Herbst. Seine Mutter im Krankenhaus. Bea mit diesem Roland Herbst.

Er stellte sich ans Fenster und sah hinauf zu Beas Wohnung. Sie war dunkel, natürlich, so spät in der Nacht. Dann war es ihm, als hätte er kurz hinter einem der Fenster eine Bewegung bemerkt, aber dann wieder: nichts. Wahrscheinlich hatte er sich das nur eingebildet.

Er stand, trank, starrte hinauf. Und irgendwann drehte er sich um und schlurfte ins Schlafzimmer hinüber.

* * *

Freitag, 9. September

Heydrun Miller saß am Telefon und gab Schneider, als er morgens den Soko-Raum betrat, ein Zeichen. Er ging zu ihr, setzte sich auf die Kante ihres Schreibtischs und wartete, bis sie auflegte.

»Zwei Sachen hab ich schon«, sagte sie und deutete auf den Zettel, den sie heute morgen vorgefunden hatte. »Noch ein, zwei Telefonate, dann sollte ich genug beisammen haben, damit Sie loslegen können.«

»Sehr gut, Frau Miller, danke. Geben Sie mir dann bitte gleich Bescheid?«

Dann ging er zu Ernst, um ihm von der Idee zu erzählen, die ihm gestern Abend gekommen war.

* * *

Unruhig ging sie in ihrer Wohnung auf und ab.

Der Handschuh war entsorgt, die Tatwaffe hatte sie mit bloßen Händen nicht angefasst, und im Treppenhaus war zur Tatzeit außer ihr und Roswitha Herbst niemand gewesen. Sie war zwar gleich nach dem Schlag in ihre Wohnung zurückgekehrt, hatte dort aber lange hinter der Tür gestanden und gehorcht – und erst eine halbe Stunde später war das erste Geräusch durchs Treppenhaus gehallt: Sepp Stromers gellender Schrei, als er die Tote zwischen seiner und ihrer Wohnungstür liegen sah.

Natürlich ließ die Polizei nicht locker. Aber sie konnten eigentlich keinen Beweis haben, konnten keine Spur entdecken, die zu ihr führen würde. Sie war sich ziemlich sicher.

Nur einen Punkt gab es, der ihr Sorgen machte: Sie war gesehen worden, möglicherweise: durch das Flurfenster neben der Haustür. Draußen war Frau Kling vorbeigegangen, gestützt von einem jungen Mann, der ihr vage bekannt vorkam. Eigentlich sollte man sie von der Straße her nicht sehen können, wie sie in Roswitha Herbsts Wohnungstür stand. Aber die beiden hatten kurz herübergeschaut, waren sogar stehengeblieben, weitergegangen und hatten dann noch einmal zurückgeschaut.

Was, wenn Anneliese Kling sie gesehen und erkannt hatte? Was, wenn der junge Mann sie gesehen hatte?

Zu dem Mann fiel ihr nichts weiter ein: Sie wusste nicht, wo er wohnte; und vermutlich wusste er von ihr nicht mehr als sie von ihm – höchstens in einer Gegenüberstellung könnte er ihr gefährlich werden. Und dazu musste die Polizei sie erst einmal wirklich im Verdacht haben.

Und Anneliese Kling? Möglicherweise hatte die sie ja gar nicht erkannt, möglicherweise aber doch – die Nachbarin blieb ein Risiko.

Vielleicht war heute der richtige Tag für einen Spaziergang zum Krankenhaus. Den Weg zu Anneliese Klings Krankenzimmer kannte sie ja.

* * *

»Also, Kollegen, dann will ich euch mal erzählen, was mich seit gestern Abend nicht mehr loslässt.«

Schneider sah kurz in die Runde, die Soko war komplett versammelt, auch Staatsanwalt Feulner war gekommen.

»Wir haben hier alles Mögliche notiert und markiert, wovon wir uns Ermittlungsansätze versprechen oder versprochen haben.«

Er deutete nacheinander auf einige der Skizzen, Notizen und Fotoausdrucke.

»Wir haben uns die Kinder der Toten vorgenommen, haben diesem Stratmans wegen seiner Stiftung auf die Finger geklopft, und wir haben immer und immer wieder auch die anderen Bewohner dieses Mehrfamilienhauses unter die Lupe genommen. Aber wir drehen uns im Kreis. Keiner mochte Frau Herbst, manche zeigten ihr das offen, andere nicht – aber letztlich hatte keiner ein richtiges Motiv, diese Frau zu erschlagen. Kein Motiv, wie wir es kennen: Habgier, Hass, Liebe, all so was – eigentlich Fehlanzeige.«

Maigerle wollte etwas sagen, aber Schneider hob die Hand.

»Gut: Stratmans scheint mir etwas gierig zu sein, aber letztlich können wir ihm nicht vorwerfen, dass er von Frau Herbst im Testament bedacht worden ist – und er scheint davon auch nichts gewusst zu haben.«

»Stimmt wohl«, gab Maigerle zu. »Und die Kinder?«

»Tja, die Kinder von Frau Herbst wollten an ihr Geld, und sie hatten finanziellen Druck, Streit gab es auch und sie hatten aus ihrer Sicht allen Grund, auf die Mutter wütend zu sein – aber sie haben ein Alibi.«

»Schade eigentlich«, sagte Ernst und grinste. »Oder, Herr Schneider?«

Feulner hob eine Augenbraue.

»Ja, schade eigentlich.«

»Warum das denn?«, fragte Feulner.

»Ach, die Tochter von Frau Herbst und vor allem ihr Mann sind ... in ihren Ansichten etwas ... nun ja: speziell.«

»Wie: speziell?«

»Sie haben ein Problem damit, dass hier nicht nur Häberles und Pfleiderers wohnen. Und Frauen mit Kopftuch sind ihnen wohl auch suspekt ...«

»Verstehe«, nickte Feulner und blickte finster drein. Dann hellte sich seine Miene auf, und er sagte spöttisch: »Wobei Frauen mit Kopftuch ja so schwäbisch sind, wie es nur geht.«

* * *

Ein, zwei Minuten lang stand sie stumm und starr hinter der Tür. Sie lauschte hinaus auf den Flur, aber dort war niemand mehr zu hören. Und hier drin lag nur Anneliese Kling, atmete leise und regelmäßig, und einige medizinische Gerätschaften gaben ihre monotonen Geräusche von sich.

Sie ging behutsam bis ans Fußende des Bettes, dann lächelte sie zufrieden. Aus Anneliese Klings linkem Arm verlief ein Schlauch nach oben, wo er in einen Beutel mit Infusionsflüssigkeit mündete.

Langsam zog sie ihre Hand aus der rechten Tasche ihrer Strickweste. Noch einmal sah sie sich zur Tür hin um, noch einmal lauschte sie, dann trat sie neben die schlafende Anneliese Kling, entriegelte die Geflügelschere und durchtrennte schnell und geschickt die Infusionsleitung.

Anneliese Kling schien es nicht zu bemerken, sondern schlief noch immer. Kurz betrachtete sie die schlafende Frau, sie wirkte ruhig und keinesfalls so, als würde ihr der durchtrennte Infusionsschlauch irgendwelche Probleme bereiten.

»Tja«, dachte sie. »Das scheint nicht zu reichen.«

Sie klappte die Geflügelschere wieder zu, verriegelte sie und nahm sie wie einen Dolch in die Hand. Damit beugte sie sich ein wenig über die schlafende Frau. Anneliese Kling atmete. Ein, aus, ein, aus, ganz regelmäßig und ruhig. Schließlich trat die andere wieder einen Schritt zurück und steckte die Schere in ihre Westentasche.

Sie sah sich nach einem Kissen um, mit dem sie die Kranke ersticken könnte, ging aber dann in das kleine Badezimmer, um einen Waschlappen zu nehmen. Dabei streifte ihr Blick ihr Spiegelbild, und sie zögerte.

Zwei, drei Minuten stand sie reglos da, sah in den Spiegel und dachte nach. Schließlich legte sie den Waschlappen wieder weg, huschte hinaus zur Tür, schaute kurz nach links und nach rechts und ging dann mit zügigen, aber nicht auffallend schnellen Schritten den leeren Flur entlang.

* * *

»Ich hatte ja schon erwähnt, dass wir bisher für niemanden ein Motiv gefunden haben, wie wir es bei Mord erwarten. Aber was wäre, wenn der Mörder oder die Mörderin zwar ein Motiv hätte, wir aber das Motiv nicht erkennen oder als nicht ausreichend für so etwas Schwerwiegendes wie Mord einstufen würden?«

Schneider sah in die Runde. Alle bis auf Ernst, mit dem er seine Idee vorher durchgesprochen hatte, blickten ihm fragend entgegen.

»Ich bin nun kein Psychologe, aber wenn ich mir bei einer der Personen, die wir bisher ohne Ergebnis überprüft haben, einige an sich erst einmal unverdächtige Details ansehe und sie in Verbindung setze, könnte das durchaus ein Bild ergeben. Ein Bild, das uns auf die entscheidende Spur bringt. Auf die Spur, mit der wir herausfinden, wer Frau Herbst erschlagen hat. Obwohl es, wenn meine These stimmt, sehr schwer wird, das auch zu beweisen.«

»Jetzt spannen Sie uns nicht weiter auf die Folter«, sagte Feulner. »Wen haben Sie denn nun im Verdacht?«

Schneider nannte den Namen, und von den meisten in der Runde erntete er ungläubiges Erstaunen.

* * *

»Schnell!«, rief Schwester Clara und war schon wieder aus dem Stationszimmer gerannt.

Ihre Kollegin folgte ihr zu Anneliese Klings Zimmer. Die Patientin wachte gerade auf, sah verblüfft zu den beiden sichtlich aufgeregten Krankenschwestern, und in ihrem Blick kam Panik auf.

»Ruf den Arzt, Clara«, kommandierte die Kollegin und redete dann beruhigend auf Frau Kling ein.

* * *

Wolle hatte diesen Reporter noch einmal getroffen, direkt vor dem Kino. Er hatte ihm hinterhergerufen und hatte Honorar für sein Zitat verlangt. Die Zeitung mit dem Artikel, in dem »Nachbar Wolfgang M.« als Zeuge zitiert wurde, hatte er am Montagabend aus einem Papierkorb am Bahnhof gezogen.

Nun tappte Wolle in den Supermarkt beim Bürgerzentrum, und den Zwanziger in seiner Tasche knetete er wieder und wieder mit seinen Fingern durch. Das würde für ein paar Fläschchen reichen, und morgen würde man weitersehen.

Er bückte sich und zog aus dem Spirituosenregal den billigen Sprit, der sich schon so oft bewährt hatte. »Volle Drehung, kleiner Preis«, hatte Jupp immer gesagt und hatte dabei gelacht. Und er hatte sich an sein Motto gehalten, bis er endlich unter der Brücke liegen geblieben war.

* * *

Schneider verteilte die Aufgaben, Heydrun Miller stattete die einzelnen Teams mit den nötigen Unterlagen und Adressen aus, und die Beamten schwärmten aus.

Ernst und Schneider wollten noch ein paar Berichte durchsprechen, um auf die entscheidende Vernehmung vorbereitet zu sein, wenn die Kollegen wieder in der Polizeidirektion eintreffen würden.

»Herr Schneider?«

Sie sahen Stefan Kling. Er war mit Maigerle hinausgegangen, um einen Arzt in Schwaikheim nach den genaueren Umständen eines Todesfalls von vor einigen Jahren zu befragen – nun stand er in der Tür, zitterte wie Espenlaub und war blass wie eine Wand.

»Meine Mutter«, brachte er hervor. »Kann ich zu ihr?«

»Ja, klar, was ist denn?«

»Es hat wohl jemand versucht, sie umzubringen.«

Maigerle erschien hinter Kling und nickte Schneider zur Bestätigung zu.

»Wir würden gleich rüberfahren zum Krankenhaus«, sagte Maigerle. »Geht das klar?«

»Natürlich geht das klar, los, beeilen Sie sich! Herr Kling, wie geht's ihr?«

»Kommt wohl durch.«

»Gut, ich drücke Ihnen die Daumen. Lassen Sie Ihre Unterlagen da, den Arzt in Schwaikheim übernehmen Ernst und ich. Frau Miller, können Sie den Kollegen noch drei, vier Leute als Verstärkung hinterherschicken?«

»Schon in Arbeit«, sagte Heydrun Miller und hob das Telefon ab.

Kling und Maigerle rannten nach draußen.

»Sollen wir zuerst auch noch kurz ins Krankenhaus?«, fragte Ernst.

»Nein, das schaffen die schon ohne uns. Wir sollten jetzt dringend mit dem Arzt reden und möglichst schnell herausfinden, ob wir wirklich auf der richtigen Spur sind.«

* * *

Jutta Kerzlinger blätterte den Bericht noch einmal durch.
»Und die beiden waren sofort tot?«
»Ja«, sagte Polizeioberkommissar Horst Mühlgruber vom Polizeiposten Welzheim, »ich hab den Unfall damals selbst aufgenommen. Üble Geschichte – und einfach so.«
»Überhöhte Geschwindigkeit, steht in Ihrem Bericht.«
»Ja, aber das waren ja keine Anfänger mehr: Zwei ältere Herrschaften – da stellt man sich doch vor, dass die eher gemütlich unterwegs sind. Und dann so was ...«
»Und die sind auf dem Weg von Welzheim her hinunter ins Wieslauftal von der Straße abgekommen?«
»Ja, in der Rechtskurve hier.« Er deutete auf einen Punkt auf der Straßenkarte. »Und dann mit Karacho den Hang hinunter Richtung Wieslauf.«
»Wurde am Wagen etwas Auffälliges gefunden?«
»Nein, das Auto war nicht mehr in einem Zustand, dass Sie da etwas hätten finden können. Das hat sich auf dem Weg hinunter ein paar Mal überschlagen – wir haben einiges aus dem Auto überall verstreut gefunden. Eine Jacke, einen Schirm, eine Klorolle, einen Wackeldackel – was man sich halt so vorstellt. Die beiden selbst steckten noch drin in dem Blechknäuel, waren vorschriftsmäßig angeschnallt – aber das sah aus ...«
»Und es deutete nichts darauf hin, dass sich jemand irgendwie an dem Auto zu schaffen gemacht hatte?«
»Sie meinen ... ?« Mühlgruber dachte nach. »Das wär ja ein Ding!« Dann schüttelte er den Kopf. »Nein, da hat niemand etwas in dieser Richtung festgestellt – aber wie gesagt: Das Wrack sah ziemlich übel aus, ob da nun wirklich alles noch bis ins kleinste Detail nachvollziehbar war ...«

* * *

Die Frau wischte die Geflügelschere langsam und gründlich immer und immer wieder mit einem Geschirrtuch ab. Längst waren die beiden Klingen sauber, aber das Ganze hatte auch etwas Rituelles für sie – ohnehin hatte die Infusionsflüssigkeit, die beim Durchschneiden der Schläuche im Krankenhaus austrat, kaum Spuren hinterlassen.

Schließlich legte sie die Geflügelschere zurück in die Besteckschublade, ging hinüber ins Wohnzimmer, setzte sich auf die Couch und pfiff vergnügt einen Song der Beatles, der ihr seit Jahren immer wieder in den Sinn kam: »Maxwell's Silver Hammer«.

* * *

Über die B14 und die weit geschwungene »Avus«, wie Ernst die Strecke von der Bundesstraße nach Schwaikheim hinunter nannte, erreichten sie den Ort schnell. Die Praxis von Dr. Albin Strecker lag etwa hundert Meter hinter dem Schwaikheimer Polizeiposten.

Strecker erwartete sie schon. Groß und hager stand er mit seinem weißen Kittel in seinem Büro, und der Blick durch die Fenster ging hinaus auf große Gärten mit alten Bäumen. Auch Strecker war nicht mehr der Jüngste, allzu lange würde er seine Praxis vermutlich nicht mehr betreiben.

Schneider stellte sich und Ernst kurz vor, dann nahmen sie Platz an einem Besprechungstisch neben dem Fenster.

»Was wollen Sie denn nun wissen?«, fragte Strecker mit einer tiefen, angenehmen, leicht angerauten Stimme. »Der Todesfall liegt ja doch schon eine Weile zurück.«

»Ja, zwölf Jahre. Vermutlich erinnern Sie sich kaum noch.«

»Doch, doch, ich erinnere mich noch gut. Mein Vater hat diese Praxis eröffnet, und ich habe sie dann weitergeführt. Robert ging zwei Klassen unter mir in die Grundschule, und wir haben eine Zeitlang miteinander gekickt, hier im örtlichen Verein. Später haben wir oben in der Kneipe beim Bahnhof Flipper gespielt, sind mit unseren frisierten Mofas nach Winnenden rübergedüst und haben uns vor dem Café

Wien auf die Lauer gelegt, ob wir nicht auch ein paar Nachbarn erwischen, die da reingehen.«

»Wieso ›erwischen‹? Wobei denn?«

»Na ja, das ›Wien‹ in Winnenden war nicht wirklich ein Café, wenn Sie verstehen ...« Er grinste anzüglich, aber Schneider verstand kein Wort. »Na, egal. Jedenfalls erinnere ich mich natürlich noch gut an Roberts Tod. Tragische Geschichte, ist mir nicht leicht gefallen, ihn zu untersuchen.«

Er war wieder ernst geworden und machte eine kurze Pause.

»Aber das gehört zu meinem Job eben auch dazu«, fuhr er dann fort. »Leider.«

»Und wie kam ihr Schulfreund damals ums Leben?«

»Na, so, wie ich es im Bericht geschrieben habe: Er stürzte rückwärts die Kellertreppe hinunter, und dabei brach er sich das Genick. Immerhin musste er nicht leiden, er war sofort tot.«

»Er stürzte also rückwärts, sagen Sie?«

»Ja, das ist eigentlich seltsam, denn wenn ich die Treppe hochkomme, beuge ich mich ja eher nach vorn – und wenn ich dann zum Beispiel stolpere oder aus irgendeinem Grund neben die Stufe trete, falle ich auch eher nach vorn. Aber die Treppe hatte es schon in sich ...«

»Inwiefern?«

»Roberts Elternhaus war ein ziemlich alter Kasten, wurde inzwischen abgerissen. Und in den Keller, in dem Robert zu Tode stürzte, kam man nur hinunter, wenn man vorher eine Bodenklappe aufgemacht hat. Eine Tür im Boden, sozusagen. Da ist so ein Ring oder ein Griff befestigt, und an dem zieht man die Klapptür nach oben, und die bleibt dann aufgeklappt neben dem Treppenloch auf dem Fußboden liegen.«

»Dabei hätte er stürzen können.«

»Ja, schon, aber dann sehr wahrscheinlich eher vorwärts.«

»Hm«, machte Schneider. »Und Sie sind sicher, dass er rückwärts gestürzt ist?«

»Gut, es passieren die verrücktesten Sachen, aber die Verletzungen am Kopf und im Genick deuteten darauf hin, dass er rückwärts stürzte.«

»Sie haben in Ihrem Bericht noch eine Augenverletzung erwähnt. Was hatte es denn damit auf sich?«

»Das war das Seltsamste an der ganzen Geschichte. Er hatte hier« – Strecker deutete an den äußeren Rand seiner rechten Augenhöhle – »eine Verletzung, die war noch ganz frisch, als ich ihn begutachtete. Die kam vermutlich von dem Haken, der neben ihm auf dem Kellerboden lag.«

»Von welchem Haken?«

»Schauen Sie: Diese Klapptür zum Keller hinunter liegt rundherum auf einem Rahmen auf, sonst würde sie nach unten durchfallen, sobald man drauftritt. Auf der einen Seite hat sie das Scharnier, und von oben ist dieser Griff montiert, damit man die Tür öffnen kann.«

»Das haben Sie ja schon erklärt. Und der Haken?«

»Von oben kann die Tür mit einem Riegel verschlossen werden, was aber normalerweise keiner macht. Und dann gibt es noch eine Vorrichtung, damit die Tür auch von unten verriegelt werden kann – warum auch immer das jemand machen sollte. Da ist in die Mauer am oberen Ende der Treppe ein Metallring eingelassen, und an dem ist eine Eisenstange befestigt, die auf der einen Seite wiederum einen Ring aufweist, der in den Ring an der Mauer eingefädelt ist – und auf der anderen Seite einen Haken, der von unten in die Tür eingehängt werden kann. Dann ist die dicht und von oben nicht mehr zu öffnen.«

Schneider sah etwas fragend drein, und Strecker versuchte es noch einmal.

»Kennen Sie Einschubtreppen, wie sie heute manchmal in Neubauten üblich sind?«

Schneider nickte, das kannte er. Auch in seinem Haus war das letzte, niedere Dachgeschoss über eine solche Treppe zu erreichen, die mit einem kleinen Klappmechanismus sozusagen in der Flurdecke verschwand.

»Also: Und diese Einschubtreppe ziehen Sie sich mit einem Holzstab herunter, der vorne eine Metallöse hat, richtig?«

Schneider nickte.

»Gut, dann stellen Sie sich die Stange in dem alten Keller so ähnlich vor, nur alt und rostig eben.«

»Aber warum lag die unten neben dem Toten? Ich dachte, die sei oben an der Mauer befestigt?«

»Ja, normalerweise. Aber in diesen alten Häusern geht halt auch mal was kaputt. Und so war das auch bei Robert: Der Ring in der Mauer war teilweise gebrochen. Ich habe mir das dann so zusammengereimt: Robert stürzt, greift in seiner Panik nach der Eisenstange, die löst sich aus dem Mauerring – und bis er unten aufschlägt, verletzt er sich irgendwie mit dem Metallhaken am Auge.«

»Na ja«, machte Schneider und sah nicht sehr überzeugt aus. »Klingt das nicht etwas ... konstruiert?«

»Schon, aber wie gesagt: Es passieren die verrücktesten Dinge. Und einen anderen Reim konnte ich mir auf die Verletzung am Auge beim besten Willen nicht machen.«

* * *

»Und? Haben Sie endlich was Neues?«

Sebering wirkte gereizt, und er hatte keine Lust, noch einen weiteren Tag mit einer lauwarmen Story zum Witwenmord in Waiblingen zu überbrücken – nicht, nachdem sie am Dienstag sogar einen Zeugenaufruf abgedruckt hatten, um die Geschichte bis zum nächsten enthüllten Detail am Kochen zu halten.

»Wir haben uns mit dieser Affäre zwischen der Reimann und dem Sohn der Toten ganz schön weit aus dem Fenster gehängt – da sollte jetzt was Handfestes nachkommen, Hasselmann!«

Dass Roland Herbst ein wasserdichtes Alibi hatte, wusste er von Haberl – der Redakteur hatte einen leidlich guten

Draht zum Pressesprecher der Waiblinger Polizeidirektion, und der hatte Haberl gesteckt, dass es Herbst nicht gewesen sein konnte. Leider »off the record«, also einstweilen nicht zur Veröffentlichung bestimmt – und Haberl, dieser altmodische Kerl, hielt sich an solche Abmachungen.

»Und: haben Sie nun etwas Neues für uns? Nein, Sie Pfeife! Raus jetzt, aber zackig!«

Sebering schüttelte wütend den Kopf, marschierte zurück in sein Büro und knallte die Tür hinter sich zu. Hasselmann hatte das ungute Gefühl, dass er seine Chance nicht genutzt hatte. »Sissi« grinste ihm hämisch zu, und Hasselmann trollte sich.

* * *

Als sie das Krankenhaus-Foyer betraten, bemerkte Willy Russ sie sofort und kam ihnen entgegen.

»Frau Kling geht es ganz gut, so weit«, sagte er. »Wollen Sie rauf zu ihr?«

»Ja, wir sollten schon mal nach ihr schauen. Befragen können wir sie wahrscheinlich nicht, nehme ich an?«

»Nein, sie ist noch ziemlich schwach, und wahrscheinlich schläft sie auch schon wieder. Sie hat auch vorhin geschlafen und deshalb gar nicht mitbekommen, wer ihr den Schlauch durchgeschnitten hat.«

»Welchen Schlauch eigentlich? Sie lag doch schon ein paar Tage hier.«

»Frau Kling hatte wohl einen Rückfall oder so etwas – keine Ahnung, ich bin kein Mediziner. Aber sie bekam Infusionen. Die Zuleitung wurde durchgeschnitten.«

Russ ging ihnen voraus bis zu der Station, auf der Anneliese Kling lag. Vor der Tür direkt neben dem Schwesternzimmer saß ein uniformierter Polizist und sah gelangweilt den Flur entlang, mal in die eine, dann in die andere Richtung. Als er Schneider, Ernst und Russ entdeckte, stand er auf.

»Nichts passiert, Kling ist drin bei seiner Mutter, die beiden sind allein.«

»Wo ist Maigerle?«

»Der musste mal, sollte aber jeden Moment wieder da sein.«

Schneider und Ernst öffneten leise die Tür und schlüpften in das Zimmer. Die Vorhänge waren zugezogen, und das Licht im Raum entsprechend gedämpft. Frau Kling lag da und schlief, während über ihrem Kopf und neben ihrem Bett allerlei Anzeigen blinkten und über Displays liefen. Sie sah matt aus, blass natürlich, und ihre Haare standen ihr wirr nach allen Seiten vom Kopf.

Stefan Kling, der auf der Bettkante gesessen hatte, stand auf und kam den Kollegen zwei Schritte entgegen.

»Es geht ihr gut«, sagte er leise. »Aber sie muss sich noch ausruhen – und gesehen hat sie nichts. Sie hat wohl alles verschlafen und ist erst aufgewacht, als plötzlich Schwestern und ein Arzt im Zimmer standen.«

Kling sah wieder besorgt zu seiner Mutter hin.

»Ist schon gut, Herr Kling«, sagte Schneider und legte ihm eine Hand auf den Arm.

»Im Schwesternzimmer finden Sie Clara Schuster – sie hat den durchgeschnittenen Schlauch entdeckt. Maigerle und ich haben schon mit ihr gesprochen, aber als Sie von unterwegs aus angerufen haben, dass Sie auch noch kommen, haben wir sie gebeten, noch auf Sie zu warten.«

Kling schien noch etwas auf dem Herzen zu haben, und Schneider wartete kurz ab.

»Die Frau, die Schwester Clara verdächtigt ...«

Er schluckte, dann stiegen ihm die Tränen in die Augen und er schüttelte stumm den Kopf. Schneider wartete.

»Ich ... ich muss Ihnen nachher etwas erzählen zu dieser Frau. Im Moment ... tut mir leid, aber ...«

»Ja, machen Sie das, das reicht auch später noch. Und jetzt setzen Sie sich wieder zu Ihrer Mutter, ja?«

* * *

Erika Müller saß in ihrem Polstersessel und schnarchte leise. Claus Müller trat hinter sie und sah verächtlich auf sie hinunter. Sie roch ganz leicht nach Schweiß, und auf ihrem Hinterkopf war zwischen den dünner werdenden Haaren die blanke Kopfhaut zu sehen.

Es wäre so leicht ...

Dann ging er zurück zu seinem eigenen Sessel, setzte sich seiner Frau gegenüber und betrachtete sie stumm. Allmählich kam ihm eine passende Idee, und seine Lippen kräuselten sich zu einem fiesen Grinsen.

Er sah sie an, bemerkte das kleine Speichelbläschen in ihrem linken Mundwinkel und malte sich alles genau aus. Dann, als er sich den letzten, tödlichen Schlag vorstellte, zuckte kurz sein rechter Arm. Ein paar Mal atmete er noch tief ein und aus, dann stand er auf und ging zu seinen Briefmarken hinüber.

Er empfand tiefen Frieden und beugte sich über dieselbe Marke wie immer. DDR, Fehldruck – Sammlerstück oder Altpapier? Schon seit Jahren besah er sich die Marke, ohne dass ihn das Ergebnis seiner Untersuchungen wirklich interessiert hätte.

* * *

Schwester Clara saß wie ein Häuflein Elend auf ihrem Stuhl. Neben ihr kauerte eine ältere Kollegin in der Hocke, strich ihr über den Rücken und redete ab und zu beruhigend auf sie ein.

»Frau Schuster?«

Schneider stand in der Tür und wartete, bis ihm die ältere Kollegin zunickte. Dann ging er mit Maigerle in den Raum und zog sich einen Stuhl heran. Er setzte sich und wartete wieder. Nach ein, zwei Minuten hob die Frau den Kopf und sah ihn aus verweinten Augen an.

»Mein Name ist Klaus Schneider«, begann er mit sanfter Stimme. »Ich bin ein Kollege von Herrn Kling, wir arbeiten gemeinsam an einem Fall.«

Clara Schuster nickte leicht.

»Und weil der Vorfall hier im Krankenhaus möglicherweise mit unserem Fall zu tun hat, würde ich Ihnen gerne noch ein paar Fragen stellen – wenn Sie sich das im Moment zutrauen.«

»Ja«, hauchte sie und schluckte. »Im Moment will ich eh nicht nach Hause. Ich hätte ja noch Schicht, und bei mir daheim ist jetzt gerade keiner. Da bin ich lieber hier bei den anderen. Aber mehr, als ich Ihrem Kollegen« – sie nickte zu Maigerle hin – »vorhin erzählt habe, weiß ich gar nicht.«

Die ältere Schwester lächelte und streichelte ihr wieder langsam über den Rücken.

»Sie haben meinem Kollegen gesagt, es sei wohl Frau Reimann gewesen, die den Anschlag auf Frau Kling verübt hatte. Wie kommen Sie darauf?«

»Frau Reimann hat Frau Kling in den vergangenen Tagen immer wieder mal besucht. Hat mir Monika jedenfalls erzählt.« Sie nickte zu der älteren Kollegin hin, die neben ihr kauerte. »Ich selbst bin Frau Reimann bisher nicht begegnet, aber heute habe ich gesehen, wie jemand zu Frau Kling ins Zimmer ging – das dürfte sie dann doch wieder gewesen sein.«

»Und Sie haben die Besucherin heute nicht gesehen?«, wandte sich Schneider an die ältere Krankenschwester.

»Nein, heute nicht, aber an den Tagen davor bin ich Frau Reimann hier häufiger begegnet.«

»Und warum hat sie Frau Kling besucht? Waren die denn befreundet?«

»Nein, den Eindruck hatte ich nicht. Also zumindest nicht beim ersten Besuch – das war mehr so ein Höflichkeitsbesuch wie unter Nachbarn, fand ich. Aber dann haben sie sich immer länger unterhalten, hatten sehr viel miteinander zu bereden, und ich habe mich richtig gefreut, weil mir das vorkam, als würde da eine Freundschaft entstehen.«

»Haben Sie mitbekommen, worüber sich die beiden unterhalten haben?«

»Na, hören Sie mal!«, empörte sich die Schwester. »Wir lauschen doch nicht!« Dann machte sie eine kleine Pause, dachte nach. »Nein, ich habe nichts verstanden, wenn ich mal vorbeikam. Aber es sah schon nach privaten Themen aus. Frau Reimann ging auch immer sehr gut gelaunt wieder raus, und Frau Kling haben die Besuche ebenfalls gut getan, glaube ich.«

»Um so unverständlicher ist es, dass sie versucht haben soll, Frau Kling umzubringen.«

»Ja, das kapier ich auch nicht«, sagte die ältere Schwester und sah Clara Schuster nachdenklich an. »Wobei das Schläuchle nicht lebenswichtig war für Frau Kling. Das hätte keine besonderen Folgen für sie gehabt. Entweder war der ... Mordversuch ziemlich dilettantisch, oder sie wurde gestört, bevor sie fertig war.«

Schwester Monika zuckte mit den Schultern.

»Jedenfalls ist Clara zu Frau Kling rein, und dann hat sie gesehen, dass der Schlauch durchgeschnitten war. Wir haben gleich den Arzt gerufen und sind dann wieder rein, davon ist Frau Kling aufgewacht – der Schreck, als sie den durchtrennten Schlauch und uns alle am Bett gesehen hat, war deutlich schlimmer für sie als der Anschlag selbst.«

»Frau Kling«, merkte Clara Schuster an, »hat ja ohnehin nicht die besten Nerven – deshalb ist sie ja bei uns. Und wenn man sich vorstellt, dass einen im Krankenhaus jemand ...«

Sie verstummte und schüttelte den Kopf. Schneider dachte nach.

»Sagen Sie mal, Frau Schuster«, fuhr er schließlich fort, »können Sie denn die Frau beschreiben, die heute in das Krankenzimmer ging?«

»Ich hab sie nur ganz kurz gesehen, und auch nicht richtig – da war sie schon halb durch die Tür. Normal groß, normal schlank, normale braune Haare, Dauerwelle – mehr kann ich nicht sagen, tut mir leid.«

»Dauerwelle?«, fragte Schneider nach.

»Frau Reimann hat keine Dauerwelle«, sagte die ältere Krankenschwester.

»Eben«, sagte Schneider. »Bea Reimann hat ihre hellbraunen Haare stoppelkurz geschnitten.«

»Oh«, machte Clara Schuster. »Das tut mir leid. Dann konnte ich Ihnen ja noch nicht einmal mit dem Namen der Frau wirklich helfen!«

»Doch, Frau Schuster, Sie haben uns durchaus geholfen«, sagte Schneider, der eine ganz andere Frau mit Dauerwelle vor Augen hatte. »Mehr als Sie ahnen.«

Damit ging er auf den Flur hinaus und wählte die Handynummer von Staatsanwalt Kurt Feulner.

* * *

Maigerle ging leise ins Zimmer und trat ans Bett. Stefan Kling schaute ihn kurz an, dann betrachtete er wieder seine Mutter. Er sah völlig fertig aus.

»Es war übrigens doch nicht Frau Reimann, die heute hier bei deiner Mutter war.«

Langsam drehte sich Kling zu ihm um.

»Was?«

»Es war nicht Frau Reimann – das war eine Verwechslung.«

Für einen Moment sah Kling den Kollegen zweifelnd an, dann entspannten sich seine Züge etwas.

»Gut«, sagte er knapp und wandte sich wieder seiner Mutter zu.

»Ich hatte den Eindruck«, fuhr Maigerle fort, »dass du zwar völlig geschockt warst wegen des Anschlags auf deine Mutter – dass es dir aber außerdem auch noch etwas ausgemacht hat, dass es ausgerechnet Bea Reimann gewesen sein sollte.«

Kling schwieg.

»Stimmt's, Stefan?«
Kling nickte und wischte sich kurz über die Augen.
»Danke«, sagte er dann, und der Klang von Klings Stimme zeigte Maigerle, dass er ihn jetzt am besten eine Zeitlang allein bei seiner Mutter ließ.

* * *

Hasselmann war nach Seberings Anschiss noch einmal nach Waiblingen gefahren. Er hatte an Tobias Schubarths Tür geklingelt, aber niemand öffnete. Als er auf dem Gehweg stand und nach oben sah, war es ihm, als wackle eine der Gardinen an Schubarths Wohnzimmerfenster. Er klingelte noch einmal, aber ganz offensichtlich hatte er von diesem Informanten nichts mehr zu erwarten.

Also fuhr er zur Fronackerstraße und stellte sich so an den Straßenrand, dass er das Haus im Auge behalten konnte, in dem die Frau erschlagen worden war. Dann kramte er sein Handy hervor und ging online.

Niemand hatte eine Nachricht hinterlassen, und auf den einschlägigen Internetseiten stand nichts Neues über den Mord. Er rief die Pressestelle der Polizeidirektion an, aber dort gab es ebenfalls keine neuen Informationen zu dem Fall.

Schließlich steckte Hasselmann das Handy wieder weg, dachte kurz nach und startete dann den Motor. Als er gerade den Gang einlegen wollte, kamen ein Polizeiauto und eine Limousine in Zivil die Straße herauf und hielten vor dem Mehrfamilienhaus an, das Hasselmann beobachtete.

Er drehte den Zündschlüssel wieder zurück und glitt in seinem Sitz ein wenig nach unten.

Zwei Beamte in Uniform sowie ein Mann und eine Frau in normaler Straßenkleidung stiegen aus und gingen zur Haustür hin. Sie warteten kurz, dann wurde die Tür geöffnet, und alle vier verschwanden im Haus.

Es dauerte eine Weile, dann kamen sie in Begleitung einer altmodisch gekleideten Frau wieder heraus. Die Frau in Zivil – wohl eine Kripobeamtin, vermutete Hasselmann – hielt die andere Frau am Oberarm, und die drei anderen flankierten sie auf dem Weg zum Streifenwagen. Hasselmann kannte die Frau nicht, aber es musste ja wohl eine der Bewohnerinnen des Hauses sein – und wenn sie abgeholt wurde, war sie wohl auch die Mörderin.

Hasselmann zog schnell seinen Fotoapparat hervor und schoss durch die Windschutzscheibe ein paar Bilder, bis die Frau auf der Rückbank des Streifenwagens verschwunden und die Kripobeamtin nach ihr ins Auto geschlüpft war.

Dann folgte er den beiden Fahrzeugen bis zur Polizeidirektion. Dort schob sich das Tor zum Innenhof vor ihm zu, aber er musste nun ohnehin schnell einen neuen Bericht schreiben. Auf der Fahrt in die Redaktion rief er die Pressestelle an und genoss die Verblüffung, die seine Frage nach der soeben verhafteten Verdächtigen verursachte.

* * *

Schneider und Ernst betraten den Vernehmungsraum mit gemischten Gefühlen: Hier hatte sich der noch halb betrunkene Sepp Stromer mitten in der Unterhaltung erbrochen. Immerhin war davon jetzt nichts mehr zu riechen. Die Luft war frisch, ein leichter Hauch von Putzmittel mit Zitrone lag über allem, und einen Eimer würden sie diesmal wohl nicht brauchen.

Maigerle saß im Nebenraum, um die Vernehmung zusammen mit Willy Russ und Pressesprecher Herrmann durch die verspiegelte Scheibe zu verfolgen. Kling war im Krankenhaus bei seiner Mutter geblieben. Feulner war noch unterwegs, und Maigerle sollte ihnen Bescheid geben, sobald der Staatsanwalt ebenfalls im Nebenraum saß.

Schneider setzte sich, Ernst lehnte sich wie üblich seitlich hinter ihm an die Wand. Die Frau vor ihnen saß ganz entspannt am Tisch, hatte ihre Hände in den Schoß gelegt, musterte sie kurz und sah dann wieder zwischen ihnen hindurch, als warte sie, dass noch jemand durch die Tür kommen würde.

* * *

Dann öffnete sich die Tür tatsächlich und Maigerle kam herein. Er stellte zwei Tassen Kaffee vor Schneider auf den Tisch, nickte ihm kurz zu und ging wieder hinaus. Feulner war also inzwischen eingetroffen, und Maigerles Nicken zufolge war auch die Kollegin mitgekommen, die sie im Verlauf der Vernehmung noch brauchen würden.

»Wollen Sie einen?«

Schneider fragte und schob die Tasse ein Stück weit von sich weg. Sylvia Heinze sah ihn kurz an, lächelte, es wirkte fast ein wenig mitleidig. Dann schüttelte sie den Kopf. Ernst kam heran, nahm sich die Tasse und kehrte auf seinen Platz im Hintergrund zurück.

»Gut, Frau Heinze, dann erzählen Sie doch mal.«

»Was soll ich Ihnen denn erzählen? Sie wissen doch schon alles.«

»Ja?«

»Ich habe Ihnen doch schon erzählt, was ich von Frau Herbsts Tod mitbekommen habe – fast nichts.«

Schneider wartete, aber Sylvia Heinze sprach nicht weiter.

»Inzwischen ist noch eine Tote hinzugekommen.«

Schneider sprach langsam und ruhig, und wie Ernst und die Kollegen im Nebenraum beobachtete er gespannt, wie Sylvia Heinze auf diese Mitteilung reagieren würde. Anneliese Kling hatte erneut einen Zusammenbruch erlitten, als ihr klar geworden war, dass jemand ihr nach dem Leben getrachtet hatte. Es ging ihr wieder besser, aber Schneider und Ernst hatten sich für das Verhör eine andere Version zurechtgelegt. Die zuständigen Ärzte, die Verwaltungsleitung und die Schwestern auf der Station waren eingeweiht und würden Anfragen zu Frau Kling an die Kripo verweisen – was nach außen darauf hindeuten musste, dass etwas Schlimmes passiert war.

»Aha«, machte Sylvia Heinze. Sie hatte kurz gezögert, aber keine Miene verzogen.

Schneider wartete wieder, dann sagte er: »Interessiert es Sie denn nicht, wer gestorben ist?«

Sylvia Heinze blieb stumm, aber sie sah Schneider nun direkt an, und ihr Gesichtsausdruck war eine irritierende Mischung aus Zufriedenheit und vagem Interesse. Und noch etwas anderes schimmerte durch, aber Schneider konnte es nicht in Worte fassen.

»Anneliese Kling, Ihre Nachbarin.«

»Aha«, sagte Frau Heinze wieder, und ihre Mundwinkel kräuselten sich für einen Moment ganz leicht. In ihren Augen aber war Überraschung, fast Erschrecken zu sehen.

»Sie kennen sie doch, oder?«

»Natürlich kenne ich sie. Oder sagt man da jetzt gleich: Ich *kannte* sie?«

Schneider musterte sie und schwieg.

»Ist nicht ihr Sohn ein Kollege von Ihnen? Stefan, glaube ich, richtig?«

»Ja, das ist richtig. Er arbeitet mit uns zusammen am Mordfall Herbst.«

»Das dachte ich mir schon. Er kennt sich ja gut aus in unserer Straße.«

»Ja, das ist sehr nützlich für uns.«

Schneider ließ eine kleine Pause. Sylvia Heinze lächelte irritiert.

»Außerdem hat er sich viel mit seiner Mutter unterhalten, in den vergangenen Tagen.«

Das Lächeln der Frau wurde dünner.

»Da war manches auch für uns von der Soko sehr interessant, Frau Heinze.«

»So?«

»Frau Kling hat den Mord an Frau Herbst beobachtet.«

Sylvia Heinzes Lächeln erstarb.

»Und wir gehen davon aus, dass der Mörder von Frau Herbst nun zumindest indirekt auch schuld ist am Tod von Frau Kling – weil der Mörder vermutet hat, dass er bei der Tat von ihr beobachtet wurde.«

Sylvia Heinze sah Schneider weiter ruhig an.

»Oder eher die Mörderin«, schob Schneider nach.

»Das klingt logisch«, nickte Sylvia Heinze.

»Danke.«

»Sie sagten: indirekt schuld an ihrem Tod – warum indirekt?«

Schneider musterte die Frau, aber sie hatte sich bisher zu gut im Griff, um in eine seiner Fallen zu tappen.

»Ihr Infusionsschlauch wurde durchgeschnitten.«

Kurz wirkte Sylvia Heinze nervös.

»Stirbt man daran denn?«

»Nein«, sagte Schneider. »Aber als sie hinterher den durchtrennten Schlauch sah und den Arzt und die Krankenschwestern, die ganz aufgeregt zu ihrem Bett kamen, war das wohl zu viel für sie.«

Schneider ließ Sylvia Heinze nicht aus den Augen, aber sie wartete nur ganz ruhig ab, was er noch erzählen würde.

»Sie hat den Mord an Frau Herbst beobachtet und erlitt deshalb einen Zusammenbruch. Deshalb war sie ja im Krankenhaus. Und den neuerlichen Zusammenbruch hat sie leider nicht überlebt.«

Sylvia Heinze sagte keinen Ton.

»Im Krankenhaus wurde die Frau, die den Schlauch durchgeschnitten hat, gesehen«, fuhr Schneider nach einer kurzen Pause fort.

Sylvia Heinze blieb äußerlich ganz ruhig.

»Und? Wer war's?«

»Eine Krankenschwester meinte, sie habe Bea Reimann vor dem Anschlag ins Zimmer gehen sehen.«
Ein leichtes Lächeln spielte um Sylvia Heinzes Mund.
»Ach was: Frau Reimann? Das ist ja allerhand!«
»Ja, das hätte uns auch überrascht.«
Sylvia Heinze sah ihn fragend an.
»Hätte?«
»Ja, es war nämlich nicht Frau Reimann.«
»Nicht?«
»Nein, es war eine Verwechslung.«
»Und woher wollen Sie das wissen?«
»Die Beschreibung, die wir von der Krankenschwester bekommen haben, passt nicht auf Frau Reimann.«
»Ach.« Sie wartete. Als Schneider ebenfalls nichts sagte, fügte sie noch hinzu: »Dann stehen Sie ja wieder ganz am Anfang mit Ihren Ermittlungen, oder?«
Schneider war kurz sprachlos – entweder hatte Sylvia Heinze wirklich ein reines Gewissen, oder sie schauspielerte grandios. Oder ... sie fand alles ganz in Ordnung, wie es gelaufen war. Schneider schüttelte sich ein wenig, als er an die dritte Möglichkeit dachte.
»Nicht ganz«, sagte er dann. »Wir haben ja die Beschreibung dieser Frau.«
Er hob kurz die Hand und winkte einmal hin und her. Das war das verabredete Zeichen für die Kollegen hinter der verspiegelten Scheibe – und Schneider konnte nur hoffen, dass die kurze Zeit für die Vorbereitung des Tricks gereicht hatte.
Ein paar Sekunden später ging die Tür auf, und eine junge Frau mit Hornbrille und blondem Kurzhaarschnitt kam in den Raum. Sie hielt einen Zeichenblock in der Hand und reichte ihn Schneider. Der hielt den Block vor sich und klappte das Deckblatt so um, dass Sylvia Heinze noch nichts erkennen konnte.
»Aus dieser Beschreibung haben wir ein Phantombild anfertigen lassen, und das möchte ich Ihnen jetzt gerne zeigen.«

Das war glatt gelogen: Das Bild war eben erst entstanden, und die Zeichnerin hatte dafür hinter der Spiegelscheibe gesessen und ihr Modell vom Nebenraum aus in Augenschein genommen. Er legte die Zeichnung vor sich auf den Tisch und schob den Block dann langsam ein Stück auf Sylvia Heinze zu.

»Wollen Sie uns dazu etwas sagen?«

Sylvia Heinze starrte auf ihr gezeichnetes Ebenbild, und die Farbe wich aus ihrem Gesicht. Schneider nickte der Zeichnerin dankend zu, und sie ging wieder hinaus. Die junge Frau hatte ganze Arbeit geleistet: Sylvia Heinze sah auf der Zeichnung sehr realistisch aus, und die Zeichnerin hatte sogar darauf geachtet, dass die Kleidung, die sie heute trug, nicht erkennbar war. Erstaunlich, was in so kurzer Zeit möglich war – Staatsanwalt Feulner hatte nicht zu viel versprochen, als er ihm die Polizeizeichnerin aus Stuttgart empfohlen hatte.

»Frau Heinze?«, hakte Schneider nach.

Die Frau saß starr vor der Zeichnung, mit den Fingerkuppen fuhr sie an den Rändern des Zeichenblocks entlang, aber sie sagte keinen Ton. Ihre Kiefer mahlten, sie sah immer noch sehr blass aus.

»Wir können hier auch noch eine Weile herumsitzen«, sagte Schneider nach einer längeren Pause. »Aber Sie haben das Bild ja vor sich. Geben Sie sich einen Ruck, Frau Heinze.«

Sylvia Heinze hob langsam den Kopf und sah Schneider an. Sie hatte sich offenbar wieder gefasst, aber sie sagte kein Wort.

»Jetzt reden Sie endlich, Frau Heinze!«

Schneiders Faust donnerte auf die Tischplatte und er hatte sich etwas erhoben und den Oberkörper leicht nach vorne gebeugt. Kurz befürchtete er, dass er mit der Aufgabe seiner demonstrativen Gelassenheit einen wichtigen Vorteil aufgegeben hatte – doch dann bemerkte er die Veränderung, die nun auf Sylvia Heinzes Gesicht eintrat. Sie schien wütend zu werden.

»Sagen Sie mir nicht, was ich zu tun habe!«, schrie sie zurück, und sie klang ehrlich empört. »Das sagt mir keiner ungestraft.«

Schneider setzte sich wieder, lehnte sich zurück und ließ den letzten Satz ein wenig wirken.

»Das sagt Ihnen also keiner ungestraft?«

»Nein!«

»Und wenn es doch jemand tut, wird er bestraft?«

Sylvia Heinze presste die Lippen aufeinander und verschränkte die Arme vor der Brust.

»Frau Heinze, Sie müssen jetzt reden!«

»Ich muss gar nichts!«

Schneider wartete kurz, dann legte er ein Lächeln auf. Sylvia Heinze blickte ihn irritiert an.

»Was ist?«

»Stimmt«, sagte Schneider und lächelte weiter. »Sie müssen gar nichts.«

Er stand auf, wandte sich ab und sagte, während er auf die Tür zuging: »Herr Ernst, veranlassen Sie doch bitte, dass Frau Heinze abgeführt wird. Ich glaube nicht, dass sie den Mut hat, uns noch mehr über den Tod von Frau Kling und den Mord an Frau Herbst zu erzählen.«

Er nahm die Klinke in die Hand, drückte sie und zog die Tür auf.

»Bleiben Sie hier!«

Sylvia Heinze hatte fast geschrien, und Schneider erschrak ein wenig wegen der Lautstärke, die er so nicht erwartet hatte. Dann drehte er sich in der Tür um und sah zu der Frau zurück. Sylvia Heinze stand am Tisch, den Stuhl hatte sie im Aufspringen nach hinten umgeworfen, und Ernst hatte sich von der Wand gelöst, um sie von etwaigen Dummheiten abzuhalten. Aber sie stand nur da, direkt an der Tischkante, ballte ihre Hände zu Fäusten und funkelte Schneider wütend an.

»Spinnen Sie?«, fauchte sie ihn an.

»Nicht in diesem Ton, Frau Heinze, ja?«

»Ich habe getötet – und Sie spazieren hier einfach raus?«
»Ja, natürlich. Sie haben ja nicht den Mumm, uns mehr zu erzählen.«
»Klar hab ich den! Setzen Sie sich wieder hin!«
Schneider musste sich trotz des unverschämten Tons ein Grinsen verkneifen – die Aufgewühltheit der Frau war nützlich, da ließ er sich zur Not auch mal anpampen. Er ging langsam zurück zu seinem Platz und setzte sich.
»Hören Sie zu!«
Schneider nickte.
»Und sagen Sie mir nicht, was ich zu tun oder zu lassen habe!«
Schneider nickte wieder und wartete ab.
Sylvia Heinze hob den Stuhl wieder auf, rückte ihn an den Tisch und setzte sich. Dann sah sie kurz auf die Zeichnung und wischte den Block mit viel Schwung über den Tisch, zu Schneider hin.
»Nehmen Sie das weg. Wir wissen ja beide, dass ich bei Frau Kling war.«
Schneider griff nach dem Bild, klappte das Deckblatt wieder zu und verschränkte seine Finger über dem Zeichenblock.
»Ja, das wissen wir beide«, sagte er dann. »Und wie ging's weiter?«
»Ich bin rein zu ihr, hab kurz gehorcht, ob jemand kommt. Hab kurz geschaut, ob Frau Kling was mitbekommt. Und dann hab ich ihr den Schlauch durchgeschnitten.«
»Womit?«
»Ich hatte eine Geflügelschere von zu Hause mitgebracht.«
»Ach, schon wieder etwas Nützliches aus dem Haushalt?«
»Ja«, antwortete Sylvia Heinze grinsend. »Haben Sie die Parallele bemerkt?«
»Welche Parallele?«, fragte Schneider, obwohl er die Antwort kannte – aber es konnte für die Beweisführung nicht verkehrt sein, wenn Frau Heinze das auch noch einmal aussprach.
»Na, die Geflügelschere – und die Spätzlespresse.«

»Aber die Spätzlespresse war nicht Ihre. Haben Sie da nicht einen Fehler gemacht?«

»Fehler?«, brauste sie auf. »Ich mache keine Fehler!« Dann wurde sie wieder ruhig und dachte nach.

»Wobei …«, begann sie schließlich, »das mit Frau Kling tut mir leid. Das ist sonst auch gar nicht meine Art.«

»Was ist sonst nicht Ihre Art?«

»Jemanden zu töten, weil er mich vielleicht beobachtet hat – das ist nicht meine Art. Da habe ich geschlampt, und Frau Kling musste dafür bezahlen. Das ist Unrecht, und das tut mir leid, ehrlich.«

Sie wirkte aufrichtig zerknirscht.

»Sie haben also Frau Herbst getötet«, fasste Schneider zusammen, »was für Sie offenbar völlig in Ordnung ist – aber dass Frau Kling tot ist, tut Ihnen leid?«

Sie nickte.

»Das verstehe ich nicht«, gab Schneider zu. »Das müssen Sie mir erklären.«

»Ich muss gar –«

»Ich weiß, Frau Heinze, das nehme ich zurück. Ich wollte sagen: Möchten Sie es mir erklären?«

»Na, also, geht doch«, sagte sie, sah trotzig zu ihm hin und ließ ein, zwei Minuten verstreichen, bevor sie fortfuhr. »Frau Herbst hat mich genervt. Ständig hat sie allen im Haus Vorschriften gemacht, sie hat die Kehrwoche kontrolliert, war mit diesem und mit jenem nicht zufrieden. Sie hat sich aufgeführt wie eine Hausmeisterin oder, schlimmer noch, wie ein Hausbesitzer!«

Sylvia Heinze war wieder in Fahrt.

»Und ganz ehrlich: Ich kauf mir doch keine Eigentumswohnung, und dann lass ich mir Vorschriften machen wie ein Mieter? Im Leben nicht!«

Sie schnaufte verächtlich und sah Schneider an, als müsse er ihr nun beipflichten. »Finden Sie das in Ordnung?«

»Ich habe mir ein Haus gebaut, und da möchte ich mir auch nicht vorschreiben lassen, was ich auf meinem Grundstück zu tun und zu lassen habe – bis dahin bin ich mit Ihnen einer Meinung.«

»Sehen Sie!«

Sylvia Heinze sah auf den Tisch und knetete ihre Hände.

»Aber Frau Kling …«

Sie sah auf.

»Meinen Sie, ich könnte mal mit ihrem Sohn reden, mit Stefan Kling?«

»Warum das denn?«

»Ich würde ihm gerne erklären, warum seine Mutter starb – und ich würde mich dafür gerne bei ihm entschuldigen. Auch wenn ich sie letztlich nicht wirklich getötet habe … ohne den zerschnittenen Infusionsschlauch hätte sie sich nicht so aufgeregt und …«

Schneider sah Sylvia Heinze lange an, sie schien ihre Sicht der Dinge für völlig normal zu halten.

»Ich glaube nicht, dass Herr Kling mit Ihnen reden möchte.«

»Tja …«

Sylvia Heinze sank ein wenig in sich zusammen.

»Aber«, fuhr Schneider fort, »das Gefühl, an Frau Klings Tod schuld zu sein, kann ich Ihnen nehmen.«

Sylvia Heinze sah ihn fragend an.

»Frau Kling hat sich zwar wirklich sehr erschreckt, als sie den durchtrennten Schlauch bemerkte, aber es geht ihr inzwischen wieder einigermaßen gut.«

»Gott sei Dank!«

Sylvia Heinze sah sehr erleichtert aus. Sie schwieg eine Zeitlang, sah auf ihre Finger, strich sich mit den linken Fingerspitzen langsam über den rechten Handrücken – dann hob sie den Kopf, blickte Schneider aufgeräumt und in plötzlich wieder recht guter Laune an.

»Kennen Sie die Beatles?«

Schneider runzelte die Stirn.

»Na, die Band – die kennen Sie doch?«

»Klar, die kennt jeder.«

»Und Sie kennen auch ihre Lieder?«
»Die meisten, ja.«
»Mein Lieblingslied stammt vom Album ›Abbey Road‹ – erraten Sie, welches?«
»Keine Ahnung«, sagte Schneider und zuckte die Schultern.
»Na, jetzt raten Sie schon!«, forderte ihn Sylvia Heinze auf und grinste leicht dabei.
»Was weiß ich ... ›Come Together‹ vielleicht? Oder ›Here Comes the Sun‹ – ist das auf ›Abbey Road‹?«
Sylvia Heinze schüttelte den Kopf, dann spitzte sie die Lippen und pfiff eine fröhliche Melodie.
»Das ist ›Maxwell's Silver Hammer‹«, meldete sich Ernst aus dem Hintergrund zu Wort. »Frau Heinze pfeift den Refrain.«
»Genau«, freute sie sich, »und der geht: ›Bang Bang Maxwell's Silver Hammer ...‹«
»Danke, ich kenne den Song«, sagte Schneider. Das Stück passte: In dem scheinbar so harmlosen Ohrwurm von Lennon und McCartney ging es um den unscheinbaren Maxwell, der mit seinem silbernen Hämmerchen alle erschlägt, die ihm Vorschriften machen wollen. »Und Sie sind Maxwell, sozusagen?«
»Sozusagen.«
»Und Sie haben Frau Herbst erschlagen, weil sie Ihnen sagen wollte, wie Sie Ihre Kehrwoche zu machen haben?«
»Genau.«
Schneider musterte die Frau, sie war allem Anschein nach völlig mit sich im Reinen.
»Und so eine Kleinigkeit reicht, um von Ihnen erschlagen oder sonstwie getötet zu werden?«
»Kleinigkeit? Sie haben ja keine Ahnung! Das geht schon seit Jahren so, und irgendwann ist halt Schluss.«
Schneider wartete kurz, aber Sylvia Heinze sprach nicht weiter. Sie saß einfach nur da, sichtlich zufrieden mit sich.
»Wenn ich Sie so reden höre, fürchte ich fast, dass Frau Herbst nicht Ihr erstes Opfer war«, sagte er schließlich.

»Nein, war sie nicht. Aber so, wie es im Moment aussieht ...« – sie machte eine Geste, die den ganzen Raum umfasste – »bleibt sie wohl das letzte.«

Schneider schluckte. Er musste weitermachen, er musste sie dazu bringen, die ganze Geschichte zu erzählen.

»Wer noch?«, fragte er.

Sylvia Heinze sah ihn spöttisch an und sagte nichts.

»Frau Heinze, bitte!«

»Raten Sie doch mal?«

Schneider schüttelte angewidert den Kopf, dann seufzte er und sagte mit tonloser Stimme: »Schwiegereltern, Ehemann. Hab ich jemanden vergessen?«

»Ja, meine Mutter«, sagte Sylvia Heinze leichthin, als würde sie sich mit Schneider über Soßenrezepte austauschen.

»Okay, und wie?«

»Ganz unterschiedlich, das musste ja immer zur Situation passen. Wo soll ich anfangen?«

»Mit den Schwiegereltern vielleicht? Das liegt am weitesten zurück – oder?«

»Ja, genau, Sie haben Ihre Hausaufgaben gemacht, das gefällt mir.«

Sie sah kurz zur Decke, als müsse sie sich die Details wieder in Erinnerung rufen.

»Wir hatten einen gemeinsamen Ausflug gemacht. Mein Mann und ich in unserem Auto, die Schwiegereltern in ihrem eigenen. In Welzheim haben wir ein Stückchen Kuchen gegessen und Kaffee getrunken, danach sind wir an den Waldrand gefahren, ausgestiegen und noch ein wenig spazierengegangen. Es war eigentlich recht schön, aber natürlich konnten es meine Schwiegereltern auch an diesem Tag nicht lassen, an mir und allem, was ich tat, herumzumäkeln. Mein Mann hat zu mir gehalten, das fand ich natürlich schön. Andererseits war ich froh, dass es wieder Kritik gab – ich hatte meinen Plan schon Tage vorher gefasst, aber jetzt gab mir das noch den letzten Antrieb, den ich brauchte. Ich sagte meinem Schwiegervater, dass mir an seinem Wagen so ein Klopfen aufgefallen sei – und ich bot ihm an, mal danach zu sehen. Ich hatte an unserem Auto ab und zu Öl gewechselt, und deshalb schrieben mir mein Mann und meine Schwiegereltern wohl ein bisschen Sachverstand zu. Während die anderen sich auf ein paar gestapelten Baumstämmen ausruhten, klappte ich die Motorhaube auf und werkelte ein wenig im Motorraum herum. Nach einigem Gefummel gelang es mir, die Bremsleitung zu lösen. Danach haben wir uns noch verabschiedet, mein Mann und ich wollten noch an den Ebnisee – und meinen Schwiegereltern hatte ich die landschaftlich schöne und für ihren Heimweg auch kürzere Strecke hinunter ins Wieslauftal empfohlen.«

Sie sah Schneider lächelnd an.

»Und da unten sind sie dann ja auch angekommen.«

»Ja, tot, in einem völlig zerstörten Wrack, an dem natürlich niemand mehr bemerkte, dass vorher die Bremsleitung gelöst wurde.«

»Genau. Gut, was?«

Schneider sagte nichts.

»Dann: mein Mann.«

Sylvia Heinze spreizte ihre Finger und legte die Spitzen gegeneinander.

»Nach dem Unfalltod meiner Schwiegereltern« – sie grinste kurz – »musste sich Robert natürlich um das Elternhaus kümmern. Zum Vermieten war es schon zu alt, da hätten wir zu viel richten müssen. Und verkaufen wollte Robert den alten Kasten nicht. Also ist er immer wieder hin, hat in Erinnerungen geschwelgt, hat im Garten gearbeitet, und in einem der Keller hatte er für uns saure Gurken, Marmelade, Most und solches Zeug eingelagert. Ich wollte wieder arbeiten gehen, weil es mir auf die Nerven ging, dass ich immer nur putzen, kochen und so etwas machen musste. Robert war dagegen – wahrscheinlich hatte er Angst, dass er dann nicht mehr jeden Tag sein Essen pünktlich auf den Tisch bekam. Er schimpfte, weil ich mich bei ein paar Firmen bewerben wollte. Und er machte mir einen Wochenplan mit meinen Pflichten als Hausfrau – wahrscheinlich, um mir deutlich zu machen, dass ich gar keine Zeit hatte, arbeiten zu gehen.«

»Er hat Ihnen Vorschriften gemacht. Und das macht keiner ungestraft.«

»So ist es. Um in den Keller mit dem Most und dem anderen Zeug zu kommen, musste man eine Bodenluke aufklappen, und eines Tages habe ich ihn begleitet. Wir sind also beide runter in den Keller, und beim Runtergehen ist mir aufgefallen, dass die Eisenstange mit dem Haken, mit dem die Tür von unten verriegelt werden kann, an der Wand nur noch lose befestigt war. Ich habe die Stange rausgezogen und mit nach unten genommen. Robert kruschtelte noch ein wenig im Keller herum, fand aber nicht, was er suchte, und ging dann wieder die Treppe nach oben – und ich direkt hinter ihm.«

»Mit der Stange.«

»Genau, mit der Stange. Als er auf der obersten Stufe stand, habe ich die Eisenstange nach vorne gestreckt, bekam mit dem Haken wohl seine rechte Augenhöhle zu fassen, und dann hab ich einmal sehr kräftig gezogen, habe mich an die Wand gedrückt und ließ die Eisenstange zusammen mit meinem Mann dicht an mir vorbei nach unten stürzen. Robert war sofort tot, Genickbruch, sagte der Arzt.«

Schneider dachte kurz nach. Die Schilderung erklärte die Wunde am Auge des Toten.

»Und Ihre Mutter?«

»Es ging ihr schon vor dem Tod meines Mannes nicht mehr so besonders. Sie musste viel liegen, und als es noch schlimmer wurde, habe ich ihr den Haushalt geführt, und wenn ich die Zeit fand, bin ich mit ihr noch ein wenig in den Weinbergen herumspaziert. Arbeiten gehen musste ich nun ja wirklich nicht mehr: Mein Mann hatte von seinen Eltern geerbt, ich wiederum alles von ihm – damit komme ich gut hin.«

Kurz hatte Schneider Lust ihr zu sagen, dass sie sich künftig als mehrfache Mörderin um Kost und Logis ohnehin nicht mehr kümmern müsse – dann verkniff er sich die Bemerkung doch lieber.

»Mit der Zeit wurde es schwieriger mit meiner Mutter. Sie konnte immer weniger selbst machen, und je mehr ich übernahm, desto mehr meckerte sie herum und meinte, dass ich das lieber so oder so machen solle – Sie wissen schon …«

»Sie machte Ihnen Vorschriften.«

»Tja, und eines Tages, es war gerade Adventszeit, habe ich ihr ein paar Gutsle gebacken.«

»Haben Sie Gift rein getan?«

»Nein. Sie war allergisch gegen Nüsse, und ich habe reichlich Walnuss dazugegeben – fein gemahlen, damit die Gutsle auch nach was aussehen.«

»Und die hat sie gegessen?«

»Ja. Sie haben ihr geschmeckt, aber sie sind ihr nicht bekommen. Ich habe gewartet, bis alles vorüber war – das fiel mir schwerer, als ich gedacht hatte. Diese ganze Erstickerei, die Krämpfe und das alles. Dann bin ich raus, kam nach einer Stunde wieder, rief unseren Hausarzt an und tat so, als habe ich sie gerade erst tot gefunden. Über den Mageninhalt stand die Todesursache bald fest — und der Arzt, der mich schon als Kind gekannt hatte, nahm mich tröstend in den Arm. Ich war natürlich völlig aufgelöst wegen des schrecklichen Unglücks und heulte nur noch – da wollte der gute Mann mir wohl nicht noch mehr Schwierigkeiten bereiten.«

Sylvia Heinze lehnte sich wieder zurück und lächelte entspannt.

»Und das war's?«

»Ja, das war's: Schwiegereltern, Mann, Mutter. Na ja, und Frau Herbst.«

Schneider nickte, dann sah er die Frau lange an. Schließlich stand er auf, drehte sich um und sagte im Vorübergehen: »Herr Ernst, lassen Sie bitte diese Irre wegbringen, bevor ich mich vergesse!«

Damit ging er hinaus, und Sylvia Heinze blieb mit einem enttäuschten Gesichtsausdruck zurück.

»Herr Ernst?«, fragte sie, und ihre Stimme klang ängstlich.

Rainer Ernst schaute sie an.

»Hat er mich denn nicht verstanden? Ich dachte, ich hätte ihm alles so erklärt, dass er mich versteht. Haben Sie mich denn verstanden?«

Ernst sah sie nachdenklich an, dann ging er zur Tür und gab den Kollegen hinter der verspiegelten Scheibe ein Zeichen.

Als er neben Schneider mit dem Rücken an der Wand im Flur lehnte und mit leerem Blick auf die gegenüberliegende Wand starrte, hörte er, wie sich Sylvia Heinze unter leisem Protest von zwei Kollegen abführen ließ. Ihre Stimme war zu hören: »Herr Schneider?«

Aber weder Schneider noch Ernst drehten sich zu ihr um. Die Beamten und ihr Häftling gingen weiter, und nach ein, zwei Minuten verhallten ihre Schritte.

»Alles klar, Kollegen?«, fragte irgendwann Willy Russ.

Sie hatten ihn nicht kommen hören, er musste wohl schon eine Weile dagestanden haben.

»Nein, nichts ist klar«, murmelte Schneider.

* * *

»Nein, danke Henning, heute nicht«, sagte Jutta Kerzlinger zu Brams, der sie nach Feierabend häufig nach Hause brachte, weil ihre Wohnung für ihn kaum einen Umweg auf der Heimfahrt bedeutete. »Ich bin noch in der Stadt verabredet.«

»Verabredet?« Brams grinste unverschämt. »Da schau her!«

Jutta Kerzlinger boxte ihn spielerisch in die Seite, dann drehte sie sich lachend um und ging beschwingt in Richtung Innenstadt.

Sie überquerte die Straße vor dem Landratsamt, ging am Alten Postplatz vorbei, folgte der Kurzen Straße und ging schließlich durch eine Glastür in einen kleinen Imbiss, in dem außer der Theke und einigen davor auf ihr Gyros wartenden Gästen nur noch für einen kleinen runden Tisch in der Ecke und zwei Stühle Platz war.

Ein Stuhl war noch frei, auf dem anderen saß Zora Wilde und sah Jutta Kerzlinger strahlend entgegen.

»Sieht ganz so aus, als wärst du über Rainer hinweg«, sagte Jutta Kerzlinger, winkte dem Mann am Drehspieß zu und gab ihm mit einigen Gesten zu verstehen, was sie essen wollte.

Ein Schatten huschte über Zora Wildes schönes Gesicht, aber sie log tapfer: »Ja, das ist vorbei.«

»Und jetzt geht's zur Sache, meine Liebe.«

Der Inhaber brachte ihnen zwei Ouzo und zwei Bier an den Tisch, dann säbelte er weiter knusprige Fleischstücke vom Spieß. Eine Gyros Pita nach der anderen ging über die Theke, und immer wieder kamen neue Gäste, bestellten und warteten.

Schließlich standen zwei große Teller vor den beiden Frauen: auf jedem ein halb geöffneter Teigfladen, aus dem Fleisch, Salat und Spezialsoße, vor allem aber große Mengen an rohen Zwiebeln hervorquollen.

»Woher wusste der, was du haben wolltest?«, fragte Zora Wilde.

»Hast du meine Zeichen nicht gesehen?«

Jutta Kerzlinger wiederholte die Gesten von vorhin: Sie streckte zwei Finger nach oben, beschrieb mit beiden Händen etwas Großes, hielt dann die flache Hand vor den Mund und bewegte sie dann im Bogen vom Mund weg.

»Dasselbe nochmal?«, fragte der Mann vom Drehspieß.

»Nein«, lachte Jutta Kerzlinger, »ich erklär meiner Freundin hier nur, wie ich bei dir bestellt habe.«

Dann wandte sie sich wieder Zora zu.

»Also: zweimal Gyros, das sind die Finger; groß, das sind die beiden Hände; und mit viel Zwiebeln, das ist die Hand, die eine Wolke aus Mundgeruch beschreibt.«

»Gut«, erwiderte Zora. »Das merk ich mir.«

Das Treffen mit ihrer alten Freundin begann schon jetzt, ihr gutzutun.

»Na ja«, sagte Jutta Kerzlinger, »und da du gesagt hast, dass du heute niemanden mehr küssen wirst, müssen wir an den Zwiebeln ja nicht sparen.«

»Stimmt. Dann mal an die Arbeit!«

Sie nahm ein paar Zwiebelringe zwischen die Finger und schob sie sich langsam in den Mund.

* * *

Django fand Lara auf dem Platz vor dem Rathaus. Sie hockte auf einem der Metallringe der modernen Skulptur und sah zu dem Restaurant hinüber, das in Waiblingen als Inbegriff der feinen, modernen, aber auch nicht allzu billigen Küche galt.

»Na, Hunger?«, fragte er und zog sich auf einen anderen der Metallringe hoch.

»Schon, aber das ist eine Nummer zu groß für mich.«

»Vielleicht ändert sich das ja mal.«

»Vielleicht«, sagte Lara und nickte zu einem dunklen Bündel hin, das neben einer der Stützen des Alten Rathauses auf dem Boden lag. »Oder es ändert sich auch nicht.«

»Was ist das?«

»Das ist Wolle. Hat sich vorhin schlafen gelegt, und vor ein paar Minuten kam ein anderer, nicht weniger betrunken als Wolle, und hat sich breitbeinig neben ihn gestellt. Dann hat er sich die Hose aufgemacht und wollte schon lospinkeln – da habe ich ihn erschreckt.«

»Ja? Wie?«

»Ich hab zu ihm rübergerufen, dass ich ein Messer habe, und wenn er sein Ding nicht sofort wegtut, mach ich das für ihn. Ich glaube, so schnell ist der schon lange nicht mehr gerannt – vor allem, weil er sich ja unterwegs noch die Hose zumachen musste.«

Django lachte leise, Lara kicherte ein wenig mit, dann wurden beide wieder ernst.

»Ist irgendwie scheiße gelaufen mit Wolle, was?«

»Ja, ziemlich scheiße.«

Sie saßen eine Weile schweigend, sahen zu Wolle hin und nahmen sich dann an der Hand.

»Und was ist jetzt?«, sagte Django schließlich. »Hast du Hunger oder nicht?«

»Klar hab ich Hunger. Ich hab immer Hunger.« Sie nickte zum Restaurant hinüber. »Aber bist du größenwahnsinnig oder hast du im Lotto gewonnen?«

»Weder noch«, sagte Django, sprang von der Skulptur und zog Lara mit sich. »Und deshalb gehen wir auch hier lang!«

Er ging nach links und führte Lara in die Gyros-Bude. Zwei Frauen am kleinen runden Tisch im Eck lachten und tranken und stopften sich riesige Gyros-Portionen mit wahnsinnig viel Zwiebeln hinein.

Lara sah zu den beiden hin, dann knuffte sie ihren Freund in die Seite: »Aber du nimmst keine Zwiebeln, Django, das sag ich dir!«

* * *

Er musste ein bisschen suchen, aber dann hatte er alles beisammen: Der Verstärker war eingeschaltet, die Lautsprecherbox angeschlossen, die Bassgitarre hing ihm vor dem Bauch und war mit einem Spiralkabel mit dem Verstärker verbunden – sogar sein altes Plektrum hatte er wiedergefunden, mit dem er immer so altmodisch gewirkt hatte, als alle mit dem Daumen wie die Funkgötter auf ihre Basssaiten eindroschen.

Langsam drehte er die Lautstärke auf, ein leises Brummen ertönte, und dann versuchte Kling einen ersten Lauf. Der Sound klang mulmig, nicht so klar und druckvoll, wie er ihn in Erinnerung hatte. Aber die Saiten waren nicht mehr die frischesten, und er hatte lange nicht gespielt.

Außerdem war auch die Akustik hier unten im Keller nicht besonders. Aber erst wollte er ein wenig herumprobieren, bevor er sich die Mühe machte, den ganzen Kram in die Wohnung hinaufzuwuchten. Und bevor er das machte, wollte er auch noch mit seiner Mutter reden, ob es ihr recht war.

Er spielte eine halbe Stunde lang, und als er aus den Augenwinkeln eine Bewegung im Kellerflur wahrnahm, rechnete er schon damit, dass sich jemand wegen der ungewohnten Lautstärke beschweren wollte.

Aber Bea Reimann wollte sich nicht beschweren. Sie stellte sich in den Türrahmen zu Klings Keller und hörte zu. Mit geschlossenen Augen, und allmählich, immer mehr, mit ihrem schönen Lächeln.

Schließlich legte Kling den Bass zurück in den Gitarrenkoffer, schaltete den Verstärker aus, steckte das Plektrum in die kleine Vordertasche seiner Jeans und ging auf Bea Reimann zu.

Sie standen eine Zeitlang voreinander, sahen sich nur an, schließlich nahm Bea all ihren Mut zusammen.

»Du hast das gelesen? Mit Herbst?«

Stefan nickte und presste die Lippen zusammen.

»Das war lange vor uns, und das lässt sich auch nicht vergleichen.«

»Stratmans?«, fragte er, nachdem er eine Zeitlang gar nichts gesagt hatte.

»Wo denkst du hin? Der ›Bock‹ und ich? Na, vielen Dank ...«

»Gut«, sagte Stefan und schwieg wieder.

»Und du?«, fragte Bea.

»Ich ... na ja ...«

»Willst du es noch einmal versuchen?«

Er zuckte mit den Schultern.

»Kannst es auch lassen«, sagte Bea, und sie klang ein wenig enttäuscht.

»So bist du mir schon viel lieber«, sagte er und grinste dabei.

»Wie: so?«

»Na, dass du keinen Druck machst.«

»Hab ich?«

Er nickte.

»Tut mir leid.«

»Schon okay, Bea, und das war auch eher mein Problem. Weißt du, der kleine Stefan lebt bei seiner Mutter – da kriegt er halt Panik, wenn eine Frau vom Zusammenziehen anfängt.«

Er lachte leise.

»Ja, ja … aber der kleine Stefan ist halt auch schon Ende dreißig, da kommt so ein Thema schon mal auf.«

»Du hast ja recht.«

Bea Reimann lächelte ihn an, dann sah sie an ihm vorbei auf seine Bassanlage.

»Da musst du noch ein bisschen üben, was?«

»Ja, muss ich wohl.« Er sah Bea lange an. »Und nicht nur da, fürchte ich.«

Sie streckte ihm die rechte Hand entgegen.

»Dann lass uns am besten gleich damit anfangen.«

* * *

Klaus Schneider war noch lange hin und her gefahren. Mal mit Vollgas auf der Bundesstraße, wo es hinter Urbach kein Tempolimit mehr gab, dann ganz gemütlich am Lorcher Kloster vorbei, durch Alfdorf und Welzheim und am Ebnisee vorüber.

Irgendwann war er dann doch zu Hause angekommen. Er ließ den Porsche in der Einfahrt stehen und lauschte noch kurz dem Knacken des Motors. Dann stieg er aus und ging ins Haus.

»Sybille?«, rief er. Es kam keine Antwort.

Durchs Wohnzimmerfenster sah er Rainald auf der Terrasse spielen. Er warf seine Tasche aufs Sofa, schleuderte die Jacke hinterher und ging hinaus zu seinem Sohn.

Sybille stand am Gartenzaun und unterhielt sich mit den Wollners. Schneider stöhnte – Streit war nun wirklich das Letzte, was er jetzt brauchte. Er kümmerte sich nicht weiter um die Nachbarn und ging in die Hocke, um mit seinem Sohn zu spielen.

»Klaus, kommst du mal?«

Seine Frau wartete, bis er neben ihr stand. Weder sie noch die Wollners sahen gereizt oder aufgeregt aus. War wieder Friede eingekehrt?

»Wollners wollen uns ...«

»Nein, Frau Schneider, lassen Sie mich das sagen«, fiel ihr Hanna Wollner ins Wort, und sie und ihr Mann sahen ziemlich zerknirscht aus.

»Wir wollten uns bei Ihnen entschuldigen. Wir ... hatten zuletzt etwas Stress – Sie wissen ja: Urlaube sind die schwerste Zeit für eine Beziehung.«

Sie lachte, es klang ein wenig aufgesetzt und etwas nervös.

»Und Sie hatten das Pech, dass Sie mitten ins Getümmel gerieten, zwischen die Fronten, sozusagen. Dafür bitte ich Sie um Entschuldigung, Herr Schneider.«

»Klaus«, sagte er im Reflex, weil er so froh war, dass er nun offenbar keinen Streit mehr mit seinen Nachbarn hatte.

»Gut, Klaus also. Und wir wollten das mit Ihnen, äh ... mit dir, mit euch begießen. Wir haben einen schönen Wein im Keller und möchten euch bitten, morgen Abend so gegen fünf, halb sechs zu uns rüberzukommen. Wir würden schön kochen, und wir können uns mal so richtig ausquatschen.«

Sie sah ihn an, als befürchte sie, er würde nein sagen. Helmut Wollner bemerkte den etwas ängstlichen Blick seiner Frau und beeilte sich, ihr beizustehen. Mit einer schnellen Bewegung holte er die rechte Hand nach vorne, die er bisher hinter seinem Rücken verborgen hatte.

»Du magst doch schwäbisch, Klaus, oder?«

Er hielt eine Spätzlespresse in der Hand und hob sie empor wie eine metallene Trophäe.

Schneider starrte die Spätzlespresse sprachlos an. Er wurde blass, dann würgte er, wandte sich schnell ab und rannte ins Haus, um vielleicht noch gerade rechtzeitig die Toilette zu erreichen.

ENDE

Dank

Danke an alle, die sich auch seltsame Fragen gefallen ließen und die diesem Buch informative und skurrile Details bescherten – die Fehler, falls Sie welche finden, kreiden Sie einfach mir an.

Sollte sich jemand in diesem Buch wiedererkennen, danke ich für das (unverdiente) Lob: Wie in Krimis üblich, sind Handlung und Personen frei erfunden. Für Versuche, herauszufinden, was an den Schauplätzen real und was erfunden ist, wünsche ich viel Spaß – und wenn Ihnen alles zu ernst wird, machen Sie ruhig mal Lachyoga.

Jürgen Seibold

Schwäbischer Wald

In Ihrer Buchhandlung

Jürgen Seibold

Endlich Endzeit

Ein Baden-Württemberg-Krimi

Dezember 2012. Am Ebnisee, idyllisch mitten im Schwäbischen Wald gelegen, treffen sich die Fans des Buchautors Xumucane k-p'eñal. Sie verehren ihn und glauben daran, dass nach dem Ablauf des aktuellen Maya-Kalenders am 21. Dezember die Welt untergeht. Für einen endet alles noch früher: Er liegt eines Morgens ermordet rücklings auf der Feuerstelle der Maya-Gläubigen. Die Kommissare Schneider und Ernst ermitteln in ihrem sechsten Fall zwar in der vertrauten Umgebung, tauchen dabei aber in eine ihnen völlig fremde Welt ein und stoßen auf eine explosive Mischung aus schwäbischem Geschäftssinn und exotischen Überlieferungen.

224 Seiten.
ISBN 978-3-8425-1215-3

Silberburg-Verlag

www.silberburg.de

Schwäbische Alb

In Ihrer Buchhandlung

Jürgen Seibold

Lindner und das Apfelmännle

Ein Baden-Württemberg-Krimi

Geheimnisvolle Symbole und Mostäpfel als mögliche Tatwaffen? Auf einer Streuobstwiese im Bad Boller Ortsteil Eckwälden wird ein Toter gefunden, um ihn herum sind Mostäpfel auf dem Boden verstreut. Alles deutet darauf hin, dass er mit den Äpfeln »gesteinigt« wurde. Ein Fall für Lindner? Der aber sträubt sich zunächst. Doch dann wird in der Wohnung des Opfers ein Männchen aus Äpfeln entdeckt – genau so eines, wie es zuletzt auch bei Lindner morgens auf der Türschwelle stand.

224 Seiten, 9,90.
ISBN 978-3-8425-1157-6

www.silberburg.de

Esslingen

In Ihrer Buchhandlung

Jürgen Seibold

Gründlich abgetaucht

Ein Baden-Württemberg-Krimi

Der tote Markus Clarsen liegt frühmorgens, gefesselt und für alle sichtbar, in der Maille. Bestatter Gottfried Froelich beginnt, sich für die Vergangenheit des Opfers zu interessieren. So bekommt er auch mit den Streitigkeiten, die das Klima der Esslinger Innenstadt vergiften, zu tun. Da opponieren Fischer gegen Bootsverleiher, Anwohner gegen das Stadtmarketing – und eine geheimnisvolle Gestalt macht aus den beliebten Touri-Gespensterführungen einen echten Horrortrip ...

280 Seiten.
ISBN 978-3-8425-1187-3

Silberburg-Verlag

www.silberburg.de